张—岱—文—集

# 陶庵梦忆

〔明〕张岱 著

学谦 注译

图能出版社

图书在版编目（CIP）数据

陶庵梦忆 / (明)张岱著；学谦注译. -- 北京：团结出版社，
2023.3

（张岱文集）

ISBN 978-7-5126-9296-1

Ⅰ.①陶… Ⅱ.①张… ②学… Ⅲ.①散文集－中国－明代
Ⅳ.① I264.8

中国版本图书馆 CIP 数据核字 (2022) 第 007694 号

出版：团结出版社
（北京市东城区东皇城根南街 84 号 邮编：100006）

电话：（010）65228880 65244790 （传真）

网址：www.tjpress.com

Email: zb65244790@vip.163.com

经销：全国新华书店

印刷：天宇万达印刷有限公司

开本：145×210 1/32

印张：37.25

字数：920 千字

版次：2023 年 3 月 第 1 版

印次：2023 年 3 月 第 1 次印刷

书号：978-7-5126-9296-1

定价：136.00 元（全三册）

# 《谦德国学文库》出版说明

　　人类进入二十一世纪以来，经济与科技超速发展，人们在体验经济繁荣和科技成果的同时，欲望的膨胀和内心的焦虑也日益放大。如何在物质繁荣的时代，让我们获得内心的满足和安详，从经典中获取智慧和慰藉，或许是我们不二的选择。

　　之所以要读经典，根本在于，我们应当更好地认识我们自己从何而来，去往何处。一个人如此，一个民族亦如此。一个爱读经典的人，其内心世界必定是丰富深邃的。而一个被经典浸润的民族，必定是一个思想丰赡、文化深厚的民族。因为，文化是民族之灵魂，一个民族如果不能认识其民族发展的精神源泉，必定就会失去其未来的生机。而一个民族的精神源泉，就保藏在经典之中。

　　今日，我们提倡复兴中华优秀传统文化，当自提倡重读经典始。然而，读经典之目的，绝不仅在徒增知识而已，应是古人所说的"变化气质"，进一步，是要引领我们进德修业。《易》曰："君子以多识前言往行，以畜其德。"实乃读经典之要旨所在。

基于此理念，我们决定出版此套《谦德国学文库》，"谦德"，即本《周易》谦卦之精神。正如谦卦初六爻所言："谦谦君子，用涉大川"，我们期冀以谦虚恭敬之心，用今注今译的方式，让古圣先贤的教诲能够普及到每一个人。引导有心的读者，透过扫除古老经典的文字障碍，从而进入经典的智慧之海。

　　作为一套普及型的国学丛书，我们选择经典，不仅广泛选录以儒家文化为主的经、史、子、集，也将视野开拓到释、道的各种经典。一些大家所熟知的经典，基本全部收录。同时，有一些不太为人熟知，但有当代价值的经典，我们也选择性收录。整个丛书几乎囊括中国历史上哲学、史学、文学、宗教、科学、艺术等各领域的基本经典。

　　在注译工作方面，版本上我们主要以主流学界公认的权威版本为底本，在此基础上参考古今学者的研究成果，使整套丛书的注译既能博采众长而又独具一格。今文白话不求字字对应，只在保证文意准确的基础上进行了梳理，使译文更加通俗晓畅，更能贴合现代读者的阅读习惯。

　　古籍的注译，固然是现代读者进入经典的一条方便门径，然而这也仅仅是阅读经典的一个开端。要真正领悟经典的微言大义，我们提倡最好还是研读原本，因为再完美的白话语译，也不可能完全表达出文言经典的原有内涵，而这也正是中国经典的魅力所在吧。我们所做的工作，不过是打开阅读经典的一扇门而已。期望藉由此门，让更多读者能够领略经典的风采，走上领悟古人思想之路。进而在生活中体证，方能直趋圣贤之境，真得圣贤典籍之大用。

经典，是古圣先贤留给我们的恩泽与财富，是前辈先人的智慧精华。今日我们在享用这一份恩泽与财富时，更应对古人心存无尽的崇敬与感恩。我们虽恭敬从事，求备求全，然因学养所限、才力不及，舛误难免，恳请先贤原谅，读者海涵。期望这一套国学经典文库，能够为更多人打开博大精深之中华文化的大门。同时也期望得到各界人士的襄助和博雅君子的指正，让我们的工作能够做得更好！

团结出版社

2017年1月

# 前　言

　　《陶庵梦忆》是一部明代散文集，也是明末小品文的代表之作，为明末清初散文家张岱所著。其中所记大多是张岱亲身经历过的杂事，他透过这些杂事将世间百态展现在读者面前。张岱在这些小品文中详细描述了明代江浙地区的社会生活和娱乐、戏曲、古董等方面的风俗人情。可以说，它既是一部张岱的自传，也是一部体现晚明社会风貌的"清明上河图"。

　　《陶庵梦忆》成书、行世于明末清初，正值社会大变动时期。它将明末丰富而深厚的文化信息呈现给读者，同时渗透着晚明文人特有的生活情调与精神风貌。结合张岱一生的境遇，更衬托出了他对世事沧桑的感叹，他用无比传神的笔墨为后人记录了一个时代的缩影。

　　《陶庵梦忆》体现着张岱热情飞扬的语言风格，文章写法奔放明快，尽情展现了多姿多彩的民俗活动，也突出了张岱小品文的特性。纵观全书，我们会发现《陶庵梦忆》的内容丰富、题材层叠。张岱用崇尚自然的美好来书写风景名胜、名山大川的秀丽，又打破世俗等级的传统观念，对民俗风味、奇人异事、社会生活等描写入微。整部书不只是单纯的记录，作者还以艺术家的审美视觉品评世事，如对园林艺术的独到见解，对戏曲理论和实践的精妙评论，对奇工巧匠的不吝赞美等等。所以，《陶庵梦忆》看似是一部俗世散文集，但于俗人俗事中，读来却有超然脱俗的雅韵，透着那个时代丰厚的文化积淀。

《陶庵梦忆》共八卷，开篇自序便以奇特的写法引人入胜，生死、忏悔、梦幻交加跌宕，在国破家亡之际，作者痛定思痛，通过追忆往日的豪奢生活抒写内心的苦楚，表达人生如梦的感叹。卷一、卷二，借写亭台名胜、奇花异宝抒发亡国之痛的情怀；卷三、卷四描写作者的日常生活及其见闻，不经意间渲染了昔日的繁华；卷五生动形象地写出世间形形色色的奇人巧匠，特别是那些身份卑微、难登大雅之堂的手工艺人，作者同样给予他们很高的评价；卷六、卷七涉及演剧、工艺、民俗、园艺、美食等诸多领域，越是丰富广泛，越是衬托出物是人非所引发的沧桑感；卷八将世间所有繁华声色归之于梦幻，强有力的画面感，令人读后不禁嘘唏悲戚。

张岱，字宗子，又字石公，号陶庵、陶庵老人、蝶庵居士，浙江山阴（今浙江绍兴）人，明清之际的史学家、文学家。他出身于显赫的仕宦家庭，从高祖到祖父，都是举业出身，富于才学，皆有著述传世。张岱儿时因聪颖善对而被舅父陶崇道称为"今之江淹"。史学上，张岱与谈迁、万斯同、查继佐并称"浙东四大史家"；文学上，张岱以小品文见长，以"小品圣手"名世。著作有《陶庵梦忆》《西湖梦寻》《夜航船》《石匮书》等。

张岱前半生生活在富足优裕的环境中，享受着晚明时期江南经济文化的繁荣带给他的各种精致生活。随着大明覆灭、清军入关，张岱的生活一下陷入了困窘，最终避兵隐居、著书立说。《陶庵梦忆》正是在这样的背景下写成的。张岱通过这些小品文追忆逝水流年，以繁华写凄凉，抒发亡国之痛与忏悔之情。"五十年来，总成一梦"，作者在追述昔日繁华的笔墨中，透露出的不仅仅是伤感，更有痛定思痛后的忏悔和反思。

鲁迅曾说，"明末的小品虽然比较的颓放，却并非全是吟风弄月，其中有不平，有讽刺，有攻击，有破坏。"《陶庵梦忆》便是小品文中的"清明上河图"，是中国文学史上风俗之绝唱，既让我们体会到了作者的爱国情怀，又呈现了晚明的社会风貌，对后世研究明代的物质文化提供了重要参考依据。

此次出版，我们保留了张岱的"自序"，便于读者更深刻地体会张岱作此书的情感。原文部分采用通行本校对整理，对文中的疑难字词和典故做了简洁的注释，译文以尊重原文为前提，尽量使之准确流畅。囿于水平，疏漏之处在所难免，恳请读者不吝指正！

# 目　录

## 卷 四

## 卷 五

**卷 六**

## 卷 七

## 卷 八

# 自　序

　　陶庵国破家亡，无所归止，披发入山，骇骇为野人①。故旧见之，如毒药猛兽，愕窒不敢与接②。作自挽诗，每欲引决，因《石匮书》未成，尚视息人世。然瓶粟屡罄，不能举火，始知首阳二老直头饿死，不食周粟③，还是后人妆点语也。

　　【注释】①骇骇（hài）：令人吃惊惊骇的样子。骇：同"骇"。

　　②愕窒：惊惶得不敢出气。

　　③首阳二老直头饿死，不食周粟：殷商时遗民伯夷、叔齐，在周灭商后，二人隐居首阳山，拒绝食周粟，后饿死。详见《史记·伯夷列传》。作者其实是说首阳二老并非不食周粟，而是因为找不到吃的被饿死，意在说明自己现在生活困顿。

　　【译文】陶庵我因国破家亡，没有能去的地方，只好披头散发来到山里，我的模样令人惊异，像个野人。我的亲朋好友看到我，就像看到了毒药猛兽一样，惊惶得几乎窒息，不敢和我接近。我写了自挽诗，

屡次想自我了断，因《石匮书》尚未完成，就苟活于人间。然而米瓮常
常空着，无法生火做饭，才明白首阳山的伯夷、叔齐二老，竟然是饿死
的，说他们不吃周朝的粮食，只不过是后人夸张粉饰的说法。

饥饿之余，好弄笔墨，因思昔人生长王、谢①，颇事豪华，今日
罹此果报②。以笠报颅，以篑报踵③，仇簪履也；以衲报裘，以苎报
绤④，仇轻暖也；以藿报肉，以粝报粻⑤，仇甘旨也；以荐报床，以石
报枕，仇温柔也；以绳报枢，以瓮报牖⑥，仇爽垲也⑦；以烟报目，以
粪报鼻，仇香艳也；以途报足，以囊报肩，仇舆从也。种种罪案，从
种种果报中见之。

【注释】①王、谢：指东晋豪华显赫一时的王导、谢安两大家族。
②罹（lí）：遭受苦难或不幸。
③篑（kuì）：古代用草编的筐子，一般用来盛土。这里指草鞋。踵
（zhǒng）：脚后跟，亦泛指脚。
④苎（zhù）：即粗麻。绤（chī）：细葛布。
⑤粝（lì）：粗糙的米。粻（zhāng）：细粮。
⑥牖（yǒu）：指窗户。
⑦爽垲（kǎi）：高爽干燥的地方。

【译文】饥饿之余，我喜欢舞文弄墨，于是便想到以前生长在像
王、谢这样的高贵人家，颇为享受豪奢的生活，如今却遭受如此报
应。用斗笠回报头颅，用草鞋回报双足，这是与从前的簪履相对的；
用衲衣回报皮裘，用粗麻布回报细葛，这是与从前的衣着轻暖相对
的；用豆叶回报肉食，用粗米回报细粮，这是与从前的美味佳肴相对

的；用草席回报床褥，用石块回报枕头，这是与从前的温暖柔软相对的；用绳子回报门轴，用破瓮回报窗户，这是与从前的高爽干燥相对的；用浓烟回报眼睛，用臭粪回报鼻子，这是与从前的芳香艳丽相对的；用徒步回报双脚，用行囊回报双肩，这是与从前的车马随从相对的。从前的种种罪过，从现在的种种果报中都能看到。

鸡鸣枕上，夜气方回①，因想余生平，繁华靡丽，过眼皆空，五十年来，总成一梦。今当黍熟黄粱②，车旅蚁穴③，当作如何消受？遥思往事，忆即书之，持向佛前，一一忏悔。不次岁月，异年谱也；不分门类，别《志林》也④。偶拈一则，如游旧径，如见故人，城郭人民⑤，翻用自喜，真所谓痴人前不得说梦矣⑥。

【注释】①夜气：平旦清明之气。自入夜至于平旦，因人未与外界事物接触，故而产生清明纯净之气，此时良知最易呈现。

②黍熟黄粱：比喻虚幻不能实现的梦想。后喻荣华富贵如梦一般，短促而虚幻；美好之事物，亦不过顷刻而已，转眼成空。或喻梦寐以求之欲望落空。此典故出自唐沈既济的《枕中记》。

③车旅蚁穴：广陵人淳于棼在梦中被大槐国国王招为驸马，当了南柯郡太守，历尽人生穷通荣辱。醒来发现躺在大槐树下，而一切的梦境均发生于树旁之蚁穴。比喻人生如梦，富贵得失无常。典出唐李公佐的《南柯太守传》。

④《志林》：即《东坡志林》。北宋苏轼所著的杂说史论。无所不谈，挥洒自如。

⑤城郭人民：即城郭依旧，人民已非。出自陶渊明《搜神后记》卷

一："丁令威，本辽东人，学道于灵虚山，后化鹤归辽，集城门华表柱。时有少年举弓欲射之，鹤乃飞，徘徊空中而言曰：'有鸟有鸟丁令威，去家千年今始归，城郭如故人民非，何不学仙——冢累累！'遂高上冲天而去。"

⑥痴人前不得说梦矣：作者觉得自己不被别人理解。典出《冷斋夜话》："僧伽龙朔中游江淮间，其迹甚异。有问之曰：'汝何姓？'答曰：'何姓。'又问：'何国人？'答曰：'何国人。'唐李邕作碑，不晓其言，乃书传曰：'大师姓何，何国人。'此正所谓对痴人说梦耳。"

【译文】我在枕上听到鸡鸣，清明纯净之气回归，回想我这一生，所有的繁华奢靡，如过眼云烟般转瞬即逝，五十年来，就像一场梦一样。如今黍米饭熟，黄粱梦醒，车从蚁穴归来，这种日子我该怎样应对？遥思往事，每有忆起便奋笔疾书，敬献佛前，一件件错事逐一忏悔。所写之事，不以年月为序，有别于年谱；也不分门别类，区别于《东坡志林》。偶尔翻出一则看看，好像重游旧路，如见故人，虽说城郭依旧，人民已非，自己反而暗自欢喜，真所谓痴人面前不能说梦了。


昔有西陵脚夫为人担酒①，失足破其瓮，念无所偿，痴坐仁想曰："得是梦便好！"一寒士乡试中式，方赴鹿鸣宴②，恍然犹意非真，自啮其臂曰："莫是梦否？"一梦耳，惟恐其非梦，又惟恐其是梦，其为痴人则一也。余今大梦将寤③，犹事雕虫，又是一番梦呓。因叹慧业文人，名心难化，正如邯郸梦断，漏尽钟鸣，卢生遗表，犹思摹拓二王④，以流传后世。则其名根一点，坚固如佛家舍利⑤，劫火猛烈⑥，犹烧之不失也。

**【注释】**①西陵脚夫：西陵的搬运工，又称西兴脚子。西陵：即西兴，在今浙江杭州钱塘江一渡口。

②鹿鸣宴：旧时科举考试后，由州县长官宴请主考官、学政及中式考生的宴会。因在宴会上歌《诗经·小雅·鹿鸣》，故称鹿鸣宴。

③大梦将寤：大梦将醒。比喻被错误的东西蒙蔽了许久，开始醒悟过来。

④"正如"四句：即正如卢生邯郸梦醒，更漏已尽晨钟已鸣，卢生梦断时上遗表，还想着摹写二王的书法。语出汤显祖《邯郸记》，记叙卢生黄粱美梦一事。

⑤舍利：佛教修行者遗体焚化之后，所结成的珠状或块状的颗粒。其色有三种，骨为白舍利，发为黑舍利，肉为赤舍利。象征修行者在戒、定、慧方面的成就。

⑥劫火：谓坏劫之中所起的大火。

**【译文】**从前西陵有个脚夫替人挑酒，不慎跌倒打破酒坛，他想到自己没钱赔偿，就呆坐在地上想道："这要是个梦就好了！"还有一个穷书生参加乡试中了举人，正要参加鹿鸣宴，恍惚间还是觉得这不是真的，就咬着自己的手臂说："莫不是在做梦？"同样是梦，一个惟恐不是梦，一个惟恐是梦，他们都是痴人这一点却是一样的。我如今大梦将醒，还在从事这些雕虫小技，这又是一次梦中呓语吧。于是感叹那些有智慧业缘的文人，其喜好功名之心难以改正，正如卢生邯郸梦断，更漏已尽晨钟已鸣，卢生梦断时上遗表，还想着摹写二王的书法，以流传后世。那一点儿喜好功名的根性，就如佛家的舍利那般坚固，无论劫火多么猛烈，还是烧不掉它。

# 卷 一

## 钟 山①

　　钟山上有云气，浮浮冉冉，红紫间之，人言王气，龙蜕藏焉。高皇帝与刘诚意、徐中山、汤东瓯定寝穴②，各志其处，藏袖中，三人合，穴遂定。门左有孙权墓，请徙。太祖曰："孙权亦是好汉子，留他守门。"及开藏，下为梁志公和尚塔③。真身不坏，指爪绕身数匝。军士辇之，不起④。太祖亲礼之，许以金棺银椁，庄田三百六十，奉香火，舁灵谷寺⑤塔之。今寺僧数千人，日食一庄田焉。陵寝定，闭外羡，人不及知。所见者，门三、飨殿一⑥、寝殿一，后山苍莽而已。

　　【注释】①钟山：在南京市郊区，又称"紫金山"。

　　②高皇帝：即朱元璋，明朝开国皇帝，谥高皇帝。刘诚意：即刘基，字伯温。曾被封诚意伯。徐中山：即徐达，字天德。曾被封魏国公，死后追封中山王。汤东瓯(ōu)：即汤和，字鼎臣。死后被封为东瓯王。

③梁志公和尚：即南朝僧人宝志。俗姓朱，句容东阳人，今属江苏南京。志公和尚去世后，梁永定公主为其建造一座五层石塔。明初朱元璋为营造孝陵，将塔迁至灵谷寺内。

④辇（niǎn）：人推挽的车，特指挽车。

⑤舁（yú）：共同抬东西。

⑥飨殿：指陵墓的祭殿，为祭享之处。

【译文】钟山上云雾缭绕，冉冉升腾，红紫相间，人们说那是象征帝王运数的祥瑞之气，有龙蜕下的皮藏在那里。当初高皇帝朱元璋、诚意伯刘伯温、中山王徐达和东瓯王汤一起勘定帝王陵墓，各自写下自己选中之地，藏在袖子里。三人选定的地点一样，帝王陵墓的位置才算最后确定。陵墓大门的左边有孙权墓，大臣请求将其迁走。太祖说："孙权也是条好汉，就留着他守门吧。"等到挖开墓穴的时候，才发现下面是南梁高僧志公和尚的灵塔，志公和尚的真身没坏，指甲很长，能绕着身子转好几圈。士兵们想把他挪走，却怎么也抬不起来。太祖亲自礼拜，许诺用金棺银椁重新将其安葬，并赐给志公和尚三百六十亩庄田，供奉香火不断，这才将志公和尚的灵柩抬到灵谷寺，建塔安葬。如今寺庙里有几千僧人，每天能吃掉一庄田的粮食。陵寝完工后，便关闭了陵墓外道，人们都不了解陵墓里面的具体情况。人们能看见的，只有三道门、一座飨殿、一座寝殿，还有后山的郊野景色而已。

壬午七月①，朱兆宣簿太常②，中元祭期③，岕观之。飨殿深穆，暖阁去殿三尺，黄龙幔幔之。列二交椅，褥以黄锦，孔雀翎织正面龙，甚华重。席地以毡，走其上，必去舄轻趾④。稍咳，内侍辄叱曰："莫惊驾！"

**【注释】**①壬午：即崇祯十五年（1642）。

②朱兆宣：明万历年间进士朱燮元的第四个儿子。簿：官名。即主簿。负责文书典籍。太常：即太常寺。明代五寺之一，掌管宗庙祭祀的机构。

③中元祭期：指农历七月十五日。旧时道观于此日作斋醮，僧寺作盂兰盆会，民俗亦有祭祀亡故亲人等活动。也称鬼节、中元节。

④舄（xì）：重木底鞋，是古时最尊贵的鞋，多为帝王大臣所穿。

**【译文】**壬午年七月，朱兆宣任太常寺主簿，他在主持中元节祭祀大典期间，我去观看。祭殿深邃静穆，暖阁距离祭殿三尺，用绣着黄龙图案的帷幔遮盖着。里面摆着两把交椅，黄锦孔雀翎做的褥子铺在上面，褥子的正面绣着龙，甚是华贵庄重。地上铺着毡子，走在上面，必须要脱下鞋子，放轻脚步。稍稍咳嗽一下，内侍就会立即呵斥道："莫要惊扰了圣驾！"


近阁下一座，稍前为碽妃①，是成祖生母。成祖生，孝慈皇后妊为己子②，事甚秘。再下，东西列四十六席，或坐或否。祭品极简陋，朱红木簋、木壶、木酒樽③，甚粗朴。簋中肉止三片，粉一铗④，黍数粒，东瓜汤一瓯而已。暖阁上一几，陈铜炉一、小筯瓶二、杯棬二⑤。下一大几，陈太牢一、少牢一而已⑥。他祭或不同，岱所见如是。


**【注释】**①碽（gōng）：姓。

②孝慈皇后：指朱元璋妻子马皇后。

③木簋（guǐ）：一种用木头制作的盛食物器具，圆口，双耳。

④铗（jiá）：冶铸用的钳子。

⑤杯棬（quān）：一种木质的饮器。

⑥太牢：古代祭祀天地，以牛、羊、猪三牲具备为太牢，以示尊崇之意。少牢：祭祀时只用羊、猪二牲，此二牲即称为少牢。

【译文】靠近暖阁下方有一个座位，稍微靠前的是硕妃，她是明成祖朱棣的生母。明成祖出生以后，孝慈皇后就把他抱过来当成自己的儿子抚养，这件事很隐秘。再往下，东西两排陈列着四十六个席位，有的是坐着的席位，有的是站着的席位。祭品特别简陋，有朱红色的木篮、木壶、木酒樽，甚是粗朴。木篮里只有三片肉、一铗粉、几粒黍米、一小盆东瓜汤而已。暖阁上有一个茶几，几上有一个铜炉、两个装筷子的小瓶、两个木质饮器。暖阁下面摆着一个大茶几，上面只摆放着一副太牢、一副少牢而已。其他时节的祭祀也许与现在有所不同，我所见的便是如此。

先祭一日，太常官属开牺牲所中门①，导以鼓乐旗帜，牛羊自出，龙袱盖之。至宰割所，以四索缚牛蹄。太常官属至，牛正面立，太常官属朝牲揖，揖未起，而牛头已入焊所②。焊已，昪至饎殿。次日五鼓，魏国至③，主祀，太常官属不随班，侍立饎殿上。祀毕，牛羊已臭腐不堪闻矣。平常日进二膳，亦魏国倍祀④，日必至之。

【注释】①牺牲所：机构名。由太常寺负责管理，饲养牧放牛、猪、羊，以供祭祀之需。

②焊（xún）：用火烧熟。亦指古代祭祀用煮得半熟的肉。

③魏国：即魏国公。明朝初期徐达因功高受封为魏国公，这里指

徐达的后代徐弘基。

④倍：同"陪"。

【译文】祭祀的前一天，太常寺的官员打开牺牲所的中门，用鼓、乐、旗帜为先导，牛羊自己出来在后面跟随，它们背上盖有绣着龙的袱巾。到屠宰场后，用四条绳索绑住牛蹄。太常寺的官员到了之后，在牛的正面站着，他们朝牲畜作揖，还没直起身子，牛头已被放入满是沸水的锅里。煮到半熟，牛头被抬到缫殿。第二天五更时分，魏国公来了，开始主持祭祀仪式，太常寺的官员们并不跟随，而是在缫殿上侍立。祭祀完毕，牛羊已经腐坏，臭不能闻。其余祭祀之日，每天只供奉两次膳食，也是魏国公陪着祭祀，每天必到。

戊寅①，岱寓鹫峰寺②。有言孝陵上黑气一股，冲入牛斗③，百有余日矣。岱夜起视，见之。自是流贼猖獗，处处告警。壬午④，朱成国与王应华奉敕修陵⑤，木枯三百年者尽出为薪，发根，隧其下数丈，识者为伤地脉、泄王气，今果有甲申之变⑥，则寸斩应华亦不足赎也。孝陵玉石二百八十二年，今岁清明，乃遂不得一盂麦饭，思之猿咽。

【注释】①戊寅：即崇祯十一年（1638）。

②鹫（jiù）峰寺：寺名。故址在今江苏南京市郊。

③牛斗：即牛宿、斗宿。牛宿：为二十八宿之一。玄武七宿第二宿。有星六颗。斗宿：为二十八宿之一。共有六星。

④壬午：即崇祯十五年（1642）。

⑤朱成国：即朱纯臣，曾被封成国公。王应华：广东东莞人。字崇

闇,号园长,崇祯元年进士,曾任礼部侍郎。明亡后抗清,失败后隐居。

⑥甲申之变:崇祯十七年(1644),李自成率领军队攻入北京城,崇祯皇帝自缢,明朝宣告灭亡,史称"甲申之变"。

**【译文】**戊寅年,我客居鹫峰寺。有人说孝陵上有一股黑气,直冲牛宿、斗宿二星之间,这种情况已有百余日了。我连夜起来观察,确实看到了这种情景。从那以后流贼猖獗,处处告警。壬午年,朱成国与王应华奉诏修缮皇陵,他们把三百年的枯木全部挖出来当柴火,为了挖掘树根,一直挖到墓道下面好几丈深,有见识的人认为这会伤了地脉、泄了帝王之气,如今果然出现了亡国的甲申之变,就是把王应华碎尸万段也无法挽回。孝陵的玉石存于世上已有二百八十二年了,今年清明,竟然没有得到一盂麦饭的祭祀,想到这里,不禁如猿猴般哽咽悲泣。


# 报恩塔①


中国之大古董,永乐之大窑器②,则报恩塔是也。报恩塔成于永乐初年,非成祖开国之精神、开国之物力、开国之功令,其胆智才略足以吞吐此塔者,不能成焉。塔上下金刚佛像千百亿金身③。一金身,琉璃砖十数块凑成之,其衣折不爽分,其面目不爽毫,其须眉不爽忽④,斗笋合缝⑤,信属鬼工。


**【注释】**①报恩塔:在今江苏南京中华门外。明成祖朱棣为纪念生母而建。

②永乐：明成祖朱棣的年号。

③金刚：佛教指佛的侍从力士，手执古印度兵器金刚杵。

④忽：长度和重量单位。十忽为一丝，十丝为一毫。

⑤斗笋合缝：形容手艺高超。竹、木、石制器物或构件上利用凹凸相接处凸出的部分，榫头和卯眼非常适合，不露缝隙。

【译文】中国的大古董，永乐年间的大窑器，指的就是报恩塔。报恩塔于永乐初年建成，如果没有明成祖开国初期的精神、物力、法律、命令，如果他的胆略才智不足以吞吐这座宝塔，就不可能建成。塔身上下有千百亿座金身金刚佛像。每一尊金身佛像，都是用十多块琉璃砖拼砌成的，衣服皱褶不差一分，面目不差一毫，须眉不差一忽，斗榫合缝，真是鬼斧神工。

闻烧成时，具三塔相①，成其一，埋其二，编号识之。今塔上损砖一块，以字号报工部②，发一砖补之，如生成焉。夜必灯，岁费油若干斛。天日高霁，霏霏霭霭，摇摇曳曳，有光怪出其上，如香烟缭绕，半日方散。永乐时，海外夷蛮重译至者，百有余国，见报恩塔，必顶礼赞叹而去，谓四大部洲所无也③。

【注释】①三塔相：建塔用的琉璃砖。相：物体的外观。

②工部：古代官署名。汉代有民曹，魏晋有左民、起部，隋唐因北周工部旧名，总设工部，为六部之一，掌管各项工程、工匠、屯田、水利、交通等政令，长官为工部尚书。历代相沿不改，清末改为农工商部。

③四大部洲：又称四洲、四大洲、四天下，佛家认为在须弥山周围有四大洲，分别为东胜神洲；西牛贺洲；南赡部洲；北俱芦洲。

**【译文】**听说当年烧制时，准备了三座佛塔用的琉璃砖，建成一座后，另外二塔的材料全部掩埋，并且编号识别。如今塔上若有一块砖损坏了，就把编号报给工部，工部便挖出一块相同编号的砖来修补塔身，就如初建成的样子。夜晚必须点灯，每年要耗费灯油若干斛。天空放晴时，云雾弥漫，飘荡摇曳，有奇异的光在塔上出现，如同香烟燎绕，半日方散。永乐年间，有一百多个国家的人辗转来到这里，他们都是些言语不通的海外夷蛮，他们见到报恩塔，必定会顶礼膜拜，赞叹不已，之后才会离去，说这是四大部洲绝无仅有的稀世之宝。


# 天台牡丹①


天台多牡丹，大如拱把②，其常也。某村中有鹅黄牡丹，一株三干，其大如小斗，植五圣祠前③。枝叶离披，错出檐甃之上④，三间满焉。花时数十朵，鹅子、黄鹂、松花、蒸栗，葶楼穰吐⑤，淋漓簇沓⑥。土人于其外搭棚，演戏四五台，婆娑乐神⑦。有侵花至漂发者，立致奇祟。土人戒勿犯，故花得蔽芾而寿⑧。


**【注释】**①天台：今浙江天台县。

②拱把：表示物体不粗，径围大如两手合围。拱：两手合围。把：一手所握。

③五圣：旧时江南一带所奉之神。

④檐甃（zhòu）：砌房顶屋檐的砖瓦，这里指墙壁和屋檐。

⑤萼楼穰（ráng）吐：花萼繁盛相辉，形容花开众多。

⑥淋漓簇沓：形容气势充盛酣畅，繁花盛开之象。

⑦婆娑：形容盘旋和舞动的样子。

⑧蔽芾（fèi）：茂盛的样子。出自《诗·召南·甘棠》："蔽芾甘棠，勿翦勿伐，召伯所茇。蔽芾甘棠，勿翦勿败，召伯所憩。"

**【译文】**天台山盛产牡丹，花朵径围大如两手合抱是很常见的现象。某个村子里有鹅黄牡丹，一株有三个枝干，花朵大得像个小斗，种植在五圣祠前。这些牡丹枝繁叶茂，错落有致地伸到五圣祠的房檐上，三间房全被盖满了。花开的时候有几十朵，色如雏鹅黄鹂，松花蒸栗，花萼层层叠叠，繁盛相辉，开得花团锦簇，淋漓酣畅。当地人在这些牡丹边上搭了棚子，演上四五台戏，婆娑起舞以娱花神。如若有人侵害牡丹导致花瓣飘落，便会立即招致奇祸。当地人告诫不得冒犯牡丹，因此这些牡丹花才得以如此茂盛而长久地绽放。

# 金乳生草花

金乳生喜莳草花①。住宅前有空地，小河界之。乳生濒河构小轩三间，纵其趾于北，不方而长，设竹篱经其左。北临街，筑土墙，墙内砌花栏护其趾。再前，又砌石花栏，长丈余而稍狭。栏前以螺山石垒山披数折②，有画意。

【注释】①莳（shì）：移植，栽种。

②螺山石：即圆通山之石。圆通山位于云南省昆明市东北隅，因其山石绾青篆翠，旋如螺髻，故称。

【译文】金乳生喜欢种植花草。他的住宅前有一片空地，以小河为界。乳生靠近小河边搭建了三间小屋，顺着小屋又向北边拓展，所以小屋不是方形而成了长方形，在它的左边设置了一道竹篱笆。北面临街处修筑了土墙，墙内砌了花栏用以保护地基。再往前，又用石头砌了花栏，有一丈多长，稍显狭窄。花栏前用螺山石垒砌成曲折迂回的假山，颇有些画中的意境。

草木百余本，错杂莳之，浓淡疏密，俱有情致。春以莺粟、虞美人为主①，而山兰、素馨、决明佐之②；春老以芍药为主，而西番莲、土萱、紫兰、山矾佐之③；夏以洛阳花、建兰为主，而蜀葵、乌斯菊、望江南、茉莉、杜若、珍珠兰佐之④；秋以菊为主，而剪秋纱、秋葵、僧鞋菊、万寿芙蓉、老少年、秋海棠、雁来红、矮鸡冠佐之；冬以水仙为主，而长春佐之。其木本如紫白丁香、绿萼玉碟、蜡梅、西府、滇茶、日丹、白梨花⑤，种之墙头屋角，以遮烈日。

【注释】①莺粟：即罂粟。虞美人：一种一年生的罂粟花，花为红色。传说虞美人自刎后，葬于雅州名山县，冢中出草，状如鸡冠花，叶叶相对，唱《虞美人曲》，则应板而舞，俗称"虞美人草"。

②素馨：植物名。本名耶悉茗，佛经中作"鬘华"。常绿灌木，初秋开花，花白色，香气清冽，可供观赏。性畏寒，原产于印度，后移植于我国南方地区。以其花色白而芳香，故称。决明：植物名。豆科。一年生草本。偶数羽状复叶。夏秋开花，花黄色。荚呈长角状，略有四棱。原产热

带美洲，我国各地皆有栽培。嫩苗、嫩果可食。种子称决明子，可代茶亦可供药用，具有清肝明目之功效。

③西番莲：百香果的别名。多年生常绿茎蔓性植物。山矾：植物名。灰木科灰木属，常绿灌木。叶革质，平滑无毛，阔披针形，先端渐尖而成尾状，总状花序有毛，萼平滑无毛，白色花瓣，圆锥形果实，可供食用，子大可作染料。

④蜀葵：多年生草本植物，作为二年生植物栽培于花园中，叶大而粗糙，圆形，花美丽，成顶生穗状花序。杜若：香草名。多年生草本，叶广披针形，味辛香。夏季开白花。果实蓝黑色。

⑤绿萼：绿萼梅的简称。萼为绿色，花瓣碟形，花色洁白。玉碟（dié）：即玉蝶梅。属真梅系直枝梅类玉蝶型。其花复瓣或重瓣，白色，萼绛紫色。在蕾期，有时花蕾尖端呈浅红色，但盛开时花色变白。西府：即西府海棠。滇茶：即滇茶花，又称"滇山茶""大茶花"等。叶片光鲜，花朵硕大，有非常高的观赏价值。

【译文】花草树木有一百余种，错杂地栽种在这里，浓淡相宜，疏密有度，很有闲情逸致。春之初以罂粟、虞美人为主，以山兰、素馨、决明为辅；春之末以芍药为主，以西番莲、土萱、紫兰、山矾为辅；夏天以洛阳花、建兰为主，以蜀葵、乌斯菊、望江南、茉莉、杜若、珍珠兰为辅；秋天以菊花为主，以剪秋纱、秋葵、僧鞋菊、万寿芙蓉、老少年、秋海棠、雁来红、矮鸡冠为辅；冬天以水仙为主，以长春为辅。其他的木本植物如紫白丁香、绿萼玉楪蜡梅、西府、滇茶、日丹、白梨花等，就种在墙头屋角，可以遮挡烈日。

乳生弱质多病，早起不盥不栉①，蒲伏阶下，捕菊虎②，芟地蚕③，花根叶底，虽千百本，一日必一周之。癃头者火蚁④，瘠枝者黑蚰⑤，伤根者蚯蚓、蜒蝣⑥，贼叶者象干、毛猬⑦。火蚁，以鲞骨、鳖甲置傍引出弃之⑧；黑蚰，以麻裹著头捊出之；蜒蝣，以夜静持灯灭杀之；蚯蚓，以石灰水灌河水解之；毛猬，以马粪水杀之；象干虫，磨铁线穴搜之。事必亲历，虽冰龟其手⑨，日焦其额，不顾也。青帝喜其勤⑩，近产芝三本，以祥瑞之。

【注释】①不盥不栉：不洗脸，不束发。栉：古代男子束发用的梳篦。

②菊虎：外观酷似天牛，口器不及天牛发达，触角也比较短，侵害菊科植物。

③艾：割草，引申为除去。地蚕：即地老虎，夜蛾的幼虫，形如蚕，吃作物的根和苗。

④癃（lóng）：植物枯萎衰败的样子。

⑤黑蚰（yóu）：节肢动物，像蜈蚣而略小，黄褐色，触角和脚很长，毒颚很大，栖息于房屋内外阴湿处。

⑥蜒蝣（yán yóu）：俗称鼻涕虫，食性杂，尤喜幼嫩多汁的植物及地衣菌类，危害蔬菜瓜果和花生、棉花的枝叶等。

⑦象干：又叫尺蠖（huò），危害果树，花木等。食害叶片，严重时造成光秃现象，使枝条干枯。

⑧鲞（xiǎng）骨：干鱼骨。

⑧冰龟（jūn）：皮肤因受寒冻而裂如冰纹。

⑩青帝：我国古代神话中的五天帝之一，是位于东方的司春之神，又称苍帝、木帝。

【译文】乳生体弱多病，每天清早起来，不洗脸，也不束发，就匍匐在台阶下，捕菊虎，除地蚕，从花根到叶底，即使有千百株草木，他每天必定清理一遍。让花木顶部枯萎的是火蚁，让枝干瘦弱的是黑蚰，伤害根茎的是蚯蚓和蜒蝣，损伤叶子的是象干、毛猬。想要对付火蚁，就将干鱼骨、鳖甲放在一旁，把它们引诱出来再丢弃；对付黑蚰，得用麻裹住筷子头把它轻轻抒出来；对付蜒蝣，得在夜深人静时持灯灭杀；对付蚯蚓，要用石灰水灌河水来解决；对付毛猬，要用马粪水来杀死；对付象干虫，要磨一根铁线去捅它的洞穴。每件事他必会亲力亲为，即使双手冻裂，额头晒得焦黑，也全然不顾。司春之神青帝喜欢他的勤劳，最近让他的花圃里长出三颗灵芝以示祥瑞。


# 日月湖

　　宁波府城内①，近南门，有日月湖。日湖圆，略小，故日之；月湖长，方广，故月之。二湖连络如环，中亘一堤②，小桥纽之。日湖有贺少监祠③。季真朝服拖绅④，绝无黄冠气象⑤。祠中勒唐玄宗《饯行》诗以荣之。季真乞鉴湖归老，年八十余矣。其《回乡》诗曰："幼小离家老大回，乡音无改鬓毛衰。儿孙相见不相识，笑问客从何处来？"八十归老，不为蚤⑥矣，乃时人称为急流勇退，今古传之。


【注释】①宁波府：今浙江宁波。
②中亘（gèn）一堤：中间横贯一堤。

③贺少监：即贺知章，字季真，自号四明狂客，唐越州永兴人，著名书法家。他在武则天时进士，官至太子宾客、秘书监，故时称"贺监"。他擅长草、隶书，亦擅长文辞，其诗风格淡雅而隽永，时出巧思，性旷达，善说笑，嗜酒，与李白、张旭等人交往频繁。贺知章后为道士，隐居于镜湖，享年八十八岁。

④拖绅：古时中原王朝朝服后腰上悬挂的一条大带，因其上有组绶，合称"绶带"，指士大夫。

⑤黄冠气象：指有道士气度。黄冠：本来是道士戴的帽子，后借指道士。气象：人的气度。

⑥蚤：同早。

【译文】在宁波府城内，靠近南门的地方，有日月湖。日湖是圆形的，略小，所以用太阳来命名；月湖是长条形的，比较宽广，所以用月亮命名。两湖如环扣一样连结在一起，中间横贯着一条湖堤，小桥就是它们的纽带。日湖边有唐朝诗人贺知章的祠堂。贺知章的塑像身着朝服，拖着绶带，没有一点儿道士模样。祠堂中刻着唐玄宗所赐的饯行诗以示荣耀。贺知章请求回鉴湖老家养老时，已经八十多岁了。他在《回乡》诗中写道："幼小离家老大回，乡音无改鬓毛衰。儿孙相见不相识，笑问客从何处来？"八十岁才荣归故里，不能算早了，但当时的人们都称颂他急流勇退，其美名今古相传。


季真曾谒一卖药王老，求冲举之术①，持一珠贻之。王老见卖饼者过，取珠易饼。季真口不敢言，甚懊惜之。王老曰："悭吝未除，术何繇②得？"乃还其珠而去。则季真直一富贵利禄中人耳。《唐书》入之《隐逸传》③，亦不伦甚矣。

**【注释】**①冲举：飞升成仙。

②繇：同由。

③《唐书》：是记录唐代历史的纪传体正史，有《新唐书》《旧唐书》两种。《旧唐书》有二百卷，包括内帝纪二十卷，志三十卷，列传一百五十卷。《新唐书》有二百二十五卷，包括本纪十卷，志五十卷，表十五卷，列传一百五十卷。

**【译文】**贺知章曾去拜访一位王姓的卖药老者，寻求飞升成仙之术，把一颗珍珠赠送给那位老者。老者见到一个卖饼的人经过，就拿出珍珠去换饼。贺知章嘴上不敢说，心里却非常懊恼惋惜。老者一下就看透了他的心思，说："你吝啬的毛病还没有去除，又怎能学到飞升成仙之术？"便将那颗珍珠还给了贺知章，随后扬长而去。如此说来，贺知章只不过是一个贪恋富贵利禄的人罢了。《唐书》却将他列入《隐逸传》，这是很不相称的。

月湖一泓汪洋，明瑟可爱，直抵南城。城下密密植桃柳，四围湖岸，亦间植名花果木以萦带之。湖中栉比皆士夫园亭①，台榭倾圮②，而松石苍老。石上凌霄藤有斗大者，率百年以上物也。四明缙绅③，田宅及其子，园亭及其身。平泉木石④，多暮楚朝秦，故园亭亦聊且为之，如传舍衙署焉。屠赤水娑罗馆亦仅存娑罗而已⑤。所称"雪浪"等石，在某氏园久矣。清明日，二湖游船甚盛，但桥小，船不能大。城墙下址稍广，桃柳烂熳，游人席地坐，亦饮亦歌，声存西湖一曲。

**【注释】**①栉（zhì）比：像梳齿般紧密排比，比喻排列紧密。

②倾圮（pǐ）：倒塌毁坏。

③四明：山名。在浙江省宁波市西南。自天台山发脉，绵亘于奉化、慈溪、馀姚、上虞、嵊县等县境。道书以为第九洞天，又名丹山赤水洞天。凡二百八十二峰，相传群峰之中，上有方石，四面如窗，中通日月星辰之光，故称四明山。缙绅：原意是插笏（古代朝会时官宦所执的手板，有事就写在上面，以备遗忘）于带，旧时官宦的装束，转用为官宦的代称。

④平泉木石：典出唐李德裕的《平泉山居戒子孙记》，留给子孙的训诫是："鬻平泉者，非吾子孙也。以平泉一树一石与人者，非佳士也。"

⑤屠赤水：即屠隆，明代戏曲家、文学家。字长卿，号赤水，别号由拳山人、一衲道人，晚年又号鸿苞居士，鄞县人，万历五年（1577）进士，曾任颍上知县，转为青浦令，后迁礼部主事、郎中。他为官清正，作《荒政考》，写百姓灾伤困厄之苦，"以告当世，贻后来"。万历十二年（1584）蒙受诬陷，削籍罢官。晚年寻山访道，说空谈玄，以卖文为生，怅悴而卒。

【译文】月湖如一泓汪洋，清澈莹净，可爱之极，一直抵达南城。城下密密种植着许多桃树、柳树，在湖岸四周，也间种了一些名花果木，如同一条彩带萦绕着月湖。湖中紧密排列着士大夫们修建的亭阁，然而有的台榭已经倒塌毁坏，松柏山石显得格外苍老。山石上有斗大的凌霄藤蔓，大概都有百年以上的历史了。对于四明当地的官宦来说，田产住宅可以传给儿子，园林亭榭却只能惠及自己这一代。如同平泉的木石，大多朝秦暮楚，变化无常，因此园林亭榭就姑且先经营着，就如同衙门官署和旅店客栈。屠赤水的婆罗馆，也仅存几颗婆罗树而已。其中民间所称的"雪浪"等石，流落在某家园林已经很久了。清明节那天，两湖上游船很多，但是桥小，船不能太大。城墙下的地基较为宽广，桃花烂漫，柳树成荫，游人席地而坐，一边饮酒一边唱歌，一曲《西湖》便流存下来。

# 金山夜戏①

　　崇祯二年中秋后一日②，余道镇江往兖③。日晡，至北固④，舣舟江口⑤。月光倒囊入水，江涛吞吐，露气吸之，嘘天为白⑥。余大惊喜。移舟过金山寺⑦，已二鼓矣。经龙王堂，入大殿，皆漆静⑧。林下漏月光，疏疏如残雪。

【注释】①金山：山名，在江苏省镇江市西北。古有氐父、获苻、伏牛、浮玉等名，唐时裴头陀获金于江边，于是改名金山。

②崇祯二年：即1629年。

③兖：即兖州，在今山东省。

④北固：山名，在今江苏省镇江市东北，有南、中、北三峰。北峰三面临江，形势险要，故称"北固"。南朝梁武帝曾登此山。

⑤舣舟：停船靠岸。

⑥嘘（xùn）：将水含在口中喷出去，泛指喷射。

⑦金山寺：在江苏省镇江市西北金山上。东晋时创建，为国内佛教禅宗名寺。民间传说《白蛇传》中的金山寺就是指这里。

⑧漆静：黑暗寂静。

【译文】崇祯二年中秋后的一天，我经镇江前往兖州。傍晚时分，抵达北固山，将船停靠在江口。月光有如囊中倾泻而下的水柱，直入江中，与江面上的波涛互相吞吐，被露气吸收，把天空喷洒成白茫茫的一片。我大为惊喜，划船经过金山寺，已是二更时分。经过龙王堂，进入大殿，四处黑暗，一片寂静。树林下漏出的月光，疏疏落落，如残雪一般。

余呼小僕携戏具，盛张灯火大殿中，唱韩蕲王金山及长江大战诸剧①。锣鼓喧阗，一寺人皆起看。有老僧以手背搣眼翳②，翕然张口③，呵欠与笑嚏俱至。徐定睛，视为何许人，以何事何时至，皆不敢问。

【注释】①韩蕲（qí）王：即韩世忠，字良臣，陕西绥德人。高宗时，平苗傅、刘正彦之乱，破金兀术于黄天荡，名重当时，称为中兴第一功臣。后以秦桧主和，罢其兵柄，乃口不谈兵，隐居西湖，自号清凉居士。卒谥忠武，孝宗追封蕲王。

②眼翳（yì）：眼病名。眼珠上所生障蔽视线的白色薄膜。

③翕然张口：突然目瞪口呆的样子。

【译文】我喊年幼的侍童带着唱戏的道具，将大殿装点得灯火通明，演唱蕲王韩世忠与金兵大战金山、大战长江等剧。当时锣鼓喧天，整个寺庙的人都来看戏。有老僧用手背揉着眼翳，突然张大嘴，一副目瞪口呆的样子，他笑着一边打呵欠，一边笑得打喷嚏。大家慢慢定睛，想看看这是何许人，在何时因何事来到这里，但是众人都不敢问。

剧完，将曙，解缆过江。山僧至山脚，目送久之，不知是人、是怪、是鬼。

【译文】演出结束，天快亮了，我们解开船缆过江。山僧走到山脚，久久地目送我们，不知道我们究竟是人、是妖、还是鬼。

# 筠芝亭①

筠芝亭，浑朴一亭耳。然而亭之事尽，筠芝亭一山之事亦尽。吾家后此亭而亭者，不及筠芝亭；后此亭而楼者、阁者、斋者，亦不及。总之，多一楼，亭中多一楼之碍；多一墙，亭中多一墙之碍。

【注释】①筠芝亭：此亭为作者张岱的叔祖张懋之所建，位于今绍兴卧龙山下。明朝祁彪佳在《越中园亭记》中写道："卧龙山之右巅，有城隍庙，即古蓬莱阁。折而下，孤松兀立，古木纷披。张懋之先生构亭曰'筠芝'，楼曰'霞外'。南眺越山，明秀特绝。亭之右为啸阁，以望落霞晚照，恍若置身天际，复一丘一壑之胜已也。主人自叙其园，有内景十二、外景七、小景六，其犹子张宗子各咏一绝记之。"

【译文】筠芝亭，只是一座浑厚朴拙的亭阁罢了。然而亭子建好了，筠芝亭所在的这座山也就没什么事情了。我家在这座亭的后面又建了一个亭，却远远不及筠芝亭；在此亭子之后再兴建的楼、阁、斋等，都不及筠芝亭。总的来说，多一座楼，亭中就多了一座楼的障碍；多一道墙，亭中就多了一道墙的障碍。

太仆公造此亭成①，亭之外更不增一椽一瓦，亭之内亦不设一槛一扉，此其意有在也。亭前后，太仆公手植树皆合抱，清樾轻岚②，瀺瀺翳翳③，如在秋水。亭前石台，躐取亭中之景物而先得之④，升高眺远，眼界光明。敬亭诸山，箕踞麓下；溪壑萦回，水出松叶之上。台下右旋，曲磴三折，老松偻背而立，顶垂一干，倒下如小幢；小枝盘郁，曲出辅之，旋盖如曲柄葆羽⑤。癸丑以前⑥，不垣不台，松意尤畅。

**【注释】**①太仆公：指作者张岱的高祖张天复。曾官至太仆寺卿，故称太仆公。

②清樾：路旁的清凉树荫。

③瀺瀺翳翳：云烟笼罩、昏暗晦冥貌。

④躐（liè）取：谓用不正当手段非分获取。

⑤葆羽：以鸟羽为饰，供仪仗用的华盖。

⑥癸丑：即嘉靖三十二年（1553）。

**【译文】**太仆公建成筠芝亭后，亭外便不加一根椽、一片瓦，亭内不设一道门槛、一扇窗户，这才是他的用意。亭子前后两面，太仆公亲手栽下的树木已经成了合抱之木，雾气轻盈，树荫清凉，云烟笼罩，若隐若现，如同置身于秋水之滨。亭前有石台，在亭中欣赏景物时会最先看到它，登高远眺，眼界开阔。敬亭等山，如同簸箕一样盘曲在山脚下；溪流顺着沟壑宛转萦绕，仿佛是从松叶间流出一般。从石台下向右转，顺着弯曲的石阶拐三个弯，有棵苍老的松树伛偻着脊背，站在道旁，树顶倒垂着一根枝干，伏倒下来有如小小的伞盖；细小的树枝盘曲郁结，从旁伸出来辅助大枝干，树冠旋绕如鸟羽华盖。癸丑年以前，这里没有围墙，没有台阶，苍松舒展，意趣盎然，尤为畅快。

# 砎 园①

砎园，水盘据之，而得水之用，又安顿之若无水者。

【注释】①砎（jiè）园：作者张岱的祖父张汝霖晚年所建。明代祁彪佳在《越中名园记》中记载："张肃之先生晚年筑室于龙山之旁，而开园其左。有鲈香亭，临王公池上。凭窗眺望，收拾龙山之胜殆尽。寿花堂、霞爽轩、酣漱阁皆在水石萦回、花木映带处。"

【译文】砎园，被水盘绕占据，而它既得到了水的妙用，又安顿妥当，好像园中根本没有水一样。

寿花堂，界以堤，以小眉山，以天问台，以竹径，则曲而长，则水之。内宅，隔以霞爽轩，以酣漱，以长廊，以小曲桥，以东篱，则深而邃，则水之；临池，截以鲈香亭、梅花禅，则静而远，则水之。缘城，护以贞六居，以无漏庵，以菜园，以邻居小户，则阒①而安，则水之。用尽，而水之意色指归乎庞公池之水②。庞公池，人弃我取，一意向园，目不他瞩，肠不他回，蠖不他诺，龙山蠖蜿③，三折就之，而水不之顾。人称砎园能用水，而卒得水力焉。

**【注释】**①閟（bì）：清静，幽深。

②庞公池：在今浙江绍兴城内。在本书第七章《庞公池》有详细介绍。

③龙山：即卧龙山。在绍兴城内。蟊蚭（kuí ní）：即蚰蜒，俗称草鞋虫。

**【译文】**寿花堂，以小土堤、小眉山、天问台、竹径为界，显得曲折悠长，用水环绕着；内宅，用霞爽轩、醋漱、长廊、小曲桥、东篱隔开，显得深邃悠远，用水环绕着；临池，被鲈香亭、梅花禅截断，显得静谧幽远，用水环绕着；沿着城墙，用贞六居、无漏庵、菜园、邻居的小房子环卫，显得清静安宁，用水环绕着。水的妙处发挥到了极致，然而水造就出的景色和意境，最终要归于庞公池。庞公池，别人不要的水我接纳，真心诚意向着砎园，眼睛不看别处，心里不想别的事情，不对别人承诺，像龙山的草鞋虫一样，经过几多曲折，迁就着水流，然而水流却不顾及这些。人们都说砎园善于用水，而园中之景最终是得到了水的助力。

　　大父在日①，园极华缛②。有二老盘旋其中，一老曰："竟是蓬莱阆苑了也③！"一老咈之曰④："个边那有这样？"

**【注释】**①大父：即祖父，指作者张岱的祖父张汝霖。

②华缛（rù）：华采繁富，华美盛大。

③阆苑：阆凤山之苑，传说中神仙居住的地方，旧时诗文中常用来指宫苑。

④咈：古同"拂"，违逆，乖戾。

**【译文】**祖父健在之时，砎园极其华美。那时有二老经常流连其中,一老说:"这里就是蓬莱仙境了!"另一老不同意,说:"蓬莱哪有这么好的景致?"

# 葑门荷宕①

天启壬戌六月二十四日②,偶至苏州,见士女倾城而出,毕集于葑门外之荷花宕。楼船画舫至鱼艒小艇③,雇觅一空。远方游客,有持数万钱无所得舟,蚁旋岸上者。

【注释】①葑(fēng)门:在今江苏苏州城东。宕(dàng):同"荡",有浅水湖之意。

②天启壬戌:即天启二年(1622)。

③鱼艒小艇:大船小船。

【译文】天启壬戌年六月二十四日,我偶然到了苏州,看见男男女女倾城而出,都聚集在葑门城外的荷花宕。楼船画舫乃至大船小艇,被众人租赁一空。远方来的游客,居然有拿几万钱租游船,却一无所获的,好多游客像蚂蚁一样回旋在荷花宕的岸上。

余移舟往观,一无所见。宕中以大船为经,小船为纬,游冶子弟,轻舟鼓吹,往来如梭。舟中丽人皆倩妆淡服,摩肩簇舄①,汗透重纱。舟楫之胜以挤,鼓吹之胜以集,男女之胜以溷②,歊暑燂烁③,靡沸终日而已。

**【注释】**①摩肩簇舄(xì):肩挨着肩,脚碰着脚。形容人多拥挤。

②溷(hùn):"混"的异体字,肮脏,混浊。

③歊(xiāo)暑燂(tán)烁:热气上升的样子。歊:炎热。燂烁:形容如火烧般炎热。

**【译文】**我划船过去观看,却什么也没看到。荷花宕中,大船南北一字排开,小船东西纵向排列,出来游玩的贵族子弟,坐在轻舟上,吹打鼓乐,往来如梭。船上的丽人,全都妆容美丽,服饰淡雅,人们摩肩接踵,拥挤不堪,汗水湿透了层层衣纱。游船的拥挤交错成了一大胜景,杂乱无序的鼓乐也成了一大胜景,混杂不堪的男女也成了一大胜景,热气升腾,如火烧般炎热,人声鼎沸,终日喧闹不已。

荷花宕经岁无人迹,是日,士女以鞋跢不至为耻①。袁石公曰②:"其男女之杂,灿烂之景,不可名状。大约露帏则千花竞笑,举袂则乱云出峡,挥扇则星流月映,闻歌则雷辊涛趋③。"盖恨虎丘中秋夜之模糊躲闪④,特至是日而明白昭著之也。

**【注释】**①鞋跢(tā):把布鞋后帮踩在脚后跟下,如同穿拖鞋一样。跢:一种草制的拖鞋;或是鞋帮纳得很密、前面有皮脸的布鞋。

②袁石公:即袁宏道。字中郎,明湖北公安人。与兄宗道、弟中道,并有才名,时称三袁。万历进士,官至吏部郎中。诗文重妙悟而轻模仿,学者称为"公安体"。著有《袁中郎集》。

③雷辊(gǔn):车轮转动时发出雷鸣般的声音。

④虎丘：山名。位于江苏省吴县西北，为吴王阖闾埋葬处，是苏州名胜。

**【译文】**平时荷花宕基本没有人迹，但是在这一天，男男女女都以不能来到这里为耻。袁石公说："这样男女混杂、灿烂多姿之景，无法形容。大概说来，掀开帷幕就像千花竞笑，抬起衣袖有如乱云出峡，挥动扇子就像星流月映，听到歌声就如涛声雷鸣。"人们大概对虎丘中秋之夜的模糊躲闪感到遗憾，那些青年男女才特地等到这个日子，要光明正大地在一起吧。

# 越俗扫墓①

越俗扫墓，男女袨服靓妆②，画船箫鼓，如杭州人游湖，厚人薄鬼，率以为常。二十年前，中人之家尚用平水屋帻船③，男女分两截坐，不坐船④，不鼓吹。先辈谑之曰："以结上文两节之意。"后渐华靡，虽监门小户，男女必用两坐船，必巾，必鼓吹，必欢呼畅饮。

**【注释】**①越俗扫墓：按照越地的风俗扫墓。

②袨（xuàn）服靓妆：穿艳服，打扮得很漂亮。

③平水屋帻（zé）船：跑平水码头的货船。遮上布帷，可以临时改装成男女分坐的客船。平水：河川名。在浙江省绍兴县东南。

④坐船：即"座船"。专门载人的船。

【译文】越地一带清明节扫墓的风俗，男女都穿着华美的衣服，妆扮靓丽，坐在画船中，箫鼓齐鸣，就如杭州人游览西湖一般，厚待今人却轻薄鬼神，人们大概都习以为常了。二十年前，中等人家还在用平水屋帻船，男女分坐在船的两边，不坐专门载人的舒适船只，不打鼓奏乐。长辈开玩笑说："以结上文（坟）两节（截）之意。"后来渐渐变得奢靡豪华，即使那些替别人守门的小户人家，男人女人也必用两个座位的船只，定会戴上头巾，必定吹号击鼓，定会欢呼畅饮。

下午必就其路之所近，游庵堂、寺院及士夫家花园。鼓吹近城，必吹《海东青》《独行千里》，锣鼓错杂。酒徒沾醉，必岸帻嚣嘐，唱无字曲，或舟中攘臂，与侪列厮打。自二月朔至夏至，填城溢国，日日如之。

【译文】到了下午，定会找条近路，去游览庵堂、寺院及士大夫家的花园。敲锣打鼓的乐队接近城边时，定要吹奏《海东青》与《独行千里》这样的曲子，锣鼓声交错混杂。带着醉意的酒徒，定会掀起自己的头巾，大声嚣叫，唱着没有歌词的曲子，有的人在船中揍起袖子伸出胳膊，与同伴厮打在一起。从二月初一到夏至，整个城里，日日如此。

乙酉①，方兵画江而守②，虽鱼艖菱舠，收拾略尽。坟垅数十里而遥，子孙数人挑鱼肉楮钱③，徒步往返之，妇女不得出城者三岁矣。萧索凄凉，亦物极必反之一。

【注释】①乙酉：即顺治二年（1645）。

②方兵：方国安手下的士兵。当时方国安为镇东侯，负责抗清。

③楮（chǔ）钱：即冥纸。旧俗祭祀时所焚的纸钱。

**【译文】**乙酉年，方国安手下的士兵据江守卫，即使是打鱼采菱的小船，也被掠夺殆尽。坟地距离住的地方有几十里远，子孙几个挑着鱼肉带上纸钱，徒步往返去扫墓，妇女不得出城已有三年了。眼下萧索凄凉的光景，也算是物极必反的一个例子吧。

# 奔云石①

南屏石，无出奔云石者②。奔云得其情，未得其理。石如滇茶一朵，风雨落之，半入泥土，花瓣棱棱，三四层折。人走其中，如蝶入花心，无须不缀也。

**【注释】**①奔云石：作者张岱曾在《西湖梦寻》开头介绍了"奔云石"命名的由来："小蓬莱在雷峰塔右，宋内侍甘升园也。奇峰如云，古木荟蔚，理宗常临幸。有御爱松，盖数百年物也，自古称为小蓬莱。石上有宋刻'青云岩''鳌峰'等字。今为黄贞父先生读书之地，改名'寓林'，题其石为'奔云'。"

②南屏：山名。在浙江省杭州市，为西湖胜景之一。

③黄寓庸：即黄汝亨，字贞父，号寓庸，仁和人。明朝书法家、文学家。万历二十六年进士，历任进贤县令、礼部郎中等。著有《天目游记》《廉吏传》《寓林集》《寓庸子游记》等。他是作者张岱祖父张汝霖的

好友，张岱曾向其学举业，将其称为"举业知己"。

【译文】南屏山的石头没有超过奔云石的。"奔云"二字虽点出了它的情致，却没有说明它的道理。就像云南滇池的一朵茶花，经过风吹雨打，凋落于地，有一半陷入泥土，花瓣棱棱，重叠着有三四层。人行走在其中，就像蝴蝶飞入花心一般，没有一处不想细细品味。

黄寓庸先生读书其中③，四方弟子千余人，门如市。余幼从大父访先生。先生面黧黑①，多髭须②，毛颊，河目海口，眉棱鼻梁，张口多笑。交际酬酢③，八面应之。耳聆客言，目睹来牍，手书回札，口嘱俣奴，杂沓于前，未尝少错。客至，无贵贱，便肉、便饭食之，夜即与同榻。余一书记往，颇秽恶，先生寝食之不异也，余深服之。

【注释】①黧（lí）黑：形容人的脸色黑。
②髭（zī）须：嘴周围的胡子，唇上曰髭，唇下为须。
③酬酢（zuò）：筵席中主客互相敬酒。后泛指交际应酬。酬：向客人敬酒，酢：向主人敬酒。

【译文】黄寓庸先生曾在这里读书，慕名而来的四方弟子有千余人，简直门庭若市。我小时候跟随祖父拜访先生。先生面色黧黑，胡须浓密，脸颊长着毛发，眼宽，嘴大，棱眉高，鼻梁挺，张口多笑。先生在交际应酬方面可称得上八面玲珑。他能做到耳朵听客人说话，眼睛看着寄来的书信，手里写着回信，嘴上还在吩咐婢仆，虽然各种繁杂之事堆在眼前，却未曾出过一点儿差错。客人来到，不分高贵低贱，一律以家常便饭款待，晚上就与客人同榻而眠。我的一个小文书去那里，身上比较脏，但先生在寝食上对他的招待不异于旁人，我对先生的为人真是深感佩服。

丙寅至武林①，亭榭倾圮，堂中窀先生遗蜕②，不胜人琴之感③。余见奔云黝润，色泽不减，谓客曰："愿假此一室，以石礧门④，坐卧其下，可十年不出也。"客曰："有盗。"余曰："布衣褐被，身外长物则瓶粟与残书数本而已。王弇州不曰'盗亦有道也'哉⑤？"

【注释】①丙寅：即天启六年（1626）。武林：旧时杭州的别称，以武林山得名。

②窀(zhūn)：墓穴，厚葬。遗蜕：遗弃形骸。即遗体。

③人琴之感：表达对亲友的哀思之情。语出《世说新语·伤逝》："王子猷、子敬俱病笃，而子敬先亡。子猷问左右：'何以都不闻消息？此已丧矣。'语时了不悲。便索舆来奔丧，都不哭。子敬素好琴，便径入坐灵床上，取子敬琴弹，弦既不调，掷地云：'子敬子敬，人琴俱亡。'因恸绝良久。月余亦卒。"

④礧(lěi)：方言，古同"垒"，堆砌石头。

⑤王弇(yǎn)州：即王世贞，字元美，号凤洲，别号弇州山人，明江苏太仓人。万历时官至刑部尚书，诗文与李攀龙齐名，世称王、李。著有《弇州山人四部稿》《觚不觚录》《王氏书苑》《画苑》等。

【译文】丙寅年，我来到杭州，看到这里的亭阁水榭都已坍塌，堂中安葬着先生的遗体，顿时生出不胜人琴之感。我看见奔云石依然黝黑润泽，色泽不减，就对客人说："真希望能借这里一间房，垒砌石头堵房住门，安坐于卧室中，可以十年都不出来。"客人说："这里有盗贼。"我说:"我布衣麻被,身外余物只有一瓶粟米和几本破书罢了。王弇州先生不是说'盗亦有道'吗?"

# 木犹龙

木龙出辽海①,为风涛漱击,形如巨浪跳蹴,遍体多着波纹,常开平王得之辽东②,辇至京。开平第毁,谓木龙炭矣。及发瓦砾,见木龙埋入地数尺,火不及,惊异之,遂呼为龙。不知何缘出易于市,先君子以犀觥十七只售之③,进鲁献王④,误书"木龙"犯讳,峻辞之,遂留长史署中。先君于弃世,余载归,传为世宝。

**【注释】**①辽海:泛指辽河流域以东至海地区。明朝初期设辽海卫,属辽东指挥使司管辖。

②常开平王:即常遇春,字伯仁,谥忠武。明怀远人,貌奇伟,善射,有勇力。辅佐明太祖转战江南,所向皆捷;又率师北征,下元都,逐元帝,平定天下。累官至左副将军,擢为中书、平章军国重事,赠中书右丞相,封鄂国公、开平王。

③先君子:去世的父亲,即作者的父亲张耀芳,字尔弢。曾任鲁王右长史。犀觥(gōng):古代酒器,腹椭圆,上有提梁,底有圈足,兽头形盖,亦有整个酒器作兽形的,并附有小勺。

④鲁献王:即鲁宪王朱寿鋐,明朝第八代鲁王,恭王朱颐坦的庶第七子。万历二十九年(1601)被封为鲁王,在位三十五年去世,谥号宪王。

【译文】木龙出自辽海，经过风吹浪打，形状有点儿像奔腾的巨浪，周身都是被波浪冲刷过的纹理，开平王常遇春在辽东得到它，用辇车将它运送回京城。开平王府被烧毁后，人们都说木龙烧成木炭了。等到挖掘瓦砾时，看见木龙埋入地下几尺深处，大火根本没烧到它，人们为之惊异，就称它为龙。不知是何缘故，木龙后来会在市场上交易，先父以十七只犀觥换回了它，将其进献给鲁宪王，因为误写成"木龙"，触犯了忌讳，被鲁宪王严厉拒绝了，于是便留在长史署中。先父辞世后，我又将木龙用车载回来，作为世代相传的珍宝。

丁丑诗社①，恳名公人赐之名，并赋小言咏之。周墨农字以"木犹龙"②，倪鸿宝字以"木寓龙"③，祁世培字以"海槎"④，王士美字以"槎浪"⑤，张毅儒字以"陆槎"⑥，诗遂盈帙。

【注释】①丁丑：即崇祯十年（1637）。

②周墨农：即周又新，山阴（今浙江绍兴）人。作者张岱的好友。

③倪鸿宝：字玉汝，号鸿宝，浙江上虞人，明代忠臣。能诗文，工行草，善画山水竹石。为人正直廉介，不畏强权，官至户部尚书。李自成攻陷京城时，自缢而亡，谥文正，清代时追谥文贞。有《倪文贞集》传世。

④祁世培：即祁彪佳，字虎子，又字幼文，号世培，别号远山堂主人，山阴（今浙江绍兴）人。天启二年进士，曾任苏松府巡按。清廷下聘书招他为官，祁彪佳不为所动，自沉湖中，以死明志。隆武帝赠少傅兼太子太傅兵部尚书，谥忠敏。著有《远山堂诗集》《远山堂曲品》《远山堂剧品》《越中亭园记》《救荒全书》《祁忠敏公日记》《寓山注》《里居越言》《祁彪佳集》等。

⑤王士美：即王业洵，字士美，浙江余姚人。善古琴。

⑥张毅儒：即张弘，字毅儒。编有《明诗存》。

【译文】丁丑年我成立了诗社，恳请名公们为木龙赐名，同时赋上一首小诗来歌咏它。周墨农赐名为"木犹龙"，倪鸿宝赐名为"木寓龙"，祁世培赐名为"海槎"，王士美赐名为"槎浪"，张毅儒赐名为"陆槎"，众人题写的诗作竟达一整本之多。

木龙体肥痴，重千余斤，自辽之京、之兖、之济，繇陆。济之杭，繇水。杭之江、之萧山、之山阴、之余舍①，水陆错。前后费至百金，所易价不与焉。

【注释】①萧山：在今浙江杭州。

【译文】木龙体形巨大笨拙，重达千余斤，从辽东到京城、再到兖州、济州，走的是陆路。从济州到杭州，走的是水路。从杭州经钱塘江、萧山、山阴、最后到我家，是水陆交错着走的。前前后后花了上百两银子，这还没算当初买它的钱。

呜呼，木龙可谓遇矣！余磨其龙脑尺木①，勒铭志之②。曰："夜壑风雷，骞槎化石③；海立山崩，烟云灭没；谓有龙焉，呼之或出。"又曰："扰龙张子④，尺木书铭；何以似之？秋涛夏云。"

【注释】①尺木：古人谓龙升天时所凭依的短小树木。

②勒铭：在金石上镌刻记录功绩的文字。

③骞槎（chá）化石：传说汉武帝派张骞去寻找黄河的源头，张

骞乘槎(木筏)溯水而上,经过很久,他穿过荒无人烟的地带,到达了一座集镇,这里男耕女织,秩序井然。他走进一户人家,见女主人正在织布,其丈夫牵牛饮水。张骞很诧异,向他们询问:"这是哪里?"男主人指着牛饮水的河流说:"这是天河。"女主人把一块石头送给张骞,张骞带回后,被见多识广的东方朔认出,说这是天上织女织机下的填石。

④张子:作者张岱在本书中的自称。

【译文】哎呀,木龙可算是遇到知音了!我在其龙脑的尺木处打磨,镌刻铭文来纪念这件事。铭文写道:"深夜,在沟壑中响起风雷,张骞上天的竹筏已化作石头;大海呼啸,山崩地裂,烟消云散;人们说龙在这里,呼唤它也许就会出来。"又写:"张岱搅扰了木龙,在尺木上镌刻铭文;拿什么来比喻呢?好似秋天的波涛、夏天的云霞。"

# 天 砚

少年视砚,不得砚丑。徽州汪砚伯至,以古款废砚①,立得重价,越中藏石俱尽。阅砚多,砚理出。曾托友人秦一生为余觅石②,遍城中无有。

【注释】①款:器物上刻的字,书画、信件头尾上的名字。
②秦一生:张岱好友。作者曾作《祭秦一生文》。

【译文】我年少时看砚台,看不出砚台的好坏。徽州汪砚伯来了,用古字题在废砚台上,废砚立刻身价大涨,江浙一带收藏的砚石都卖完了。看过的砚台多了，也就明白鉴别砚台的门道了。我曾托朋友秦一生为我寻觅砚石，找遍全城都没有找到。

　　山阴狱中大盗出一石，璞耳①，索银二斤。余适往武林，一生造次不能辨②，持示燕客③。燕客指石中白眼曰："黄牙臭口④，堪留支桌。"赚一生还盗。燕客夜以三十金攫去，命砚伯制一天砚，上五小星一大星，谱曰"五星拱月"。燕客恐一生见，铲去大、小三星，止留三小星。一生知之，大懊恨，向余言。余笑曰："犹子比儿⑤。"

**【注释】**①璞：未雕琢过的玉石，或指包藏着玉的石头。

　　②造次：慌忙，仓促。

　　③燕客：即张萼，字燕客，张岱二叔张联芳的独子，自幼倍受溺爱，视金钱宝物如粪土。

　　④黄牙臭口：这里指砚石质量差。

　　⑤犹子比儿：典出《千字文》："诸姑伯叔，犹子比儿。"即对待侄儿也要像对待自己的子女一样。作者意在安慰秦一生，砚石不管是在燕客那里，还是在自己手里，其实都是一样的。

**【译文】**山阴监狱里有个大盗拿出一块石头，是块未经雕琢的璞石，索价二斤银子。我刚好去了杭州，秦一生仓促间不能辨别石头的好坏，就拿给我堂弟燕客看。燕客指着石头上的白眼说："品质太差，只能留着垫桌腿。"骗得秦一生把璞石还给了大盗。燕客连夜用三十两银子将石头买走。他让汪砚伯制成一方天砚，石头上面有五颗小星与一颗大星，谱名为"五星拱月"。燕客害怕秦一生看到，便铲掉了一大两小三颗星，只留下三颗小星。秦一生得知上当后，极其懊恼，来和我说这件事。我笑着说："砚石在谁那儿都一样。"

亟往索看①。燕客捧出，赤比马肝，酥润如玉，背隐白丝，类玛瑙，指螺细篆②，面三星坟起如弩眼，着墨无声而墨沈烟起，一生痴瘛③，口张而不能翕。

**【注释】**①亟（jí）：紧急、急切。

②指螺：螺旋形的指纹。通常称为斗，也有人称之为螺。细篆：笔画纤细的一种篆字。

③瘛（chì）：抽风，痉挛。

**【译文】**我拉上一生赶紧去燕客那里观赏。燕客捧出砚台，赤红的色泽堪比马肝，酥润如玉，背面隐约透出有如玛瑙中的白丝，雕刻在砚台上的小篆如指纹般清晰，砚台上三星凸起有如三个弩眼，研墨时悄无声息，墨汁下沉时有如轻烟升起，一生一时竟看呆了，嘴大张着都不能合拢了。

燕客属余铭①，铭曰："女娲炼天②，不分玉石；鳌血芦灰，烹霞铸日；星河溷扰③，参横箕翕④。"

**【注释】**①属（zhǔ）：嘱托，叮嘱。

②女娲炼天：传说上古时代，女娲曾炼五色石以补天的裂缝，截断鳌足以作为撑天的大柱，用芦灰来堵住洪水。

③溷（hùn）扰：混乱貌。

④参横箕翕：参星横斜，箕宿翕如。参、箕：星宿名，此指砚石上
的小星。

【译文】燕客嘱托我给这块砚台写篇铭文，铭文写道："女娲补
天，不分美玉还是石头；鳌血和上芦苇灰，烹制云霞，铸就红日；星河
混杂，参、箕闪烁，横在天空。"


# 吴中绝技①


吴中绝技：陆子冈之治玉，鲍天成之治犀，周柱之治嵌镶，
赵良璧之治梳，朱碧山之治金银，马勋、荷叶李之治扇，张寄修
之治琴②，范昆白之治三弦子，俱可上下百年保无敌手。


【注释】①吴中：今江苏苏州一带，亦泛指吴地。
②张寄修之治琴：明代制琴高手很多，其中最著名的要数张氏五
修，即张敬修、张寄修、张顺修、张睿修、张敏修。
【译文】吴中有很多绝活：陆子冈雕琢玉器，鲍天成雕刻犀角，周
柱的嵌镶工艺，赵良璧制作梳子，朱碧山制作金银器皿，马勋、荷叶李
制作扇子，张寄修善作古琴，范昆白制作三弦，他们的技艺都可以说上
下百年，没有对手。


但其良工苦心，亦技艺之能事。至其厚薄深浅，浓淡疏密，

适与后世赏鉴家之心力、目力针芥相对①，是岂工匠之所能办乎？盖技也而进乎技矣②。

【注释】①针芥相对：即针芥相投，比喻双方言语、性情、意见等相互合得来。

②进乎技矣：典出《庄子·养生主》："臣之所好者，道也，进乎技矣。"

【译文】但是纵使他们技艺精湛，用心良苦，也不过是工艺技巧。至于他们各自制作工艺的厚薄深浅、浓淡疏密，正好与后世鉴赏家的心思和眼光相互契合，这岂是一般工匠所能做到的？也许他们的技艺已精湛到一定程度，若是再向前走，就会进入道的境界了吧。

## 濮仲谦雕刻①

南京濮仲谦，古貌古心，粥粥若无能者②，然其技艺之巧，夺天工焉。其竹器，一帚一刷，竹寸耳，勾勒数刀，价以两计。然其所以自喜者，又必用竹之盘根错节，以不事刀斧为奇，则是经其手略刮磨之，而遂得重价，真不可解也。

【注释】①濮仲谦：即濮澄，字仲谦，明朝人，金陵竹刻创始人。是位身怀绝技、一艺多能的雕刻艺术家，喜欢用刀很浅的浮雕技法，有人称之为"水磨器"。

②粥粥若无能者：看起来柔弱无能的样子。语出《礼记·儒行》："其难进而易退也，粥粥若无能也。"粥粥：柔弱、谦卑的样子。

【译文】南京濮仲谦，相貌古朴，心地纯良，看起来一副柔弱无能的样子，但是他的雕刻技艺却巧夺天工。他雕刻的竹器，即便是一帚、一刷，只是在方寸大的竹片上用刀雕刻几下，就能卖上好几两银子。然而，他自己最喜欢的，却又必须用竹子盘根错节的那部分，奇特的是不用刀刻斧凿，只是经过他的手略微刮磨，就能卖上高价，真是难以理解。

仲谦名噪甚，得其款，物辄腾贵①。三山街润泽于仲谦之手者数十人焉②，而仲谦赤贫自如也。于友人座间见有佳竹、佳犀，辄自为之。意偶不属，虽势劫之、利啖之，终不可得。

【注释】①腾贵：物价飞涨。

②三山街：在今江苏南京中华路、建康路交会处。

【译文】濮仲谦名气很大，只要能得到他题款的雕刻作品，价格便立刻飞涨。三山街已有几十人因得到仲谦的手艺而获利，而仲谦自己在一贫如洗的状态下却依然能做到安然自如。在朋友家中见到好的竹子、犀牛角，就动手雕刻。若是不合他的心意，虽然以势强压、以利诱惑，但终究也得不到他的作品。

# 卷 二

## 孔庙桧①

己巳，至曲阜②谒孔庙，买门者门以入。宫墙上有楼耸出，扁曰"梁山伯祝英台读书处"③，骇异之。

【注释】①孔庙：在今山东曲阜。是奉祀孔子的庙宇。春秋时鲁哀公始设孔子庙于曲阜，唐太宗诏州县皆立孔子庙，乃遍及全国。我国于每年九月二十八日孔子诞辰时，在孔庙举行祭孔大典。明时因孔子为文圣，故称为"文庙"，今简称"孔庙"。桧：即桧树。常绿乔木，也叫圆柏。

②己巳：即崇祯二年(1629)。

③扁：同"匾"。

【译文】己巳年，我去曲阜拜谒孔庙，买完门票从大门进去。孔庙的宫墙上有楼宇高耸而出，牌匾上写着"梁山伯祝英台读书处"，我感到大为惊骇。

进仪门<sup>①</sup>，看孔子手植桧。桧历周、秦、汉、晋几千年，至晋怀帝永嘉三年而枯<sup>②</sup>。枯三百有九年，子孙守之不毁，至隋恭帝义宁元年复生<sup>③</sup>。生五十一年，至唐高宗乾封三年再枯<sup>④</sup>。枯三百七十有四年，至宋仁宗康定元年再荣<sup>⑤</sup>。至金宣宗贞祐三年罹于兵火<sup>⑥</sup>，枝叶俱焚，仅存其干，高二丈有奇。后八十一年，元世祖三十一年再发<sup>⑦</sup>。至洪武二十二年己巳<sup>⑧</sup>，发数枝，蓊郁；后十余年又落。摩其干，滑泽坚润，纹皆左纽，扣之作金石声。孔氏子孙恒视其荣枯，以占世运焉<sup>⑨</sup>。

【注释】①仪门：邸宅大门内的第二重正门。

②晋怀帝永嘉三年：即公元309年。

③隋恭帝义宁元年：即公元617年。

④唐高宗乾封三年：即公元668年。

⑤宋仁宗康定元年：即公元1040年。

⑥金宣宗贞祐三年：即公元1215年。

⑦元世祖三十一年：即公元1294年。

⑧洪武二十二年：即公元1389年。

⑧世运：指世间盛衰治乱的更迭变化。

【译文】进到仪门，我看见孔夫子亲手种植的桧树。桧树历经周、秦、汉、晋几千年，到晋怀帝永嘉三年枯萎。枯萎了三百零九年，孔夫子的后代子孙一直守护着它，没有毁弃，直到隋恭帝义宁元年，桧树复活了。活了五十一年，到唐高宗乾封三年再度枯萎。枯萎了三百七十四年，到宋仁宗康定元年又一次繁茂起来。到金宣宗贞祐三年，在战火中罹难，枝叶全都被烧毁，只保住了树干，高达两丈有余。又经过八十一年，到元世祖三十一年，枯树再次发芽。到了洪武二十二年，也就是己巳年，桧树发出几许新枝，枝繁叶茂，郁郁葱葱；十多年后又败落了。我用手摸着它的树干，光滑润泽而又坚硬，树皮的纹理都向左边旋转，敲击树干，会发出金石一样的响声。孔夫子的后代子孙，一直观察着这株桧树的荣枯，以此来预测世间的盛衰。

再进一大亭，卧一碑，书"杏坛"二字①，党英笔也②。亭界一桥，洙、泗水汇此③。过桥，入大殿，殿壮丽，宣圣及四配、十哲俱塑像冕旒④。案上列铜鼎三、一牺、一象、一辟邪，款制遒古，浑身翡翠，以钉钉案上。阶下竖历代帝王碑记，独元碑高大，用风磨铜赑屃⑤，高丈余。左殿三楹，规模略小，为孔氏家庙。东西两壁，用小木扁书历代帝王祭文。西壁之隅，高皇殿焉。

**【注释】**①杏坛：相传为孔子聚徒授业讲学之处。泛指授徒讲学之处，今喻教育界。

②党英：即党怀英，字世杰，号竹溪，祖籍冯翊（今陕西大荔），奉符（今山东泰安）人。北宋太尉党进十一代孙，金朝文学家、书法家。擅长文章，工画篆籀，称当时第一，金朝文坛领袖，著有《竹溪集》十卷。

③洙：水名，在山东省，泗水的支流。泗水：河川名。源出山东省泗水县陪尾山，分四源流而得名。

④宣圣：汉平帝元始元年谥孔子为褒成宣公。以后历代王朝皆尊孔子为圣人，诗文中多称作"宣圣"。四配：指孔老夫子的四大弟子，又称四公、四圣。即复圣公颜渊、述圣公子思、宗圣公曾参、亚圣公孟轲。十哲：即孔门十哲。包括颜渊、闵子骞、冉伯牛、仲弓、宰我、子贡、冉

有、季路、子游、子夏。冕旒（liú）：古代最尊贵的一种礼帽，平顶。天子的礼帽有十二旒，诸侯以下递减。冕：礼帽。旒：礼帽前后端垂下的穿玉丝绳。

⑤赑屃（bì xì）：传说中的一种动物，像龟。旧时大石碑的石座多雕刻成赑屃形状。

【译文】又往里走，进到一个大亭子，里面卧着一块石碑，上面刻着"杏坛"二字，是党英的手迹。亭边有一座桥，洙水和泗水在这里交汇。过了桥，进入大殿，雄伟壮观，宣圣孔夫子及他的弟子颜渊、子思、曾参、孟轲，还有他门下十哲都有塑像在殿内，这些塑像都戴着尊贵的礼帽。案桌上摆着三樽铜鼎、一只祭祀用的纯色牲畜、一头象、一个辟邪，样式古朴，全身上下呈翡翠色，这些器物都用钉子钉在几案上。台阶下立着历代帝王刻写的碑记，只有元朝的碑最为高大，基座是用风磨铜制成的赑屃，石碑高一丈有余。左殿有三间房屋，规模略小，是孔氏家庙。东西两面墙壁，用小木匾写着历代帝王的祭文。西面墙壁的一角，是用来奉祀高皇帝朱元璋的殿堂。

庙中凡明朝封号，俱置不用，总以见其大也。孔家人曰："天下只三家人家：我家与江西张、凤阳朱而已①。江西张，道士气；凤阳朱，暴发人家，小家气。"

【注释】①江西张：江西的张天师家族。凤阳朱：明朝开国皇帝朱元璋是安徽凤阳人，朱元璋家族便是凤阳朱。

【译文】孔庙中凡是明朝帝王所授的封号，都弃置不用，以此来显示孔家的伟大。孔家后人说："天底下仅有三家人家：我们孔家与江西张天师一家、凤阳朱家，仅此而已。江西张天师一家，秉持着道家的气度；凤阳朱家，则属于暴发户，很是小家子气。"

# 孔　林①

曲阜出北门五里许，为孔林。紫金城，城之门以楼，楼上见小山一点，正对东南者，峄山也②。折而西，有石虎、石羊三四，在榛莽中。过一桥，二水汇，泗水也。享殿后有子贡手植楷③。楷大小千余本，鲁人取为材、为棋枰。享殿正对伯鱼墓④，圣人葬其子得中气。躐伯鱼墓折而右，为宣圣墓。去数丈，案一小山，小山之南为子思墓⑤。数百武之内，父、子、孙三墓在焉。

【注释】①孔林：孔子及其后裔的墓园。在山东曲阜市城北门外，有林道与城区相连。面积约三千亩，环以高墙。林内古木参天，有享殿等建筑，历代碑刻、石兽等很多。

②峄山：即邹山，又名邹峄山、邾峄山。在山东省邹县东南。

③子贡：孔子弟子。姓端木，名赐，字子贡，春秋卫国人。善于经商，有口才，列于孔门四科中的言语科，料事多中。楷：落叶乔木，木材可制器具，种子可榨油，树皮和叶子可制栲胶。亦称"黄连木"。

④伯鱼：孔鲤的字。为孔子儿子，生时，适鲁昭公以鲤赐孔子，名与字皆缘于此。比孔子早故。

⑤子思：即孔伋，字子思，孔子的嫡孙、孔鲤的儿子。春秋时期著名思想家。

【译文】从曲阜的北门出来大约五里之处，是孔林。紫金城围绕着它，它以一座楼作为大门，在楼上能看见远方的小山，正对着东南方的，是峄山。转而向西，在杂乱丛生的草木中，有三四只石虎、石羊。走过一座桥，有两条河水在此交汇，这是泗水。祭殿后面有子贡亲手种下的楷树。大大小小的楷树共有一千多株，鲁地人选择楷树作为木材、制作棋盘。祭殿正对着伯鱼的墓地，孔圣人将儿子伯鱼葬在此处，得其中和之气。从伯鱼墓转面向右，是宣圣孔夫子的陵墓。距离墓地几丈远的地方，耸立着一座小山，小山的南面是子思的陵墓。在这几百步之内，父亲、儿子、孙子三代人的陵墓都在这里。

谯周云①："孔子死后，鲁人就冢次而居者百有余家，曰'孔里'。"《孔丛子》曰："夫子墓茔方一里，在鲁城北六里泗水上。诸孔氏封五十余所，人名昭穆②，不可复识。"

【注释】①谯周：字允南，巴西郡西充国县（今四川西充县）人。三国时期蜀汉大臣、学者、儒学家、史学家。

②昭穆：古代宗法制度，宗庙或宗庙中神主的排列次序，始祖居中，以下父子（祖、父）递为昭穆，左为昭，右为穆。这里指墓地葬位的左右次序。

【译文】谯周讲："孔夫子逝世后，鲁国人依傍着孔夫子陵墓居住的就有一百多家，这个地方叫做'孔里'。"《孔丛子》记载："夫子墓方圆一里，位于鲁城北六里的泗水河畔。"孔氏家族其他人的墓地有五十多处，按照辈分、人名有序排列，但已不能辨识了。"

　　有碑铭三，兽碣俱在。《皇览》曰①："弟子各以四方奇木来植，故多异树不能名。一里之中未尝产棘木、荆草。"紫金城外，环而墓者数千家，三千二百余年，子孙列葬不他徙，从古帝王所不能比隆也。宣圣墓右，有小屋三间，扁曰"子贡庐墓处"②。盖自兖州至曲阜道上③，时官以木坊表识，有曰"齐人归讙处"④，有曰"子在川上处⑤"，尚有义理；至泰山顶上，乃勒石曰"孔子小天下处"，则不觉失笑矣。

　　【注释】①《皇览》：三国魏文帝时刘劭、王象、桓范、韦诞、缪袭等奉敕所撰的一部类书，共四十余部，约八百余万字。供皇帝阅读，故称"皇览"。原书隋唐后已失传。

　　②庐墓：古人于父母或师长死后，服丧期间在墓旁搭盖小屋居住，守护坟墓，谓之庐墓。

　　③兖州：地处山东省西南部，北邻宁阳，西靠汶上，南、西分别与邹城、任城接壤，东隔泗河和孔子故里曲阜毗邻，是古九州之一。

　　④齐人归讙：语出《春秋·定公十年》："齐人来归郓、讙、龟阴田。三邑皆汶阳田也。"讙（huān）：古地名。故地在今山东省肥城市南，为春秋时鲁国属地。

　　⑤子在川上：语出《论语·子罕》："子在川上曰：'逝者如斯夫，不舍昼夜。'"

　　【译文】有三块碑铭，雕饰的兽形碑碣都在。《皇览》上记载："孔夫子的弟子们，各自带着四方的奇异树木来此栽种，所以很多树木叫不上名字。一里之内,没有荆棘、杂草。"紫金城的外面,环绕着几千座坟墓,三千二百多年来,孔氏后代子孙依次葬在这里,从来没有迁移到别的地方,这一点,从古代开始,就算是帝王也不能和孔氏家族一比高下。宣圣墓右面,有三间小屋,匾额上题写着"子贡庐墓处"。从兖州到曲阜的路上,不时会看到官府用木牌坊做的标识,有的写着"齐人归讙处",有的写着"子在川上处",这些还有一定道理;到了泰山之顶,看到有人在石碑上刻着"孔子小天下处"时,就不由得哑然失笑了。

# 燕子矶①

燕子矶,余三过之。水势淜溑②,舟人至此,捷捽抒取③,钩挽铁缆,蚁附而上。篷窗中见石骨棱层④,撑拒水际,不喜而怖,不识岸上有如许境界。

【注释】①燕子矶:地名。位于江苏省南京市北的观音山上。前临长江,形如飞燕,故名。形势险要,有观音阁和三台洞等名胜。

②淜溑(chì jí):水沸涌貌。

③捽(zuó):揪,抓。

④棱层:山势高耸突兀,峥嵘。

【译文】燕子矶,我曾三次路过那里。水流沸涌而下,船夫一到那里,就迅速抓住缆绳,再用钩子挽住铁缆,如蚂蚁一般攀附而上。从船窗向外看,只见岩石高耸突兀,挺立水中,非但没让人感到欢喜,反而心生恐惧，居然不知这岸上竟有如此险象环生之地。

戊寅到京后<sup>①</sup>，同吕吉士出观音门<sup>②</sup>，游燕子矶。方晓佛地仙都，当面蹉过之矣。登关王殿，吴头楚尾<sup>③</sup>，是侯用武之地，灵爽赫赫，须眉戟起。缘山走矶上，坐亭子，看江水澼洌<sup>④</sup>，舟下如箭。折而南，走观音阁，度索上之<sup>⑤</sup>。阁傍僧院，有峭壁千寻<sup>⑥</sup>，碚礌如铁<sup>⑦</sup>，大枫数株，蓊以他树，森森冷绿，小楼痴对，便可十年面壁。今僧寮佛阁，故故背之，其心何忍？

【注释】①戊寅：即崇祯十一年（1638年）。

②吕吉士：即吕福生，字吉士，浙江绍兴人。

③吴头楚尾：指古豫章（今江西省）一带。其地位于春秋吴的上游，楚的下游，故称。

④澼洌（pì liè）：水波相击貌。

⑤度索：走绳索，顺着绳索。

⑥千寻：形容极高或极长。古以八尺为一寻。

⑦碚礌（bèi léi）：古代守城用的非常坚硬的石头。

【译文】戊寅年，到达京城后，我便同吕吉士一起出了观音门，到燕子矶游玩。这才明白此地竟是佛教圣地，神仙都府，我以前却当面错过了。我们登上关王殿，这里是吴头楚尾，正是汉寿亭侯关羽用兵出征之地，关公神威显赫，须眉如戟戈一般竖起。我们顺着山岩走到燕子矶上，坐在亭中，看江中水波相击，舟船顺着江流飞速而下。转而向南，来到了观音阁，顺着铁索走上去。观音阁旁是僧院，有一面高达千寻的峭壁，石头坚硬如铁，有几棵大枫树，枝繁叶茂，遮挡着其它树木，绿色之中带着阴森的冷意，若是在此建座小楼，痴立在它对面，便可面壁十年了吧。如今的僧舍佛阁，却要故意背对着它，怎么忍心错过这样的美景呢？

是年，余归浙，闵老子、王月生送至矶①，饮石壁下。

**【注释】**①闵老子：闵汶水，张岱的茶友。王月生：南京名妓。

**【译文】**这一年，我返回浙江，茶友闵老子、名妓王月生把我送到燕子矶，我们一起在石壁下畅饮饯别。

## 鲁藩烟火①

兖州鲁藩烟火妙天下。烟火必张灯，鲁藩之灯，灯其殿、灯其壁、灯其楹柱、灯其屏、灯其座、灯其宫扇伞盖。诸王公子、宫娥僚属、队舞乐工②，尽收为灯中景物。及放烟火，灯中景物又收为烟火中景物。天下之看灯者，看灯灯外；看烟火者，看烟火烟火外，未有身入灯中、光中、影中、烟中、火中，闪烁变幻，不知其为王宫内之烟火，亦不知其为烟火内之王宫也。

**【注释】**①鲁藩：鲁王的宅邸。朱檀是明太祖朱元璋的第十子。生于洪武三年(1370)，出生两个月即被封为鲁王。鲁藩共传十代十一王。

②队舞：宋代的宫廷舞，分小儿队和女弟子队两大类。小儿队中包括柘枝、剑器、婆罗门、醉胡腾、诨臣万岁乐、儿童感圣乐、玉兔浑脱、异域朝天、儿童解红、射雕回鹘共十队。女弟子队包括菩萨蛮、感化乐、抛球乐、佳人剪牡丹、拂霓裳、采莲、凤迎乐、菩萨献香花、彩云仙、打球乐共十队。各队都有特定的服饰、乐曲、歌、舞、道白，表现不同的内容，此指舞者。

【译文】兖州鲁王府邸的烟火绝妙天下。放烟火的时候一定要张灯结彩，鲁王府邸的花灯到处都是，大殿上挂着灯、墙壁上挂着灯、楹柱上挂着灯、屏风上挂着灯、座位上挂着灯、团扇上挂着灯，伞盖上也挂着灯。各位王侯公子、宫女僚属、舞者乐工，都成了灯中景物。等到放烟火的时候，灯里面的风景又收为烟火里面的风景。天下看灯的人，都是站在灯外看灯；看烟火的人，都是站在烟火之外看烟火，没有把自己置身于灯中、光中、影中、烟中、火中的，在闪忽不定变幻莫测的灯火之中，不知道它是鲁王府邸里面的烟火，还是烟火里面的鲁王府邸。

殿前搭木架数层，上放"黄蜂出窠""撒花盖顶""天花喷礴"；四傍珍珠帘八架，架高二丈许，每一帘嵌"孝""悌""忠""信""礼""义""廉""耻"一大字。每字高丈许，晶映高明。下以五色火漆塑狮、象、橐驼之属百余头①，上骑百蛮②，手中持象牙、犀角、珊瑚、玉斗诸器，器中实"千丈菊""千丈梨"诸火器，兽足蹑以车轮，腹内藏人，旋转其下。百蛮手中瓶花徐发，雁雁行行，且阵且走。

【注释】①火漆：以松脂、石蜡加上颜料所制成，加热即熔，是一种具有黏性的物质，可用来封瓶口、信件等。橐(tuó)驼：骆驼的别名。

②百蛮：古代南方少数民族的总称。后也泛称其他少数民族。

【译文】殿前搭了几层木架，上面放着"黄蜂出窠""撒花盖顶""天花喷礴"等几种烟火。木架四周挂着八架珍珠帘，架高约二丈，每一帘上分别镶嵌着"孝""悌""忠""信""礼""义""廉""耻"几个大字。每个字高约一丈左右，晶莹的珍珠帘与灯火交想辉映。下面是五色火漆雕塑的狮子、大象、骆驼之类的动物，大约有一百多头，上面坐着各少数民族的人，手中拿着象牙、犀牛角、珊瑚、玉斗等各种各样的器物，器物里面装着"千丈菊""千丈梨"等火器，野兽的脚踩着车轮，它们的腹内藏着人，转着野兽下面的轮子。各少数民族人偶手里的瓶装烟花徐徐绽放，像一群大雁排成一行行，一边摆阵，一边飞走。

移时，百兽口出火，尻亦出火①，纵横践踏。端门内外②，烟焰蔽天，月不得明，露不得下。看者耳目攫夺，屡欲狂易③，恒内手持之。

【注释】①尻(kāo)：屁股，脊骨的末端。

②端门：宫殿的正南门。

③狂易：疏狂轻率。

【译文】过了一会儿，百兽口中喷出火焰，屁股也喷出火焰，横竖交错，任意践踏。整个鲁王府邸端门内外，烟火遮蔽了整个天空，月亮不能显出光明，露水落不下来。观看的人眼花缭乱，目不转睛，屡次几欲发狂，就这样两手按着心口，一直持续了很久。

　　昔者有一苏州人，自夸其州中灯事之盛，曰："苏州此时有起火，亦无处放，放亦不得上。"众曰："何也？"曰："此时天上被起火挤住，无空隙处耳！"人笑其诞。于鲁府观之，殆不诬也。

　　**【译文】**以前有个苏州人，自己夸耀苏州城里的灯火盛况，说："如果苏州这个时候有烟火，也没地方放，即使放了也上不了天。"众人问："为什么？"他说："这个时候天上被烟火挤得满满当当，没有空隙处罢了！"人们都笑他荒诞。从鲁王府邸的烟火来看，这个人说的大概不是假话。

## 朱云崃女戏

　　朱云崃教女戏，非教戏也。未教戏，先教琴，先教琵琶，先教提琴、弦子、萧管、鼓吹、歌舞，借戏为之，其实不专为戏也。郭汾阳、杨越公、王司徒女乐①，当日未必有此。丝竹错杂，檀板清讴②，入妙腠理③，唱完以曲白终之，反觉多事矣。

　　**【注释】**①郭汾阳：即郭子仪，华州郑县（今陕西华县）人，祖籍山西太原，唐代政治家、军事家。杨越公：即杨素，字处道，弘农郡华阴县（今陕西省华阴市）人。隋朝军事家、权臣、诗人。王司徒：即王允，字子师，太原祁县（今山西祁县）人。东汉末年大臣。

②檀板：乐器名。檀木制成的拍板。清讴(ōu)：清亮的歌声。

③腠理：中医指皮肤的纹理和皮下肌肉之间的空隙。

**【译文】**朱云崃教女孩子唱戏，不只是教她们唱戏。还没教戏前，先教她们古琴，先教琵琶，先教提琴、三弦、箫管、鼓吹、歌舞，他是打着教戏的名义来做这些事的，其实不专门是为了教戏。汾阳郡王郭子仪、越越公杨素、司徒王允的女乐，当时也未必像这样多才多艺。管弦交错，檀板清歌，直入腠理，妙不可言，若是唱完之后，再以配乐旁白结束表演，反而觉得多事了。


西施歌舞①，对舞者五人，长袖缓带，绕身若环，曾挠摩地，扶旋猗那②，弱如秋药。女官内侍③，执扇葆璇盖、金莲宝炬、纨扇宫灯二十余人，光焰荧煌④，锦绣纷叠，见者错愕。


**【注释】**①西施：子姓施氏，本名施夷光，春秋时期越国美女，一般称为西施，后人尊称其"西子"，天生丽质、倾国倾城，是美的化身和代名词。

②猗那：柔美、盛美貌。

③女官：指高级的宫女，又称宫官，有一定的品秩，并且领有俸禄。其工作范围包括管理较低级的官女，训练新入宫的宫女，照顾公主、皇子等。

④荧煌：闪耀辉煌。

**【译文】**表演西施歌舞时，有五个对舞的人，她们长袖宽带，身体旋转时如五彩环带在身侧环绕，时而翩然落地，时而扶摇回旋，轻盈柔美，有如秋日白芷般娇弱。女官内侍，手拿扇葆璇盖、金莲宝炬、纨扇宫灯，约有二十余人，灯光焰火闪耀明亮，锦绣服装交错纷叠，令观众错愕不已。

云老好胜，遇得意处，辄盱目视客①；得一赞语，辄走戏房，与诸姬道之，傫出傫入②，颇极劳顿。且闻云老多疑忌，诸姬曲房密户③，重重封锁，夜犹躬自巡历，诸姬心憎之。有当御者，辄遁去，互相藏闪，只在曲房，无可觅处，必叱咤而罢。殷殷防护，日夜为劳，是无知老贱，自讨苦吃者也，堪为老年好色之戒。

【注释】①盱（xū）目：张目。

②傫（guǐ）：偶然、忽然。

③曲房：内室，密室。

【译文】朱云崃老先生好胜心强，遇到得意之处，就瞪着眼睛看向客人；若是听到一句赞扬的话，就走进戏房，与诸位歌姬宣说一番，他忽然出去，又忽然进来，非常劳累。而且听说朱云崃老先生生性多疑，好猜忌，众歌姬的住处幽曲隐秘，重重封锁，夜晚他还要亲自巡视，歌姬们对他怀恨在心。轮到值班伺候的，就逃走，大家相互掩护躲藏，只在内室里，老先生却不知在哪儿才能找到她们，只好怒气冲冲地叱责半天，才肯作罢。朱云崃殷勤防护，日夜奔走操劳，是不知道自己年老体衰而自讨苦吃啊，这足以让那些年老好色者引以为戒。

## 绍兴琴派

丙辰，学琴于王侣鹅①，绍兴存王明泉派者推侣鹅，学《渔樵回答》《列子御风》《碧玉调》《水龙吟》《捣衣》《环珮声》等曲。戊午学琴于王本吾②，半年得二十余曲：《雁落平沙》《山居吟》《静观吟》《清夜坐钟》《乌夜啼》《汉宫秋》《高山》《流水》《梅花弄》《淳化引》《沧江夜雨》《庄周梦》，又《胡笳十八拍》《普庵咒》等小曲十余种。

【注释】①丙辰：即万历四十四年（1616）。

②戊午：即万历四十六年（1618）。

【译文】丙辰年，我师从王侣鹅学琴，绍兴地区现存能传承王明泉学派的人，首推王侣鹅，我向他学了《渔樵回答》《列子御风》《碧玉调》《水龙吟》《捣衣》《环珮声》等曲子。戊午年，我师从王本吾学琴，历经半年学会了二十多首曲子：有《雁落平沙》《山居吟》《静观吟》《清夜坐钟》《乌夜啼》《汉宫秋》《高山》《流水》《梅花弄》《淳化引》《沧江夜雨》《庄周梦》等，又学了《胡笳十八拍》《普庵咒》等十多首小曲。

王本吾指法圆静，微带油腔。余得其法，练熟还生，以涩勒出之①，遂称合作。同学者，范与兰、尹尔韬、何紫翔、王士美、燕客、平子②。与兰、士美、燕客、平子俱不成，紫翔得本吾之八九而微嫩，尔韬得本吾之八九而微迂。余曾与本吾、紫翔、尔韬取琴四张弹之，如出一手，听者骇服③。后本吾而来越者，有张慎行、何明台，结实有余而萧散不足，无出本吾上者。

【注释】①涩勒：生涩，涩讷。

②尹尔韬：明末琴家，生于浙江山阴（今绍兴），字紫芝，号袖花老人。平子：即张峰，作者张岱的弟弟。

③骇（hài）服：叹服。骇：通"骇"。

【译文】王本吾弹琴，指法圆静，稍带油滑。我学习他的技法，弹的已十分娴熟了，却又从生疏阶段开始练习，以生涩的指法弹出曲子，和王本吾的风格互补。和我一起学习的有范与兰、尹尔韬、何紫翔、王士美、燕客、平子。范与兰、王士美、燕客、平子都没学成，何紫翔学得王本吾八九层琴法，但稍显稚嫩，尹尔韬也学得王本吾八九层琴法，但稍显死板。我以前曾与王本吾、何紫翔、尹尔韬一起取来四张琴，共同合奏，好像出自一人之手，听众无不惊骇叹服。在王本吾之后来到浙江的有张慎行、何明台，他俩的琴技是扎实有余，但洒脱疏淡不足，两人都没超过王本吾。

## 花石纲遗石①

越中无佳石。董文简斋中一石②，磊块正骨，宛咤数孔③，疏爽明易,不作灵谲波诡④。朱勔花石纲所遗⑤,陆放翁家物也⑥。文简竖之庭除,石后种剔牙松一株,辟咡负剑⑦,与石意相得。文简轩其北,名"独石轩",石之轩独之无异也。石篑先生读书其中⑧,勒铭志之。

【注释】①花石纲:北宋徽宗喜爱奇异的花木和石头,大臣蔡京就派专差向民间搜刮,劫往京城,供皇帝赏玩。这种运送花石的船队,号为"花石纲"。纲:唐代中期,管理江河运输的人把每十只船编为一纲,这种成批编组运送货物的办法,称为"纲运"。后来把成批运送货物的组织称为"纲"。

②董文简:即董玘(qǐ),子文玉,谥文简。明代会稽人,官至吏部左侍郎。

③窋(zhú):物在穴中的样子。

④灵谲(jué)波诡:比喻千态万状,形容事物变幻莫测。

⑤朱勔(miǎn):苏州人。北宋奸臣,为"六贼"之一。当时宋徽宗垂意于奇花异石,朱勔奉迎上意,搜求浙中珍奇花石进献,并逐年增加。

⑥陆放翁:即陆游,字务观,号放翁,越州山阴(今浙江绍兴)人,尚书右丞陆佃之孙,南宋文学家、史学家、爱国诗人。

⑦辟咡(èr):谓交谈时侧着头。咡:口旁,口耳之间。

⑧石篑:即陶望龄,字周望,号石篑,明会稽(今浙江绍兴)人。明万历十七年(1589),他以会试第一、廷试第三的成绩,做了翰林院编修,参与编纂国史。曾升侍讲,主管考试,后被诏为国子监祭酒。

【译文】越中一带没有好石头。董文简的书斋里有一块石头,品相端方,有好几个孔穴,疏朗清爽,简单明了,没有奇谲怪异的感觉。

这是北宋朱勔找寻花石纲时遗留下来的，是陆放翁家的物品。董文简把石头立在庭前阶下，石头后面种了一株别牙松，石与松好像背着剑在侧头交谈，二者意态交融。董文简的小屋在石头的北边，取名"独石轩"，意味着独石轩虽然独特却不会怪异。石篑先生在这里读书，于是镌刻铭文记载此事。

大江以南，花石纲遗石，以吴门徐清之家一石为石祖[①]。石高丈五，朱勔移舟中，石盘沉太湖底，觅不得，遂不果行。后归乌程董氏[②]，载至中流，船复覆。董氏破资募善入水者取之。先得其盘，诧异之，又溺水取石，石亦旋起，时人比之延津剑焉[③]。后数十年，遂为徐氏有[④]。再传至清之，以三百金竖之。

**【注释】**①吴门：指苏州一带。为春秋吴国故地，故称。

徐清之：即徐溶，明朝进士。徐泰时的儿子。

②乌程：今浙江湖州。董氏：即董份。字用均，号浔阳山人，又号泌园，浙江乌程县（今湖州）人。明嘉靖二十年（1541）进士，改庶吉士，授翰林院编修，参与纂修会典。

③延津剑：指龙泉、太阿两剑。延津：古代津渡名。晋时属延平县（今福建省南平市东南）。据《晋书·张华传》记载，丰城令雷焕得龙泉、太阿两剑，把其中一把送给张华。后张华被杀，剑即失其所在。雷焕死，其子持剑行经延平津，剑忽跃出堕水。派人入水取剑，但见两龙蟠萦，波浪惊沸。剑亦从此亡去。后遂以"延津剑"指龙泉、太阿两剑。

④徐氏：即徐泰时。又名三锡，在徐氏世系中，为徐朴的曾孙。万历八年（1581），参加殿试中进士。曾建造著名的苏州留园。

【译文】大江以南，人们找寻花石纲遗留的石头，以吴门徐清之家的那块为石之祖宗。那块石头高一丈五，当初朱勔把它挪到船上的时候，石盘沉到太湖底，找寻未果，就没有运走石盘。后来这块石头归了乌程董份家，运到河中央，船又翻了。董份花钱招募擅长潜水的人下河寻找石头。却先寻得那块之前沉入水底的石盘，人们感到十分惊异，又潜入水底找寻石头，石头也露出水面，当时的人们都把它们比作延津剑。以后几十年间，这块石头便为徐泰时所有。之后又传到他的儿子徐清之手里，徐清之花三百两银子把它立起来。

石连底高二丈许，变幻百出，无可名状。大约如吴无奇游黄山①，见一怪石，辄瞋目叫曰："岂有此理！岂有此理！"

【注释】①吴无奇：即吴士奇。歙县人。万历二十年进士，以拒魏忠贤致仕。著有《史裁》《绿滋馆稿》《明副书》等。

【译文】石头连同底盘高约两丈多，形态变幻百出，没法用言语形容。大概就像吴无奇游览黄山时一样，看见一块奇怪的石头，就睁大眼睛惊呼："岂有此理！岂有此理！"

# 焦　山①

仲叔守瓜州②，余借住于园③，无事辄登金山寺。风月清爽，二鼓，犹上妙高台④，长江之险，遂同沟浍⑤。

【注释】①焦山：又称"浮玉山"。在江苏省镇江市区东北长江中。山上苍松翠竹，风景秀丽。有定慧寺、华严阁、吸江楼、三诏洞、抗英炮台遗址及焦山碑刻等名胜古迹，为镇江游览胜地。

②仲叔：即二叔。这里指作者张岱的二叔张联芳。瓜州：乡镇名。在江苏省江都县南，长江北岸，当运河口，与镇江斜对面。地形险要，为兵家必争之地。

③于园：作者张岱在《于园》中描述："于园在瓜洲步五里铺，富人于五所园也。"

④妙高台：又叫晒经台，"妙高"是梵语"须弥"的意译。刘编《金山志》载："妙高台在伽蓝殿后，宋元佑僧佛印凿崖为之，高逾十丈，上有阁，一称晒经台。"妙高台几经兴废，1948年与金山寺大殿、藏经楼等同毁于火，如今仅存台址，也是赏月佳处，相传苏东坡曾在这里赏月。

⑤沟浍（huì）：泛指田间水道。浍：田间水渠。

【译文】二叔守卫瓜州的时候，我借住于园内，闲下无事，就去登金山寺。那里清风明月，令人神清气爽，有时候在二更天时分，还登上妙高台向四处远眺，只见长江天险，竟如同田间水道一般。

一日，放舟焦山，山更纡谲可喜①。江曲涡山下，水望澄明，渊无潜甲。海猪、海马，投饭起食，驯扰若豢鱼②。看水晶殿，寻《瘗鹤铭》③，山无人杂，静若太古。回首瓜州，烟火城中，真如隔世。

【注释】①纡谲：曲折。
②驯扰：驯服柔顺。
③《瘗（yì）鹤铭》：著名的摩崖刻石。在今江苏省镇江市焦山崖石

上，曾崩落长江中，乾隆二十二年移置焦山定慧寺。铭文正字大书左行，前人评价很高。

**【译文】**一天，我乘船去焦山，山势蜿蜒曲折，令人心生欢喜。江水在山下回旋，放眼望去，澄澈明净，江水深处潜伏的鱼都看得清清楚楚。把吃食投下去，海猪、海马就会一跃而起接住食物，它们都很驯服，就好像人们喂养的鱼。我又观赏了水晶殿，寻找著名的摩崖刻石《瘗鹤铭》，山上没有闲杂人士，寂静无声，好像回到了最古老的时代。回首瓜州，烟火城中的繁华盛景，与这里相比，真是恍如隔世。

饭饱睡足，新浴而出，走拜焦处士祠<sup>①</sup>。见其轩冕黼黻<sup>②</sup>，夫人列坐，陪臣四，女官四，羽葆云罕<sup>③</sup>，俨然王者<sup>④</sup>。盖土人奉为土谷<sup>⑤</sup>，以王礼祀之。是犹以杜十姨配伍髭须<sup>⑥</sup>，千古不能正其非也。处士有灵，不知走向何所？

**【注释】**①焦处士：即焦光，字孝然，东汉人。唐代《润州图经》记载：焦山因"焦光所隐，故以为名"。焦光隐居焦山，在石洞搭棚为屋，铺草为床，以砍柴为生，为人治病，汉献帝三次诏他为官，都被他巧妙拒绝了。

②轩冕：古代卿大夫的车服。古制大夫以上的官员才可以乘轩服冕。后借指官位爵禄或显贵之人。黼黻（fǔ fú）：泛指礼服上所绣的华美花纹。

③羽葆：仪仗中用鸟羽联缀装饰的华盖。云罕：旌旗。

④俨然：庄重严肃。

⑤土人：世居本地的人。土谷：土地神和五谷神。

⑥杜十姨配伍髭须：典出宋高文虎《蓼花洲闲录》："温州有土地杜十姨，无夫，五髭须相公，无妇，州人遂迎杜十姨以配五髭须，合为一庙。杜十姨为谁？杜拾遗也。五髭须为谁？伍子胥也。"

**【译文】**我吃饱睡足，沐浴后出来，前去参拜焦处士祠。只见他乘轩服冕，衣裳绘绣着花纹，与夫人依次而坐，旁边有四位陪同的臣子，四位女官，有鸟羽联缀装饰的华盖、旌旗，庄严肃穆，俨然一位王者。大概是当地人敬奉焦处士为土地神和五谷神，因此便用王者的礼仪来祭祀他。这就好像把杜十姨许配给伍髭须一样，千年万代都不能改正其中的谬误了。焦处士如果地下有知，不知道会怎么想？

# 表胜庵①

炉峰石屋为一金和尚结茆守土之地②，后住锡柯桥融光寺③。大父造表胜庵成，迎和尚还山住持。命余作启，启曰："伏以丛林表胜，惭给孤之大地布金④；天瓦安禅，冀宝掌自五天飞锡⑤。重来石塔，戒长老特为东坡⑥；悬契松枝，万回师却逢西向⑦。去无作相，住亦随缘。伏惟九里山之精蓝⑧，实是一金师之初地。偶听柯亭之竹笛⑨，留滞人间；久虚石屋之烟霞，应超尘外。譬之孤天之鹤，尚眷旧枝；想彼弥空之云，亦归故岫⑩。况兹胜域，宜兆异人，了住山之凤因，立开堂之新范⑪。护门容虎，洗钵归龙⑫。茗得先春，仍是寒泉风味；香来破腊，依然茅屋梅花。半月岩似与人猜⑬，请大师试为标指；一片石正堪对语⑭，听生公说到点头⑮。敬藉山灵，愿同石隐。倘净念结远公之社⑯，定不攒眉；若居心如康乐之流⑰，自难开口。立返山中之驾，看回湖上之船，仰望慈悲，俯从大众。"

**【注释】**①表胜庵：此庵为作者祖父张汝霖所建。《越中园亭记》记载："表胜，庵也。而列之园，则张肃之先生精舍在焉。山名九里，以越盛时笙歌闻于九里，故名。渡岭穿溪，至水尽路穷，而庵始出。"

②炉峰：即香炉峰，在今浙江绍兴。结苿：即结茅，建造茅屋。

③住锡：指僧人在某地居留。柯桥：祁彪佳《越中园亭记》写道："有桥有寺，俱以柯名，去府城西三十里。蔡邕曾宿此，取屋椽为笛，一名高迁亭。"融光寺：俗称大寺。前身灵秘院，即宋代古刹灵秘院，其寺址在今柯桥融光桥西南。明英宗正统十二年（1447），正式称为融光寺。

④给孤之大地布金：传说须达多长者向祇陀太子买花园，想作为佛陀讲法的道场。祇陀太子说："买这个园子也不是不行，除非你用黄金布满整座园子，而且金子之间不得有一点儿空隙，我就把园子卖给你。"须达多长者满口答应，祇陀太子大为感动，二人合力建造精舍。建成后，便以祇陀太子和须达多长者（给孤独长者）共同命名，称为"祇树给孤独园"。

⑤宝掌：中印度人。被称为宝掌千岁和尚，也称千岁宝掌。他出生的时候，因左手握拳，到了七岁剃发才舒展手掌，所以取名宝掌。五天：即五天竺，指古印度，分为东天竺、南天竺、西天竺、北天竺、中天竺五大部分。飞锡：佛教语。指僧人等执锡杖飞空。据《释氏要览》卷下："今僧游行，嘉称飞锡。此因高僧隐峰游五台，出淮西，掷锡飞空而往

也。若西天得道僧，往来多是飞锡。"

⑥重来石塔，戒长老特为东坡：指一金和尚重返石屋。语出苏东坡《重请戒长老住石塔疏》："大士何曾说法，谁作金毛之声？众生各自开堂，何关石塔之事？去无作相，住亦随缘。戒公长老开不二门，施无尽藏。念西湖之久别，本是偶然。为东坡而少留，无不可者。一时作礼，重听白椎。渡口船回，依旧云山之色。秋来雨过，一新钟鼓之声。"

⑦悬契松枝：典出刘肃《大唐新语》："玄奘法师往西域取经，手摩灵岩寺松枝曰：'吾西去求佛，如可西长。吾归，即向东。'既去，其枝年年西指。一夕忽东方，弟子曰：'教主归矣。'果还。至今谓之摩顶松。"万回师却逢西向：《神僧传》载："万回年二十余，貌痴不语。其兄戍辽阳安西，久绝音问，或传其死，举家为作斋。万回忽卷饼茹大言曰：'兄在，我将馈之。'出门如飞，及暮还，得兄书，缄封犹湿。弘农抵安西万徐里，以此万里而回，故号万回。"

⑧九里山：在今浙江绍兴。精蓝：即佛寺，僧舍。精：精舍。蓝：阿兰若。

⑧柯亭之竹笛（dí）：柯亭：又名高迁亭。在今浙江省绍兴市西南，以产良竹著名。晋朝伏滔《〈长笛赋〉序》："初，邕避难江南，宿于柯亭。柯亭之观，以竹为椽。邕仰而眄之曰：'良竹也。'取以为笛，奇声独绝，历代传之，以至于今。"

⑩故岫（xiù）：过去的山洞。

⑪开堂：指新任命的住持入院时开法堂说法。

⑫洗钵归龙：典出《高僧传》卷十："涉公者，西域人也。虚靖服气，不食五谷，日能行五百里。言未然之事，验若指掌。以符坚建元十二年至长安。能以密咒咒下神龙，每旱，坚常请之咒龙，俄而龙下钵中，天辄大雨。坚及群臣亲就钵中观之，咸叹其异。坚奉为国神，士庶皆投身

接足，自是无复炎旱之忧。"

⑬半月岩：泉名。在浙江绍兴县境。

⑭一片石正堪对语：典出唐朝张鷟《朝野佥载》卷六："信读而写其本。南人问信曰：'北方文士何如？'信曰：'惟有韩陵山一片石堪共语；薛道衡、卢思道，少解把笔，其余驴鸣狗吠，聒耳而已。'"

⑮听生公说到点头：语出《莲社高贤传·道生法师》："师被摈，南还，入虎丘山，聚石为徒。讲《涅槃经》，至阐提处，则说有佛性，且曰：'如我所说，契佛心否？'群石皆为点头，旬日学众云集。"

⑯远公之社：东晋高僧慧远法师和很多信徒在庐山成立白莲社，弘扬佛法，发誓往生西方净土。

⑰康乐：即谢灵运，名公义，小名客儿，字灵运，袭封康乐公，所以又称谢康乐。今河南省太康县人，母亲是王羲之的孙女。他是南朝宋文学家、佛学家、旅行家，山水诗派鼻祖，少好学，工书画，文章之美与颜延之为江左第一。性好山水，肆意遨游，所至辄为题咏，以致其意。其诗开创山水写实派风格。作品有《谢康乐集》等。

**【译文】**炉峰石屋，是一金和尚结茅安居之处，后来他在锡柯桥的融光寺做了住持。我的祖父建成表胜庵后，要迎接一金和尚回到山里做住持。祖父让我写一篇启文，内容如下："晚辈俯伏下拜，恭敬地向您禀告，表胜庵已建成，只是很惭愧不能如祇树给孤独园一般，遍地铺满黄金；表胜庵下面的天瓦山房现已能安静地参禅打坐，希望您如宝掌和尚般云游四方后来到此处。戒弼长老重回西湖石塔，是特意为东坡居士而为；玄奘法师手摩灵岩寺松枝约定松枝朝向，是寄托心愿，希望自己能够西去东回，万回禅师为了父母能够安心，去万里之外的安西探望哥哥，早上出发，晚上即回，那松枝仍是朝西，竟不知大师往来如此迅速。离去时毫不做作，回来时也是随缘安住。俯身思索，那九里山的佛寺，实际上是一金大师最初的修行之地。偶尔听到柯亭的竹笛声，才知道大师仍滞留人间；久久停驻于烟霞缭绕的虚静石屋，才知道大师早已超然世外。就像那独自翱翔于蓝天的孤鹤，还会眷念曾经栖息的旧枝；想来那弥布天空的云彩，也还是要回归过去的山岫。更何况这样的风景胜地，正好预示着高人的到来，好了却曾居于此山的夙缘，创立开堂说法的新规范。像慧远大师一样，有猛虎为您守护山门，像高僧涉公一样，有威龙到钵盂为您降雨。初春的茗茶，仍带着寒泉的风味；岁末的清香，依然来自茅屋旁开出的梅花。半月岩好像与人猜谜一样，请大师试着为它批点；这一片的石头正等着与高人对话，听您如道生和尚般传经说法，直到顽石点头应和。诚敬地借着此山的灵气，愿同顽石一起隐居。您若诚心净念想到慧远禅师成立白莲社，定不会对我的邀请皱紧双眉予以拒绝；如果我的存心好像谢灵运般对您若即若离，自然难以开口。盼您立刻坐上返回表胜庵的车驾，乘上回表胜庵的舟船，发扬您的慈悲之心，满足众人的殷切期盼之情。"

## 梅花书屋

陔萼楼后老屋倾圮①，余筑基四尺，造书屋一大间。旁广耳室如纱幮②，设卧榻。前后空地，后墙坛其趾，西瓜瓤大牡丹三株③，花出墙上，岁满三百余朵。坛前西府二树，花时积三尺香雪。前四壁稍高，对面砌石台，插太湖石数峰。西溪梅骨古劲④，滇茶数茎,妩媚其旁。梅根种西番莲,缠绕如缨络。窗外竹棚,密宝襄盖之。阶下翠草深三尺,秋海棠疏疏杂入。前后明窗,宝襄西府,渐作绿暗。

【注释】①陔(gāi)萼楼:是张岱曾祖居住的地方。倾圮(pǐ):倒塌毁坏。

②纱幮(chú):纱帐。

③西瓜瓤大牡丹:一种牡丹品种叫西瓜瓤。花的颜色就如西瓜瓤一样。

④西溪:即杭州西溪。

【译文】陔萼楼后面的老屋倒塌了,我在原来地基的基础上又加高了四尺,建造了一间很大的书房。又在书房旁边的开阔地建成一间耳房,好像一个纱帐,我在里面安置了一张卧床。书房前后都是空地,我在后墙脚修筑了一个花坛,里面种植了三株西瓜瓤大牡丹,牡丹花探出墙头,每年都能开三百多朵。坛前种了两棵西府海棠,开花的时候坛前有如堆积了三尺厚的香雪。花坛前面的四堵墙稍高一点儿,我就在对面砌了一座石台,在石台里插放太湖石,竖起几座假山。西溪梅枝干古朴苍劲,几枝云南茶花娇艳妩媚,梅树根下种着西番莲,缠绕盘旋,如同缨络一般。窗外的竹棚,被浓密的蔷薇花笼罩着。台阶下面的青草深达三尺,稀稀落落的秋海棠夹杂其间。书房前后都是明亮的轩窗,由于蔷薇、西府海棠在前遮挡,逐渐变成了暗绿色。

余坐卧其中,非高流佳客,不得辄入。慕倪迂清閟①,又以"云林秘阁"名之。

**【注释】**①倪迂清閟（bì）：倪：即倪瓒。字泰宇，别字元镇，号云林子。因其性迂，人称"倪迂"。元末明初画家、诗人。倪瓒与黄公望、王蒙、吴镇合称"元四家"。留存作品有《六君子图》《容膝斋图》《清閟阁集》《渔庄秋霁图》等。清閟：即清閟阁，是倪瓒的居所。

**【译文】**我坐卧都在书房，如果不是高人雅客，不得擅自入内。我一直都很仰慕倪瓒的清閟阁，因此，我为自己的书房取名为"云林秘阁"。


# 不二斋①


不二斋，高梧三丈，翠樾千重②，墙西稍空，蜡梅补之，但有绿天，暑气不到。后窗墙高于槛，方竹数竿③，潇潇洒洒，郑子昭"满耳秋声"横披一幅④。天光下射，望空视之，晶沁如玻璃、云母⑤，坐者恒在清凉世界。图书四壁，充栋连床⑥；鼎彝尊罍⑦，不移而具。


**【注释】**①不二斋：作者张岱的曾祖父张元汴所建。

②翠樾：成荫的绿树。千重：层层叠叠。

③方竹：竹之一种。外形微方，高三至八米，直径一至四厘米，质坚。我国华东和华南地区均有栽培。可供观赏，古人多用以制作手杖。

④郑子昭：当时的画家。

⑤晶沁：亮光透入。云母：一种矿石。成分为钠、钾、镁、铁与铝等的矽酸盐，解理完全，可剥裂如纸，能耐高温，绝缘性佳，是电气绝缘的重要材料。主要有白黑二种，多产于花岗岩及伟晶岩中。

⑥充栋：形容藏书、著述之富，可以堆满屋子。

⑦鼎彝：古代宗庙中的祭器，上刻表彰有功人物的文字。尊罍（zūn léi）：泛指酒器。

【译文】不二斋旁，有三丈高的梧桐树，绿叶成荫，层层叠叠，墙的西面稍有空隙，我便种了些蜡梅补充其中，抬眼望去，只见这里的树荫遮蔽了天空，盛夏的暑气根本无法侵袭。后窗的墙比栏杆高，种有几竿方竹，潇洒飘逸，从后窗向外看去，就如郑子昭画的一幅横轴"满耳秋声"图一般。阳光透过树荫照射下来，抬头向空中望去，有如玻璃、云母般晶莹剔透，坐在其中，仿佛一直置身于清静凉爽的世界。四面墙壁摆满图书，由于藏书太多，都堆到了床边；至于鼎彝尊罍之类的器物，需要时根本不用挪动身子，这里随处都是。

余于左设石床竹几，帷之纱幕，以障蚊虻①。绿暗侵纱，照面成碧。夏日，建兰、茉莉②，芗泽浸人③，沁入衣裾。重阳前后，移菊北窗下，菊盆五层，高下列之，颜色空明，天光晶映，如沉秋水。冬则梧叶落，蜡梅开，暖日晒窗，红炉毾㲪④。以昆山石种水仙，列阶趾。春时，四壁下皆山兰，槛前芍药半亩，多有异本。余解衣盘礴⑤，寒暑未尝轻出，思之如在隔世。

【注释】①蚊虻：蚊子。

②建兰：兰花的一种。具有较高的园艺和草药价值。

③芗泽：香气。芗：同"香"。

④毾㲪（tà dēng）：毛毯。

⑤盘礴（bó）：箕踞而坐。

【译文】我在屋子的左边放了石床、摆上竹几，用纱帐围上，用来遮挡蚊子。绿荫漫过纱帐照进来，映在脸上变成碧绿色。夏天，建兰、茉莉香气袭人，沁入衣裾。重阳节前后，我把菊花移到北窗下，将菊盆分五层按高低错落摆放，菊花颜色清丽，在阳光下晶莹剔透，好像沉浸在秋水之中。等到冬天，梧桐叶落，蜡梅花开，温暖的阳光晒到窗户上，我坐在红炉旁，身上围着毛毯。我在昆山石上栽种水仙，将其摆放在台阶下。到了春天，四面墙壁下都是山兰，栏杆前的半亩芍药，有很多珍品。我解开衣服，箕踞而坐，无论寒冬或是夏暑，都不轻易外出，现在回想起来，那样的日子真像是与世隔绝啊。

## 砂罐锡注①

宜兴罐②，以龚春为上③，时大彬次之④，陈用卿又次之⑤。锡注，以王元吉为上⑥，归懋德次之。夫砂罐，砂也；锡注，锡也。器方脱手，而一罐一注价五六金，则是砂与锡与价，其轻重正相等焉，岂非怪事。

【注释】①砂罐：陶质器皿。锡注：锡制的酒壶。

②宜兴：即江苏宜兴。

③龚春：正德嘉靖年间人。原为宜兴进士吴颐山的家僮，是宜兴壶的始祖。

④时大彬：号少山，又称大彬、时彬。是著名的紫砂"四大家"之一

时朋的儿子。他在泥料中掺入砂，开创了调砂法制壶。

⑤陈用卿：又叫陈三呆子。明朝制壶名家。

⑥王元吉：善于制造嘉兴锡壶。

**【译文】**宜兴砂罐，以龚春制作的为上品，时大彬制作的次之，陈用卿制作的再次之。锡制酒壶，王元吉制作的是上品，归懋德制作的次之。砂罐，是用砂土烧成的罐子；锡制酒壶，是用锡浇铸而成的酒壶。器物刚一制成，一个砂罐或锡壶的价格就要达到五、六两银子，这么看来，砂与锡的价格，竟和它们自身的重量正好相等，这难道不是怪事。

然一砂罐、一锡注，直跻之商彝、周鼎之列而毫无惭色①，则是其品地也。

**【注释】**①商彝、周鼎：商周的青铜礼器。泛称极其珍贵的古董。

②品地：指门第、等级。

**【译文】**这样一个砂罐、一个锡制酒壶，直接跻身于商彝、周鼎这一古董行列而毫无愧色，这是由它们的质地、品相决定的。

## 沈梅冈①

沈梅冈先生忤相嵩②，在狱十八年。读书之暇，旁攻匠艺。无斧锯，以片铁日夕磨之，遂铦利③。得香楠尺许，琢为文具一，大匣三、小匣七、壁锁二；棕竹数片为篦一④，为骨十八，以笋、以缝、以键,坚密肉好,巧匠谢不能事。

【注释】①沈梅冈:即沈束,字宗安,号梅冈,今浙江绍兴人。嘉靖年间进士。曾任职礼科给事中。因得罪严嵩,入狱十八年后才释放。隆庆初,提升为南京右通政,托病不上任。

②忤(wǔ):不顺从,冒犯。相嵩:指严嵩。字惟中,号介溪,袁州府分宜介桥村(今江西省分宜县)人。明孝宗弘治十八年进士,他陷害同僚,结党营私,把持朝政近十五年,隆庆元年,在全国的唾骂声中死去。

③铦(xiān)利:锋利。《淮南子·修务》:"服剑者,期于铦利,而不期于墨阳、莫邪。"

④棕竹:常绿丛生灌木,叶形略似棕榈,但质薄尖细如竹叶。多栽培供观赏。干虽细而坚韧,可制手杖、伞柄等。箑(shà):扇子。

【译文】沈梅冈先生因冒犯宰相严嵩,被监禁在狱中十八年。他在读书的闲暇时间,又另外学习了工匠技术。没有斧头、锯子,就日夜磨制铁片,将其变成了锋利的器具。他得到一块一尺左右的香楠木,把它雕琢成一件文具,有三个大匣、七个小匣、两个壁锁,又得到几片棕竹,把它们雕刻成一把扇子,上面有十八根扇骨,又用榫头相接、用针线缝制、用锁键固定,边孔坚实严密,即便是能工巧匠都不能做出这么精美的东西。

夫人丐先文恭志公墓①,持以为贽②。文恭拜受之,铭其匣曰:"十九年,中郎节③;十八年,给谏匣④,节邪匣邪仝一辙⑤。"铭其箑曰:"塞外毡,饥可餐⑥;狱中箑,尘莫干⑦,前苏后沈名班班⑧。"梅冈制,文恭铭,徐文长书⑨,张应尧镌⑩,人称四绝,余珍藏之。

**【注释】**①先文恭：即作者张岱已经去世的曾祖父张元汴。其谥号为文恭。志公墓：给他写墓志铭。

②贽（zhì）：古代初次拜见尊长所送的礼物。

③十九年，中郎节：指西汉时期，中郎将苏武出使匈奴，被扣留。匈奴多次威逼利诱，想让苏武投降，苏武坚决不从。后来把他送到北海边放羊，说只有公羊生子才释放回国。苏武历尽千难万险，留居匈奴十九年，才回到汉朝。

④十八年，给谏匣：指沈梅冈因得罪严嵩，入狱十八年，陪伴着他的是一个匣子。给谏：唐宋时给事中及谏议大夫的合称。清代用作六科给事中的别称。

⑤邪：同"耶"。仝：即"同"。

⑥塞外毡，饥可餐：指中郎将苏武出使匈奴时，饿了就吃毡子上的毛。

⑦尘莫干：尘垢不能干扰。

⑧班班：显著、明显的样子。

⑧徐文长：即徐渭，字文长，一字天池，晚号青藤。明朝山阴（今浙江省绍兴县）人。年二十为生员，屡应乡试不中。后为闽浙总督胡宗宪幕僚。胡下狱，渭惧怕牵连，一度发狂。知兵、好奇计，工诗文，善书画，行草纵逸飞动，长花鸟，用笔放纵，水墨淋漓。著有《路史分释》《笔元要旨》《四声猿》《徐文长集》等。

⑩张应尧：明末清初人，善于在竹子上刻字，有晋宋人风格。

**【译文】**他的夫人请求我的曾祖父文恭公为沈梅冈写墓志铭，她拿着沈梅冈在狱中所做的这些东西作为见面礼送给我的曾祖父。曾祖父恭敬地收下了，并在那匣上写下铭文："十九年了，陪伴汉中郎苏武的是旌节；十八年了，陪伴给谏沈梅冈的是这个木匣，旌节、木匣代表的意义同出一辙。"曾祖父又在竹扇上写下铭文："苏武在塞外的毛毡，饥饿时可以用来充饥；沈梅冈狱里的扇子，即使尘垢也不能干扰，前有苏武后有沈梅冈，他们都有同样显赫的名声。"这些东西是由沈梅冈制作，文恭公作铭文，徐文长书写，张应尧镌刻的，人们称他们为四绝，我一直珍藏着。

又闻其以粥炼土①，凡数年，范为铜鼓者二②，声闻里许，胜暹罗铜③。

【注释】①以粥炼土：用粥汤和泥，不停地揉，和出的泥坚硬如铁。
②范：模子。这里指作成模子。
③暹（xiān）罗：泰国的旧称。
【译文】我又听说沈梅冈在监狱里用粥和着泥土，不停地揉捏，炼制了几年，作成模具，浇铸成两面铜鼓，发出的声音一里外的人都能听到，超过了暹罗铜鼓。

# 岣嵝山房①

岣嵝山房，逼山、逼溪、逼㢉光路，故无径不梁，无屋不阁。门外苍松傲睨，蓊以杂木，冷绿万顷，人面俱失。石桥底磴②，可坐十人。寺僧刳竹引泉③，桥下交交牙牙④，皆为竹节⑤。

【注释】①岣嵝（gǒu lǒu）山房：作者张岱在《西湖梦寻》卷二《岣嵝山房》介绍："李岕号岣嵝，武林人，住灵隐韬光山下。造山房数楹，尽驾回溪绝壑之上。溪声淙淙出阁下，高崖插天，古木蓊蔚，大有幽致。山人居此，子然一身。好诗，与天池徐渭友善。客至，则呼童驾小舫，荡桨于西泠断桥之间，笑咏竟日。以山石自碛生圹，死即埋之。著有《岣嵝山人诗集》四卷。"岣嵝：山巅。

②底磴（dèng）：底下的石头台阶。

③刳（kū）：从中间破开再挖空。

④交交牙牙：错杂貌。

⑤竹节：引水的竹管。

【译文】岣嵝山房，靠近山峰、小溪和发光路，因此没有哪条路不架设桥梁，没有哪座房屋不建造阁楼。门外苍劲的松树高傲地注视着远方，杂乱无章的树丛无比繁茂，幽冷的绿意一碧万顷，人在其中，面容都模糊了。石桥下的台阶，可坐十人。寺庙中的僧人破开竹子把中间挖空，做成水管引来山泉，桥下纵横交错，都是引水的竹管。

天启甲子①，余键户其中者七阅月②，耳饱溪声，目饱清樾。山上下，多西粟、边笋③，甘芳无比。邻人以山房为市，蔬果、羽族日致之④，而独无鱼。乃潴溪为壑⑤，系巨鱼数十头。有客至，辄取鱼给鲜。日晡，必步冷泉亭、包园、飞来峰⑥。

【注释】①天启甲子：即天启四年（1624）。

②键户：闭门不出。键：竖着插的门闩。

③边笋：又称鞭梢、笋鞭，是竹鞭的先端部分。可以烹饪出多种可

口菜品。

④蓏(luǒ)果：草本植物的果实。

⑤潴(zhū)溪为壑：溪水积聚成水坑。

⑥冷泉亭：在灵隐寺山门左边。一千多年来，这里一直是诗人们流连忘返的处所。飞来峰：又名灵鹫峰，在浙江省杭州市西湖西北，与灵隐寺隔溪相对，高二百多米。峭壁岩洞中有五代至元代的造像三百多尊。

【译文】天启甲子年，有七个月的时间，我都在岣嵝山房里闭门不出，耳闻皆是小溪流水的声音，目睹都是清清爽爽的树荫。山上山下，盛产西粟、边笋，甘甜芳香，美味无比。附近的人把岣嵝山房当作贸易市场，每天都带着瓜果、禽类来这里售卖，唯独没有鱼。我便挖了一个深沟用来聚集溪水，在里面养了十多条大鱼。来了客人，就抓一条鱼让他们尝个鲜。天将暮时，我必会到冷泉亭、包园、飞来峰漫步。


一日，缘溪走看佛像，口口骂杨髡①。见一波斯坐龙象，蛮女四五献花果，皆裸形，勒石志之②，乃真伽像也。余椎落其首，并碎诸蛮女，置溺溲处以报之③。寺僧以余为椎佛也，咄咄作怪事，及知为杨髡，皆欢喜赞叹。


【注释】①杨髡(kūn)：即杨琏真迦，曾任元朝江南释教都总统。史载他善于盗墓，曾盗掘南宋诸皇帝、皇后陵寝、公侯卿相坟墓。

②勒石：刻字于石。亦指立碑。

③溺溲(sōu)：撒尿。

【译文】有一天，我沿着溪流边走边观赏佛像，听到有人嘴里还不停地骂着杨髡。看到一座波斯人坐在龙象上的塑像，有四五个蛮荒之地的胡女向他进献鲜花水果，她们全都裸露着身体，旁边一块石碑上刻着文字，说这就是杨髡的塑像。我敲掉了他的头，并砸碎了那几个蛮荒胡女，把他们扔到厕所作为报复。寺院的僧人都以为我捶打的是佛像，他们都很惊讶，并议论纷纷，认为这是怪事，后来知道被砸碎的是杨髡的塑像，都欢喜地赞叹。

# 三世藏书

余家三世积书三万余卷。大父诏余曰："诸孙中惟尔好书，尔要看者，随意携去。"余简太仆、文恭、大父丹铅所及①，有手泽存焉者②，汇以请，大父喜，命舁去，约二千余卷。崇祯乙丑③，大父去世，余适往武林，父叔及诸弟、门客、匠指、臧获、巢婢辈乱取之④，三代遗书，一日尽失。

【注释】①简：挑选。太仆：指作者张岱的高祖父张天复，字复亨，号内山，山阴（今浙江绍兴）人。嘉靖二十六年（1547）进士，历任云南按察司副使、太仆寺卿。博洽工文，亦善书。丹铅：旧时点校书籍用的丹砂和铅粉。

②手泽：指先人所遗留下来的器物或手迹。

③崇祯乙丑：即天启五年（1625）。

④匠指：工匠。巢婢：女奴。

【译文】我家三代积累的藏书有三万多卷。祖父告诉我说："我这么多子孙当中，只有你最喜欢读书，你想看什么书，就随意拿去吧。"我挑选了高祖太仆公、曾祖文恭公和祖父用丹铅批阅校订过的，以及他们留存的部分书籍和手稿，汇总到一起后向祖父请示，祖父很开心，让我把书全部抬走，大约有二千多卷。崇祯乙丑年，祖父去世，我正好去了武林，父亲、叔父和众多兄弟、门客、工匠、奴仆、婢女等趁乱拿走剩余的书，我家三代遗留下的书籍，一天之间就全部消失了。

余自垂髫聚书四十年①，不下三万卷。乙酉避兵入剡②，略携数簏随行，而所存者，为方兵所据③，日裂以吹烟，并舁至江干，籍甲内，挡箭弹，四十年所积，亦一日尽失。此吾家书运，亦复谁尤。

**【注释】**①垂髫(tiáo)：古时童子不束发，故称童子为垂髫。

②乙酉：即顺治二年（1645）。剡(shàn)：剡溪，水名，在今浙江嵊州西南。

③方兵：方安国的士兵。

**【译文】**我自孩童时代就开始收藏书籍，四十年来，总藏书不少于三万卷。乙酉年，为躲避战乱到了嵊州剡溪，只带了几箱书随我前行，家里留存下来的书，被方安国的士兵据为己有，他们每天把书页撕下来生火，并且把书抬到江边，塞进铠甲里，以抵挡弓箭飞弹，我四十年尽心收藏的书籍，也在一天之内尽失了。这就是我家藏书的厄运，我还能怪怨谁呢？

余因叹古今藏书之富，无过隋、唐。隋嘉则殿分三品，有红琉璃、绀琉璃、漆轴之异①。殿垂锦幔，绕刻飞仙。帝幸书室，践暗机，则飞仙收幔而上，橱扉自启；帝出，闭如初。隋之书计三十七万卷。唐迁内库书于东宫丽正殿，置修文、著作两院学士，得通籍出入②。太府月给蜀都麻纸五千番③，季给上谷墨三百三十六丸④，岁给河间、景城、清河、博平四郡兔千五百皮为笔，以甲、乙、丙、丁为次。唐之书计二十万八千卷。我明中秘书不可胜计，即《永乐大典》一书⑤，亦堆积数库焉。余书直九牛一毛耳，何足数哉。

【注释】①"隋嘉"二句：据《隋书·经籍志》记载："炀帝即位，秘阁之书，限写五十副本，分为三品：上品红琉璃轴，中品绀琉璃轴，下品漆轴。"

②通籍：谓记名于门籍，可以进出宫门。籍：二尺长的竹片，上写姓名，年龄，身份等，挂在宫门外，以备出入时查对。后来称作官为"通籍"。

③太府：官名。掌国家钱谷的保管出纳。

④上谷墨：唐代易水制的墨，唐代一度改易州为上谷郡，故名上谷墨。

⑤《永乐大典》：是明永乐年间由明成祖朱棣先后命解缙、姚广孝等主持编纂的一部集中国古代典籍于大成的类书。初名《文献大成》，后明成祖亲自撰写序言并赐名《永乐大典》。全书22877卷，11095册，约3.7亿字，汇集了古今图书七八千种。

【译文】我因此慨叹，从古至今藏书最多的，没有超过隋、唐两代的。隋朝的嘉则殿把收藏的书籍分为三个等级，有红琉璃殿、绀琉璃殿、漆轴殿的区分。殿内锦幔低垂，环绕锦幔刻着飞舞的仙子。皇帝亲临图书室，脚踏暗藏的机关，飞仙就会收起锦幔，书橱的门扇自动开启；皇帝出来后，书橱的门扇关闭如初。隋朝的藏书共计三十七万卷。到了唐朝，把内库的藏书都搬到东宫丽正殿，在那里设立了修文院和著作院，两院学士必须登记姓名身份后才可进出。太府每个月都给两院发放五千番蜀地产的麻纸，每季度发放上谷出产的墨丸三百三十六颗，每年供应由河间、景城、清河、博平四郡出产的兔皮一千五百张，用于制作毛笔，分别用甲、乙、丙、丁来标注次序。唐朝的藏书共计二十万八千卷。我明朝的宫廷藏书更多，数不胜数，仅《永乐大典》一书，就堆满了好几个书库。我家的藏书和这些比，不过是九牛一毛，不值一提啊。

# 卷 三

## 丝 社

越中琴客不满五六人，经年不事操缦①，琴安得佳？余结丝社，月必三会之。有小檄曰②："中郎音癖③，《清溪弄》三载乃成；贺令神交④，《广陵散》千年不绝⑤。器簶神以合道，人易学而难精。幸生岩壑之乡，共志丝桐之雅⑥。清泉磐石，援琴歌《水仙》之操⑦，便足怡情；涧响松风，三者皆自然之声，正须类聚。偕我同志，爰立琴盟，约有常期，宁虚芳日。杂丝和竹，用以鼓吹清音；动操鸣弦，自令众山皆响。非关匣里，不在指头，东坡老方是解人⑧；但识琴中，无劳弦上，元亮辈政堪佳侣⑨。既调商角⑩，翻信肉不如丝；谐畅风神，雅羡心生于手。从容秘玩，莫令解秽于花奴⑪；抑按盘桓⑫，敢谓倦生于古乐。共怜同调之友声，用振丝坛之盛举。"

【注释】①操缦（màn）：调弄琴瑟的弦丝。

②檄（xí）：文体名，"檄文"与"移文"的合称。檄文多用于声讨

和征伐,移文多用于晓喻或责备。

③中郎:指蔡邕(yōng),东汉时期文学家、书法家,才女蔡文姬之父。精通音律,才华横溢,《清溪弄》就是他的作品。

④贺令神交:贺思令与嵇康在月夜神交。刘宋刘义庆《幽明录》记载:"会稽贺思令善弹琴,尝夜在月中坐,临风抚奏。忽有一人,形器甚伟,着械有惨色,至其中庭,称善,便与共语。自云是嵇中散。谓贺云:'卿下手极快,但于古法未合。'因授以《广陵散》。贺因得之,于今不绝。"

⑤《广陵散》:乐曲名。汉、魏时期相和楚调的但曲之一。既用于合奏,也用于独奏。

⑥丝桐:古代制琴多用桐木,以丝为弦,故以丝桐为琴的代称。

⑦《水仙》之操:即《水仙操》。传说是俞伯牙所作琴曲。

⑧东坡老:即苏轼,字子瞻,号东坡居士,眉州眉山(今四川眉山)人。嘉祐进士,曾任祠部员外郎、杭州通判、翰林学士等。唐宋八大家之一。

⑧元亮:即陶渊明,字元亮,别号五柳先生,浔阳柴桑(今江西省九江市)人。东晋末到刘宋初期杰出诗人、辞赋家、散文家。是田园诗派的鼻祖。

⑩商角:是五音角、徵、宫、商、羽其中的两个音,五音中各相邻两音间的音程,除角和徵、羽和宫(高八度的宫)之间为小三度外,余均为大二度。这里泛指五音。

⑪解秽于花奴:典出《太平广记》中《羯鼓录》:"上(唐玄宗)性俊迈,酷不好琴。曾听弹正弄,未及毕,叱琴者出,曰:'待诏出去!'谓内官曰:'速召花奴将羯鼓来,为我解秽。'"花奴:唐玄宗时汝南王李琎的小名,善击羯鼓。

⑫抑按盘桓:此特指古琴弹奏时的动作指法。抑按:即按压琴

弦。盘桓：左手压弦右手在琴弦上往来移动。

【译文】越中善于抚琴者不超过五六人，多年不调弄琴瑟的弦丝，怎能弹得一手好琴？我组织了一个丝社，每月必定要聚会三次，在一起切磋琴艺。为此，我作了一篇小檄文："蔡邕酷爱音乐，他用了三年时间谱成一曲《清溪弄》；贺思令与嵇康月夜神交，《广陵散》才会千年不绝。乐器与人心神相交才合乎道，人们学习起来很容易，但要真正精通却很难。我们有幸出生于山峦溪谷之乡，有共同喜好古琴的雅趣。清泉在山石旁流过，我们抚琴吟唱《水仙》之操，足以怡情养性；溪涧欢唱，松风阵阵，水声、琴声、风声都是大自然的天籁之音，我们这些志趣相投之人正好在此相聚。与志同道合之友，愉快地订下丝社盟约，约定我们要经常聚会，怎能虚度这美好时光。弦乐和管乐相互交杂，奏出悦耳动听的清越之声；拨琴弄弦，悠扬的乐声在群山回荡。这样美妙的声音无关乎琴匣，也无关乎拨弄琴弦的手指，说这话的苏东坡才是真正解琴之人；只要领会琴中妙趣，又何必非要在弦上奏出美妙的音乐呢，陶渊明也可堪称琴之知音了。已经调好宫商角徵羽五声，才相信再悠扬婉转的歌声也不如那动人的琴音；风神高雅、和谐流畅，很是美慕心中所想能通过指尖缓缓流淌。从容弹奏，悄然玩味，无需善于击鼓的李珽来驱除秽气；轻挑慢捻间，任双手在古琴上盘桓，谁敢说因聆赏古乐而生出厌倦之心？让我们共同珍惜琴友弹出的美妙旋律，以此作为振兴琴坛的盛举。"

# 南镇祈梦①

　　万历壬子②，余年十六，祈梦于南镇梦神之前，因作疏曰："爰自混沌谱中③，别开天地；华胥国里④，蚤见春秋。梦两楹，梦赤鸟⑤，至人不无；梦蕉鹿⑥，梦轩冕，痴人敢说。惟其无想无因，未尝梦乘车入鼠穴，捣齑啖铁杵⑦；非其先知先觉，何以将得位梦棺器，得财梦秽矢⑧。正在恍惚之交，俨若神明之赐。某也躐跳偃猪⑨，轩翥樊笼⑩，顾影自怜，将谁以告？为人所玩，吾何以堪。一鸣惊人，赤壁鹤耶⑪？局促辕下，南柯蚁耶⑫？得时则驾，渭水熊耶⑬？半榻遽除，漆园蝶耶⑭？神其诏我，或寝或吡⑮；我得先知，何从何去。择此一阳之始⑯，以祈六梦之正⑰。功名志急，欲搔首而问天；祈祷心坚，故举头以抢地。轩辕氏圆梦鼎湖⑱，已知一字而有一验；李卫公上书西岳⑲，可云三问而三不灵。肃此以闻，惟神垂鉴。"

　　**【注释】**①南镇：即会稽山，在今浙江绍兴。祈梦：向神祈求梦，然后从梦中预知祸福。明清时期，向梦神祈梦渐成习俗。

　　②万历壬子：即万历四十年（1612）。

　　③混沌谱：语出《仙佛奇迹》。相传陈抟在华山修行时，"一日，有客过访，适值其睡。旁有一异人，听其息声，以墨笔记之，满纸糊涂莫辩。客怪而问之，其人曰：'此先生华胥调混沌谱也。'"

　　④华胥国：用以指理想的安乐和平之境，或作梦境的代称。也指

古代神话中无为而治的理想国家。

⑤赤舄（xì）：古代天子、诸侯所穿的鞋，赤色，重底。

⑥蕉鹿：典出《列子·周穆王》："郑人有薪于野者，遇骇鹿，御而击之，毙之。恐人见之也，遽而藏诸隍中，覆之以蕉，不胜其喜。俄而遗其所藏之处，遂以为梦焉。"蕉，通"樵"。后以"蕉鹿"指梦幻。

⑦"惟其"三句：比喻不合情理的事情。典出《世说新语·文学》："卫玠总角时，问乐令'梦'，乐云：'是想'。卫曰：'形神所不接而梦，岂是想邪？'乐云：'因也。未尝梦乘车入鼠穴，捣齑啖铁杵，皆无想无因故也。'卫思'因'，经日不得，遂成病。乐闻，故命驾为剖析之，卫即小差。乐叹曰：'此儿胸中当必无膏肓之疾！'"

⑧"何以"二句：典出《世说新语·文学》："人有问殷中军：'何以将得位而梦棺器，将得财而梦矢秽？'殷曰：'官本是臭腐，所以将得而梦棺尸；财本是粪土，所以将得而梦矢秽污。'"

⑧蘷跜（kuí ní）：盘曲蠕动貌。偃潴（yǎn zhū）：池塘，池沼。

⑩轩鸞（zhù）：飞举的样子。樊笼：鸟笼。比喻束缚不得自由。

⑪赤壁鹤：出自苏轼《后赤壁赋》"时夜将半，四顾寂寥。适有孤鹤，横江东来。翅如车轮，玄裳缟衣，戛然长鸣，掠予舟而西也。须臾客去，予亦就睡。梦一道士，羽衣翩跹，过临皋之下，揖予而言曰："赤壁之游乐乎？"问其姓名，俯而不答。"呜呼！噫嘻！我知之矣。畴昔之夜，飞鸣而过我者，非子也邪？"

⑫南柯蚁：南柯梦中之蚁。亦比喻追逐暂时富贵的人。

⑬渭水熊：语出《史记·齐太公世家》："西伯将出猎，卜之，曰'所获非龙非螭，非虎非罴；所获霸王之辅'。于是周西伯猎，果遇太公于渭之阳，与语大说，曰：'自吾先君太公曰，当有圣人适周，周以兴'。子真

是邪？吾太公望子久矣。"

⑭半榻蘧除，漆园蝶耶：出自《庄子·齐物论》："昔者庄周梦为胡蝶，栩栩然胡蝶也。自喻适志与！不知周也。俄然觉，则蘧蘧然周也。不知周之梦为胡蝶与？胡蝶之梦为周与？周与胡蝶则必有分矣。此之谓物化。"蘧篨（qú chú）：亦作"蘧蒢""蘧除"。用苇或竹编成的粗席。

⑮吪（é）：行动。

⑯一阳：冬至。冬至后白天渐长，古代认为是阳气初动，宋朝邵康节有"冬至子之半，天心无改移。一阳初动处，万物未生时"之语。故冬至又称"一阳生"。

⑰六梦：古代把梦分为六类，根据日月星辰以占其吉凶。

⑱轩辕氏圆梦鼎湖：典出《史记·封禅书》："黄帝采首山铜，铸鼎于荆山下。鼎既成，有龙垂胡髯下迎黄帝。黄帝上骑，群臣后宫从上者七十馀人，龙乃上去。"轩辕氏：即黄帝。鼎湖：地名。古代传说黄帝在鼎湖乘龙升天。

⑲李卫公上书西岳：李卫公《献西岳书》有："若三问不对，亦何神之有灵"？李卫公：即李靖。唐初军事家。本名药师，今陕西三原东北人。他熟识兵法，因任职卫国公而被称为李卫公。

【译文】明万历壬子年，我那时十六岁，在南镇梦神前祈梦，因此作疏文一篇："从混沌谱里，别开一番天地；华胥国里，早就明白历史。梦见两根楹柱，梦见古代天子、诸侯所穿的红色鞋子，就是超凡脱俗之人也不是没做过这样的梦；梦见鹿藏在芭蕉树下，梦见卿大夫的车乘和冕服，就是愚痴之人也敢说自己做过这样的梦。如果做梦的人根本没有这样的想法，也没有别的缘由，就不会梦见自己乘车进入鼠洞，也不会梦见自己捣斋菜连铁锤都吃掉；如果不是他们先知先觉，怎会梦见棺材就能获得官位,梦见污秽之物就能得到财富。恍惚之中,仿如神赐一般。如今我好像是被困在水里盘曲蠕动的龙,又像是想要高飞却被困在笼中的鸟,顾影自怜,能将这些向谁诉说呢?被人玩弄,我怎能忍受?那些一鸣惊人的,难道是梦见赤壁的飞鹤了吗?局促不安地躲在车辕之下的,难道是梦到南柯的蚂蚁了吗?得到好时机就出来做大事的,那是梦见渭水飞熊了吗?穷困潦倒只有半床竹席的,那是梦见庄子的蝴蝶了吗?祈求神灵通过梦来告诉我,我是该等待还是该行动;我要事先知道,到底该何去何从。我选择冬至这天,祈求神灵以梦境为我指点正确的方向。我急切地想要建功立名,所以才会搔首问青天;我诚心祈祷,心志坚定,所以叩头至地以示诚意。昔日黄帝在鼎湖乘龙升天圆了自己成仙之梦,由此便知即使梦见一个字也会有一个字的应验;李卫公上书西岳神,可说是三问三不灵。我在此郑重地把这些告诉给上天,希望神灵俯察,赐梦明示。"

# 禊　泉①

惠山泉不渡钱唐②,西兴脚子挑水过江③,喃喃作怪事。有缙绅先生造大父,饮茗大佳,问曰:"何地水?"大父曰:"惠泉水。"缙绅先生顾其价曰④:"我家逼近卫前⑤,而不知打水吃,切记之。"董日铸先生常曰⑥:"'浓''热''满'三字尽茶理,陆羽《经》可烧也⑦。"两先生之言,足见绍兴人之村之朴。

【注释】①禊（xì）：春秋两季在水边举行的祭祀，以此来清除不祥。

②惠山泉：位于江苏省无锡市西郊惠山山麓锡惠公园内。传说唐代陆羽曾经亲品其味，故又名陆子泉，被乾隆御封为"天下第二泉"。

③西兴：渡口的名字，位于浙江省萧山市西北。传说春秋时越王范蠡在这里筑城。六朝时为西陵戍，五代吴越改名为西兴。脚子：搬运工人，也称"脚夫""脚户"。

④价（jiè）：随身仆人。

⑤卫前：这是一个口误，缙绅老先生误将"惠泉"听成是"卫前"。

⑥董日铸：即董懋策。字揆仲，号日铸，明朝上虞人。作者张岱祖父张汝霖的好友。精通《易》学。曾开办学馆，人多学舍不够用，便租房接纳学生。他教授认真，考核严正，当时人们把他比作宋代朱熹。

⑦陆羽：字鸿渐，一名疾，字季疵，号竟陵子，又号"茶山御史"。唐代茶学家，被誉为"茶仙""茶圣""茶神"。他撰写的《茶经》是世界上第一部茶叶专著。

【译文】惠山泉水不能流到钱塘江，西兴渡口的脚夫就把惠山泉水挑过江来，嘴里还喃喃自语地说这真是件怪事。有位缙绅拜访我祖父，喝了我家的茶，感觉非常好，就问："这用的是哪儿的水啊？"祖父回答说："惠泉水。"缙绅先生对他的随身仆人说："我家离卫前很近，却不知道去那里去打水吃，以后一定要切记。"董日铸先生常说："'浓''热''满'这三字道尽了茶理，陆羽的《茶经》可以烧掉不用了。"两位先生的话，足以体现绍兴人的憨实、纯朴了。

余不能饮潟卤<sup>①</sup>，又无力递惠山水。甲寅夏<sup>②</sup>，过斑竹庵<sup>③</sup>，取水啜之，磷磷有圭角<sup>④</sup>，异之。走看其色，如秋月霜空，嘚天为白<sup>⑤</sup>；又如轻岚出岫，缭松迷石，淡淡欲散。余仓卒见井口有字画，用帚刷之，"禊泉"字出，书法大似右军<sup>⑥</sup>，益异之。试茶，茶香发。新汲少有石腥，宿三日，气方尽。

【注释】①潟（xì）卤：盐碱地之水。

②甲寅：即万历四十二年（1614）。

③斑竹庵：在浙江绍兴长庆寺内。

④圭角：圭的棱角。泛指棱角、锋芒。

⑤嘚（xùn）：含在口中而喷出。

⑥右军：晋书法家王羲之，曾为右军将军，故有王右军之称。

【译文】我不能喝盐碱水，又无力运输惠山的泉水。甲寅年夏季，我路过斑竹庵，取水来喝，只见水质清澈纯净，很有味道，我感到很是奇怪。走过去看水的颜色，好像秋月挂在泛霜的夜空，染得天空一片洁白；又好像出自山洞的薄雾，在青松旁缭绕，又深深地迷恋着周围的山石，浅浅淡淡，就要散开。我在仓卒间见到井口隐约有字画的痕迹，就用扫帚去刷，渐渐地，"禊泉"二字露了出来，书法风格与王羲之特别相像，我便更加奇怪了。试着用这水来煮茶，阵阵茶香发散开来。刚开始喝入嘴中，稍有一点儿石头的腥味，放置三天后，腥味才全部散尽。

辨禊泉者无他法，取水入口，第挢舌舐腭<sup>①</sup>，过颊即空，若无水可咽者，是为禊泉。好事者信之，汲日至，或取以酿酒，或开禊泉茶馆，或瓮而卖及馈送有司。董方伯守越<sup>②</sup>，饮其水，甘之，恐不给，封锁禊泉，禊泉名日益重。会稽陶溪、萧山北干、杭州虎跑③，皆非其伍，惠山差堪伯仲。

**【注释】**①挢舌舐腭：翘起舌头，抵住下颚。

②董方伯：即董承诏，万历进士，曾任浙江左布政使，布政使亦称方伯。

③陶溪：在浙江绍兴陶晏岭。北干：即萧山的北干山。北干山下有泉。虎跑：在浙江杭州，即著名的虎跑寺。

**【译文】**辨别禊泉水没有别的方法，取水入口，翘起舌头，抵住下颚，泉水经过两颊后就无影无踪了，好像根本没有咽下一样，这就是禊泉。对禊泉感兴趣的人都很相信我说的话，于是天天有人到禊泉取水，有人取禊泉水酿酒，有人取禊泉水开茶馆，有人取水装在瓮里卖钱，有人取水送给上司。董承诏任越州布政使时，饮用禊泉水后，感到甘甜可口，他怕禊泉水供不应求，就把禊泉封锁了，这样一来，禊泉的名声更是日益大了起来。会稽的陶溪、萧山的北干泉、杭州的虎跑泉，都不能与禊泉相提并论，只有惠山泉能和禊泉一争高下。

在蠡城①，惠泉亦劳而微热，此方鲜磊②，亦胜一筹矣。长年卤莽③，水递不至其地，易他水，余笞之④，罯同伴⑤，谓发其私。及余辨是某地某井水，方信服。

**【注释】**①蠡城：指春秋越国都城，因范蠡而得名，故址在今浙江绍兴。

②鲜磊：新鲜而果实累累。

③长年：长年雇工。

④笞（chī）：用鞭杖或竹板打。

⑤詈（lì）：骂，责骂。

**【译文】**在蠡城，惠山泉也是不辞辛劳日夜奔波，且水温微热，禊泉水这边水味甘美而且流水源源不绝，这里也确实略胜一筹。我家长工鲁荂，取水的时候还没走到禊泉，就改换成其他地方的泉水，我鞭打了他，他就责骂同伴，怪他们告密。等我辨别出这是哪个地方哪口水井的水时，他才不得不信服。

昔人水辨淄、渑①，侈为异事②。诸水到口，实实易辨，何待易牙③？余友赵介臣亦不余信④，同事久，别余去，曰："家下水实进口不得，须还我口去。"

**【注释】**①水辨淄、渑：春秋时期，齐桓公的宠臣易牙，能辨别出淄河水、渑河水的滋味。

②侈为异事：夸大为怪异的事情。

③易牙：春秋时齐国人。为齐桓公内侍，擅烹调，善逢迎，甚得桓公宠爱。桓公死后，易牙与竖刁等谋乱，立公子无亏即位，导致齐国大乱。

④赵介臣：清朝教官。作者张岱在《快园道古》写道："赵介臣为清朝教官，其友孟子塞致书责之，谓：'吾辈明伦，正在今日，尔奈何为教官，且坐明伦堂上？介臣愧不能答。两年后，子塞亦贡，亦为教官，晤介臣，介臣曰：'天下学官制度不一，岂贵庠没有明伦堂耶？'"

**【译文】**前人有齐桓公的宠臣易牙，能辨别出淄河水、渑河水的滋味，人们将其夸大为怪异之事。其实，各种泉水一到嘴里，实在是很容易辨别个中滋味的，哪里还需要易牙品尝？我的朋友赵介臣也不相信我，我们做同事已经很久了，他离开我的时候，说："我家里的水实在是不能入口，你必须还原我的口味。"

# 兰雪茶

日铸者①，越王铸剑地也。茶味棱棱②，有金石之气。欧阳永叔曰③："两浙之茶，日铸第一④。"王龟龄曰⑤："龙山瑞草，日铸雪芽⑥。"日铸名起此。京师茶客，有茶则至，意不在雪芽也。而雪芽利之，一如京茶式，不敢独异。

【注释】①日铸：山名，在浙江省绍兴县。以产茶著称，所产之茶即以"日铸"为名。

②棱棱：寒冷的样子。

③欧阳永叔：即欧阳修，字永叔，号醉翁、六一居士。北宋文学家、史学家。吉水(今属江西)人，曾任枢密副使、参知政事等职。早年曾支持范仲淹改革，但反对王安石的青苗法，政治上比较保守。他是北宋文坛古文运动的代表人物，列为散文"唐宋八大家"之一，与宋祁合修《新唐书》，自撰《新五代史》，有《欧阳文忠集》。

④两浙之茶，日铸第一：语出欧阳修《归田录》："草茶盛于两浙，两浙之品，日铸为第一。"

⑤王龟龄：即王十朋，字龟龄，号梅溪，南宋著名的政治家和诗人，

浙江乐清人。王龟龄以名节闻名于世，他刚正不阿，直言不讳。

⑥龙山瑞草，日铸雪芽：语出王十朋《会稽风俗赋》："日铸雪芽，卧龙瑞草。瀑岭称仙，茗山斗好。"

**【译文】**浙江绍兴县的日铸山，是越王勾践铸剑的地方。这里出产的茶，茶味凛冽清寒，有金石之气。欧阳修说："两浙之茶，日铸第一。"王十朋在《会稽风俗赋》上说："龙山瑞草，日铸雪芽。"日铸茶的名声就从这里传开。京都的茶客，一到采茶时节就会赶来，他们的意图不在雪芽，而是在雪芽能牟得多少利润。而雪芽要获得更多利润的话，就要以京都茶的制式为标准，不敢有自己的特色。

三峨叔知松萝焙法①，取瑞草试之②，香扑冽。余曰："瑞草固佳，汉武帝食露盘，无补多欲；日铸茶薮③，'牛虽瘠，偾于豚上④'也。"遂募歙人入日铸。拗法、掐法、挪法、撒法、扇法、炒法、焙法、藏法，一如松萝。他泉瀹之⑤，香气不出，煮禊泉，投以小罐，则香太浓郁。杂入茉莉，再三较量，用敞口瓷瓯淡放之，候其冷；以旋滚汤冲泻之，色如竹箨方解⑥，绿粉初匀⑦；又如山窗初曙，透纸黎光。取清妃白，倾向素瓷⑧，真如百茎素兰全雪涛并泻也⑨。雪芽得其色矣，未得其气，余戏呼之"兰雪"。

**【注释】**①三峨：即张炳芳，作者的三叔。松萝焙法：炒制松萝茶的方法。松萝：产于安徽省歙县松萝山上的茶。焙：用微火烘烤。

②瑞草：相传为不常见的草，见则为祥兆，故称瑞草。如蓂荚、灵芝之类。

③茶薮：茶叶产量大的地方。薮：人或物聚集之地。

④牛虽瘠，偾（fèn）于豚上：牛虽然很瘦，要是压在猪身上，肯

定能压死它。语出《左传·昭公十三年》："牛虽瘠，偾于豚上，其畏不死。"这里指日铸茶的产量很大。

⑤瀹（yuè）：煮。

⑥竹箨（tuò）：笋壳。

⑦绿粉：竹的别名。新笋成竹时，节间有粉，故称。

⑧素瓷：白色瓷器。这里指白色的瓷碗。

⑧雪涛：指汤色鲜白的茶水。

【译文】三峨叔懂得炒制松萝茶的方法，取来瑞草尝试着炒茶，炒制出的茶清香扑鼻。我说："瑞草固然好，却稀少如汉武帝承露盘中的露水，无法满足太多的欲望；只有日铸茶产量很大，就好像《左传·昭公十三年》里说的'牛虽然很瘦弱，要是压在猪身上，肯定能压死它'。"我们就招募歙县人到日铸制茶。扚法、掐法、挪法、撒法、扇法、炒法、焙法、藏法，都依照松萝茶的制作方法。用其他泉水煮茶，散发不出香气，用禊泉水煮茶，放到小罐里，香气又太浓郁。掺入一些茉莉花，再三调配，用敞口瓷瓯稍微放一些，待茶叶冷却；然后再快速用煮沸的水冲茶，茶色如笋壳刚刚展脱落，粉绿均匀；又好像山间的窗户初迎曙光，黎明的阳光透过窗纸照到屋里。取来青中泛白的茶水，倒进白色的瓷碗，真的就如几百枝素兰同雪涛一并倾泻而下。雪芽深得素兰之色泽，却没有得到它的香气，我便戏称它为"兰雪"。

四五年后，"兰雪茶"一哄如市焉。越之好事者不食松萝，止食兰雪。兰雪则食，以松萝而纂兰雪者亦食①，盖松萝贬声价俯就兰雪，从俗也。乃近日徽歙间松萝亦改名兰雪，向以松萝名者，封面系换，则又奇矣。

【注释】①纂（zuǎn）：汇集，收集。这里指混杂，掺杂。

【译文】四五年后，"兰雪茶"一哄而起占领了整个茶叶市场。浙江一带的好事者不再喝松萝茶，只饮兰雪茶。只要是兰雪茶就会饮用，若是松萝茶掺着兰雪茶也会饮用，大概是为了跟随世俗喜好，松萝茶才不得不降低声价，来屈就兰雪茶吧。所以最近徽州歙县的松萝茶也改名为兰雪，向来以松萝为名的茶，封面套系都改换过了，又是一件令人奇怪的事。

# 白洋潮①

故事，三江看潮②，实无潮看。午后喧传曰："今年暗涨潮③。"岁岁如之。

【注释】①白洋：即白洋镇，在绍兴西北约五十里处。

②三江：即三江口，在绍兴城北约四十里处。嘉靖年间绍兴知府汤绍恩在这里建立三江闸。

③暗涨潮：隐藏不露的潮，就是无潮。不吉利的向征。

【译文】按先例，到三江口看海潮，但实在是无潮可看。午后有人到处喧嚷："今年无潮。"年年如此。

戊寅八月①，吊朱恒岳少师②，至白洋，陈章侯、祁世培同席③。海塘上呼看潮，余遄往④，章侯、世培踵至。立塘上，见潮头一线，从海宁而来，直奔塘上。稍近，则隐隐露白，如驱千百群小鹅，擘翼惊飞⑤。渐近，喷沫，冰花蹴起，如百万雪狮蔽江而下，怒雷鞭之，万首镞镞⑥，无敢后先。再近，则飓风逼之，势欲拍岸而上。看者辟易，走避塘下。潮到塘，尽力一礴，水击射，溅起数丈，着面皆湿。旋卷而右，龟山一挡⑦，轰怒非常，炮碎龙湫⑧，半空雪舞。看之惊眩，坐半日，颜始定。

**【注释】**①戊寅：即崇祯十一年（1638）。

②朱恒岳少师：即朱燮元，字懋和，号恒岳。万历二十年进士。以功进少师。

③陈章侯：即陈洪绶，字章侯。明末清初著名书画家、诗人。幼名莲子，号老莲，别号小净名，又号悔僧、云门僧。浙江绍兴府诸暨县人。崇祯年间召入内廷供奉，明亡入云门寺为僧，后还俗，以卖画为生。一生以画见长，尤工人物画，作品有《水浒叶子》等。陈章侯与张岱是至交。

④遄（chuán）往：快速前往。

⑤擘（bò）翼：奋力张开翅膀。

⑥镞镞（zú zú）：簇拥貌。

⑦龟山：在今浙江绍兴，又名白洋山。

⑧龙湫（lóng qiū）：雁荡山著名的大瀑布。

**【译文】**戊寅年八月，我因吊唁朱恒岳少师，来到白洋镇，陈洪绶、祁世培和我同席。海塘上有人大喊着观看海潮，我快速前往，陈洪绶、祁世培接踵而至。我们站在海塘上，只见潮头如一条线，从海宁涌向这边，直奔塘上。潮水稍微靠近时，隐隐露出白色，好像驱赶着千百群小白鹅，鹅群奋力张开翅膀惊恐地飞起。潮水渐渐靠拢来，只见泡沫喷涌，冰花飞溅，好像百万雪狮遮蔽水面纷涌而来，被怒雷鞭打着，千万浪头簇拥着，争先恐后。再靠近，水浪好像被飓风追逼，那气势好像要拍击海岸一拥而上。观潮的人赶快后退，奔跑到塘下躲避。海潮迫及塘上，用尽全身力气冲击，潮水四射水波激荡，溅起数丈浪花，观潮人的脸和衣物全被打湿。海潮旋转着向右奔去，被龟山一挡，海潮轰隆隆怒吼着，威力非同寻常，像大炮击碎雁荡山著名的龙湫瀑布一样，潮水在半空中如雪花一般飞舞。看着这景象，只觉心惊目眩，坐了半天，脸色才渐渐缓和下来。

先辈言：浙江潮头自龛、赭两山潆激而起<sup>①</sup>。白洋在两山外，潮头更大，何耶？

**【注释】**①龛：龛山，在今萧山。赭：赭山，在今海宁。龛山和赭山下夹钱塘江，有海门这样的称呼。

**【译文】**先辈说："浙江的潮头是因江水冲击龛山、赭山被阻挡而奔腾涌起的。"白洋镇在这两座山的外面，潮头却更大，这是什么原因呢？

# 阳和泉

禊泉出城中，水递者日至<sup>①</sup>。臧获到庵借炊<sup>②</sup>，索薪、索菜、索米，后索酒、索肉；无酒肉，辄挥老拳。僧苦之。无计脱此苦，乃罪泉，投之刍秽<sup>③</sup>。不已，乃决沟水败泉，泉大坏。张子知之<sup>④</sup>，至禊井，命长年浚之。及半，见竹管积其下，皆鬵胀作气<sup>⑤</sup>；竹尽，见刍秽，又作奇臭。张子淘洗数次，俟泉至，泉实不坏，又甘冽。张子去，僧又坏之。不旋踵⑥，至再、至三，卒不能救，褉泉竟坏矣。是时，食之而知其坏者半，食之不知其坏而仍食之者半，食之知其坏而无泉可食、不得已而仍食之者半。

【注释】①水递者：运水的人。

②借炊：借厨房做饭。

③刍秽：喂完牲口的脏草。刍：草把。喂牲畜的草，亦指用草料喂牲口。秽：田中多杂草，荒芜，肮脏。

④张子：作者的谦称。

⑤䴏 (lí) 胀作气：黑黄膨胀，发出腐臭的气味。

⑥旋踵 (xuán zhǒng)：一转脚。形容极短的时间。

【译文】褉泉从城中流出，运水的人每天都来。奴婢到庵里借厨房做饭，开始索要柴火、索要蔬菜、索要米，后来又索要酒水、索要肉类；如果没有酒肉，就挥动强有力的拳头打人。僧人为此很是苦恼。却又没有办法摆脱这种苦楚，就把这一切都归罪于泉水，将喂完牲口的脏草扔到泉水中。人们还是不停取水，僧众就掘开臭水沟引臭水到褉泉去破坏泉水，泉水遭到很大破坏。我听说这件事后，就赶到褉井，让长工疏通。挖到一半时，看见竹管堆积在井下，黑黄膨胀，发出腐臭的气味；把竹管打捞完，又看见喂完牲口的脏草，又闻见奇臭无比的臭气。我让人淘洗了好多次，直到泉水流出来，泉水的本质确实不是坏的，甘甜清冽。等我们离开，僧人又搞破坏。没过多久，重新挖干净，然后再毁坏再挖，就这样一而再，再而三，最终也没能挽救得了，褉泉最终还是坏掉了。这个时候，饮用褉泉水的人中，有一半已经知道褉泉水被破坏了，有一半人还不知泉水被破坏仍然在饮用，那一半知道泉水已被破坏却还饮用的人，是没有其它取水的地方，不得已才饮用的。

　　壬申①，有称阳和岭玉带泉者②，张子试之，空灵不及禊而清冽过之。特以"玉带"名不雅驯③。张子谓阳和岭实为余家祖墓，诞生我文恭，遗风余烈，与山水俱长。昔孤山泉出，东坡名之"六一"④，今此泉名之"阳和"，至当不易⑤。

**【注释】**①壬申：即崇祯五年（1632）。
　　②阳和岭：又名张公岭，在浙江绍兴城南。
　　③雅驯：指文辞优美，典雅不俗。
　　④六一：作者张岱在《西湖寻梦》中写道："六一泉在孤山之南，一名竹阁，一名勤公讲堂。宋元祐六年，东坡先生与惠勤上人同哭欧阳公处也。勤上人讲堂初构，掘地得泉，东坡为作泉铭。以两人皆列欧公门下，此泉方出，适哭公讣，名以六一，犹见公也。"
　　⑤至当不易：极为恰当，不可以改变。

**【译文】**壬申年，有人声称阳和岭玉带泉水好喝，我便试喝了，泉水的空灵度虽不及禊泉，但澄清寒冽的程度却超过了它。只以"玉带"命名，并不典雅贴切。我说阳和岭实际上是我家祖墓所在地，我的曾祖父文恭公在那里出生，先人们遗留下的家风和功业，与这阳和岭的山水一样长久。从前，孤山泉水涌出时，苏东坡为它取名"六一"，现在此泉名"阳和"，真是恰当至极，不可改变。

　　盖生岭、生泉，俱在生文恭之前，不待文恭而天固已阳和之矣，夫复何疑！土人有好事者，恐玉带失其姓<sup>①</sup>，遂勒石署之，且曰：
"自张志'禊泉'，而'禊泉'为张氏有，今琶山是其祖垄<sup>②</sup>，擅之益
易<sup>③</sup>。立石署之，惧其夺也。"时有传其语者，阳和泉之名益著。

【注释】①失其姓：失去自己的名字。

②琶山：即琵琶山。祖垄：祖坟。

③擅之：占有它，这里指占有玉带泉。

【译文】大概阳和岭、玉带泉，都是在我曾祖父出生前就已经存
在了，不等我曾祖父出生，上天就已经为了赐了"阳和"之名，这又有什
么好疑惑的呢！当地有个好事者，生怕玉带泉失去自己的名字，就立了
块石碑，上面刻上"玉带泉"这几个字，还说："自从张岱为'禊泉'起
了名字，'禊泉'就被张家占为己有，如今琵琶山是他家的祖坟，占有玉
带泉就更容易了。所以在这里立碑标记，就是怕张家夺走它。"当时有
人把这些话传播出去，阳和泉的名声就更大了。

铭曰："有山如砺，有泉如砥；太史遗烈<sup>①</sup>，落落磊磊。孤
屿溢流<sup>②</sup>，六一擅之。千年巴蜀，实繁其齿；但言眉山<sup>③</sup>，自属苏
氏。"

【注释】①太史：指张元忭。

②孤屿：孤山。

③眉山：即四川眉山。

【译文】铭文这样写道："有山像是被打磨过，有泉像是被磨炼
过；太史公留下的功业，光明磊落。孤山溢出的泉水，被'六一泉'独

占。千年巴蜀，人口繁多；但凡说起眉山，自然属于苏氏。"

# 闵老子茶

周墨农向余道："闵汶水茶不置口。"戊寅九月①，至留都②，抵岸，即访闵汶水于桃叶渡③。日晡，汶水他出，迟其归，乃婆娑一老。方叙话，遽起曰："杖忘某所。"又去。余曰："今日岂可空去？"迟之又久，汶水返，更定矣④。睨余曰⑤："客尚在耶？客在奚为者？"余曰："慕汶老久，今日不畅饮汶老茶，决不去。"

【注释】①戊寅：即崇祯十一年（1638）。

②留都：古代王朝迁都以后，旧都仍置官留守，故称留都。这里指的是南京。

③桃叶渡：渡口名。在今江苏省南京市秦淮河畔。相传因晋王献之在此送其爱妾桃叶而得名。

④更定：入夜。要打更了。

⑤睨（nì）：斜着眼睛看。

【译文】周墨农对我说："闵汶水品茶，茶还没到嘴里就能知道茶的好坏。"戊寅年九月，我到南京，船一靠岸，立刻去桃叶渡拜访闵汶水。天将暮时，闵汶水外出，很晚才回来，原来是位老态龙钟的老人。刚讲了几句话，他匆忙起身说："我的手杖忘在某个地方了。"就又离开。我说："今天我怎能空手而归呢？"又过了很长时间，闵汶水回来，已是打更时分了。他斜眼看着我说："客人还在啊？客人在这里做什么呢？"我说："我仰慕汶老已经很久了，今天不能畅快地喝喝汶老的茶，我绝对不离开。"

汶水喜，自起当炉。茶旋煮，速如风雨。导至一室，明窗净几，荆溪壶①、成宣窑磁瓯十余种②，皆精绝。灯下视茶色，与瓷瓯无别，而香气逼人，余叫绝。余问汶水曰："此茶何产？"汶水曰："阆苑茶也。"余再啜之，曰："莫绐余，是阆苑制法，而味不似。"汶水匿笑曰："客知是何产？"余再啜之，曰："何其似罗岕甚也③？"汶水吐舌曰："奇，奇。"余问："水何水？"曰："惠泉④。"余又曰："莫绐余⑤，惠泉走千里，水劳而圭角不动，何也？"汶水曰："不复敢隐。其取惠水，必淘井，静夜候新泉至，旋汲之。山石磊磊藉瓮底，舟非风则勿行，故水之生磊，即寻常惠水，犹逊一头地，况他水耶。"又吐舌曰："奇，奇。"言未毕，汶水去。少顷，持一壶满斟余，曰："客啜此。"余曰："香扑烈，味甚浑厚，此春茶耶？向瀹者的是秋采。"汶水大笑曰："予年七十，精赏鉴者，无客比。"遂与定交。

【注释】①荆溪壶：即宜兴紫砂壶。荆溪：在今江苏宜兴。

②成、宣窑：即明成化年间的官窑、明宣德年间的官窑。

③罗岕（jiè）：即罗岕山。位于浙江省长兴。这里生产的茶质优味香。

④惠泉：惠泉山。在今江苏无锡。

⑤绐（dài）：古同"诒"，欺骗，欺诈。

【译文】闵汶水很高兴，亲自起火烧炉煮茶。不一会儿，茶就煮好了，速度之快有如疾风劲雨。他把我领到一间茶室，窗明几净，有宜兴紫砂壶，明成化年间、宣德年间官窑制作的十多种瓷杯，这些茶具都精美绝伦。在灯光下察看茶色，与瓷杯的颜色没有区别，但香气逼人，我不禁叫绝。我问闵汶水："这茶是哪里产的？"闵汶水说："这是阆苑茶。"我又品尝这茶，说："您还是不要欺骗我了，这是阆苑茶的制作方法，茶味却和阆苑茶不一样。"闵汶水掩口暗笑道："你知道这茶是哪里产的？"我再次啜饮，说："这茶怎么这么像罗岕茶呢？"闵汶水吐了吐舌头，说："奇怪，真是奇怪。"我问："是哪里的水？"闵汶水说："惠泉。"我又说："您还是不要欺骗我了，惠泉距离这里千里之遥，一路颠簸劳顿却依然能这么甘甜，这是为什么？"闵汶水说："不敢再瞒你了。汲取惠泉水的时候，一定要把井淘洗干净，等到夜深人静，新泉水流出来的时候，立即把泉水打上来。拉水离开时，在瓮底放些山石，如果没有风，就不要开船行走，所以这茶水喝起来就特别新鲜，普通惠泉水的味道，还是稍差一点儿，何况其他地方的水呢？"闵汶水又吐吐舌头说："奇怪，真是奇怪。"话还没说完，闵汶水就离开了。一会儿，他拿来一壶茶给我斟满一大碗，说："你尝尝这茶。"我说："这茶香气浓烈，味道甚是浑厚，是春茶吗？刚才煮的应该是秋天采摘的。"闵汶水大笑说："我活了七十年，能精确地品鉴茶的，无人能与你相比。"于是和我结为茶友。

# 龙喷池

卧龙骧首于耶溪<sup>①</sup>，大池百仞，出其颔下。六十年内，陵谷迁徙，水道分裂。崇祯己卯<sup>②</sup>，余请太守檄，捐金纠众，畚锸千人<sup>③</sup>，毁屋三十余间，开土壤二十余亩，辟除瓦砾乌秽千有余艘，伏道蜿蜒，偃潴澄靛<sup>④</sup>，克还旧观。昔之日不通线道者，今可肆行舟楫矣。喜而铭之，铭曰："蹴醒骊龙<sup>⑤</sup>，如寐斯揭；不避逆鳞<sup>⑥</sup>，抉其鲠噎<sup>⑦</sup>。潴蓄澄泓，煦湿濡沫<sup>⑧</sup>。夜静水寒，颔珠如月。风雷逼之，扬鬐鼓鬣<sup>⑨</sup>。"

【注释】①卧龙：即卧龙山。骧（xiāng）首：抬头。耶溪：即若耶溪。传说为西施浣纱处。

②崇祯己卯：即崇祯十二年（1639）。

③畚锸（běn chā）：泛指挖运泥土的用具。亦借指土建之事。畚：盛土器。锸：起土器。

④偃潴澄靛：蓄水池清澈而碧蓝。

⑤蹴（cù）：踢。骊龙：古代指黑色的龙。

⑥逆鳞：倒生的鳞片。《韩非子·说难》："夫龙之为虫也，柔可狎而骑也，然其喉下有逆鳞径尺，若人有婴之者则必杀人。人主亦有逆鳞，说者能无婴人主之逆鳞则几矣。"古人以龙比喻君主，因以触"逆鳞"、批"逆鳞"等喻犯人主或强权之怒。

⑦鲠噎（gěng yē）：哽咽气塞。鲠：通"哽"。

⑧煦湿濡沫：互相呼气、互相吐沫来润湿对方，指患难与共，互相帮助。语出《庄子·大宗师》："泉涸，鱼相与处于陆，相呴以湿，相濡以沫，不如相忘于江湖。与其誉尧而非桀也，不如两忘而化其道"。

⑧扬鬐（qí）鼓鬣（liè）：好像龙高高扬着的鬃毛。鬐：鬃毛。鬣：马、狮子等颈上的长毛。

**【译文】**卧龙山在若耶溪高昂着头，在它的下颌处，有一个百丈深的大池。六十年内，由于山陵河谷的变迁，致使水道分流。崇祯己卯年，我请求太守发布檄文，号召民众捐款，动员了上千人来挖泥运土，毁掉三十多间房屋，开辟二十多亩土地，清理出来的瓦砾以及喂完牲口的杂草装了一千多船。此后，水路蜿蜒曲折，蓄水池清澈碧蓝，终于又恢复了原来的模样。昔日狭窄不通的水路，如今船只可以肆意通行。我开心地写了一篇铭文，记下这件事，铭文写道："踢醒黑龙，让它从睡梦中惊醒；不躲避黑龙的逆鳞，撬开它哽塞的咽喉。蓄水池清澈而碧蓝，是因为我们相煦已湿，相濡以沫。静静的夜晚水波清寒，月光洒在卧龙山的下颌，好像一颗明亮的珍珠。风雷相逼时，池水又如蛟龙的鬃毛高高扬起。"


# 朱文懿家桂①


桂以香山名，然覆墓木耳，北邙萧然②，不堪久立。单醪河钱氏二桂③，老而秃。独朱文懿公宅后一桂，干大如斗，枝叶觊觎④，樾荫亩许⑤，下可坐客三四十席。不亭、不屋、不台、不栏、不砌，弃之篱落间。花时不许人入看，而主人亦禁足勿之往，听其自开自谢已耳。

**【注释】**①朱文懿：朱赓，字少钦，山阴人。隆庆戊辰进士，官至文华殿大学士。是作者曾祖父的好友。

②北邙：坟墓，埋葬死人的地方。

③单醪河：即箪醪河，又名劳师泽，在绍兴城内。

④觊鬖（míng méng）：枝叶繁茂的样子。

⑤樾荫（yuè yīn）：林荫。

**【译文】**桂树以绍兴香山的最为出名，可是在香山那里，却只是遮盖坟墓的树木罢了，坟地荒凉空寂，人们不能长久地站在那里观赏。单醪河钱氏家有两棵桂树，但已苍老且少叶。只有朱文懿公宅后的一棵桂树，树干粗大如斗，枝叶繁密茂盛，林荫散开面积有一亩多，树荫下可坐三四十桌客人。桂树周围没有建亭、没有修屋、没有筑台、没有修护栏、没有砌墙，就好像把桂树弃置于篱笆间，任它自由生长。桂树开花的时候，不让人进去观赏，而主人自己也不去赏桂，只是任凭桂花自开自落而已。

樗栎以不材终其天年①，其得力全在弃也。百岁老人多出蓬户，子孙第厌其癃痹耳②，何足称瑞。

**【注释】**①樗栎（shū lì）：喻才质低下。樗和栎都是木质粗松的木头，虽大而无用。出自《庄子·逍遥游》："吾有大树，人谓之樗，其大本拥肿而不中绳墨，其小枝卷曲而不中规矩，立之涂，匠者不顾。"又《人间世》："匠石之齐，至于曲辕，见栎社树……曰：'散木也，以为舟则

沉,以为棺椁则速腐,以为器则速毁,以为门户则液樠,以为柱则蠹。是
不材之木也,无所可用。'"

②癃瘇(lóng zhǒng):体弱多病,腿脚不灵便。

【译文】樗树和栎树因为材质低劣而能终其天年,它们是得益于
材质不好而被人遗弃。百岁老人多来自贫困人家,子孙个个讨厌他们
体弱多病,腿脚不灵便,这怎么称得上是祥瑞呢?


# 逍遥楼①


滇茶故不易得,亦未有老其材八十余年者。朱文懿公逍遥楼
滇茶,为陈海樵先生手植②,扶疏蓊翳③,老而愈茂。诸文孙恐其力
不胜葩,岁删其萼盈斛④,然所遗落枝头,犹自燔山熠谷焉⑤。


【注释】①逍遥楼:在浙江绍兴,明朝朱赓建造。

②陈海樵:即陈鹤。号海樵,字鸣轩,朱赓的岳父。

③扶疏:枝叶繁茂四布的样子。

④萼(è):在花瓣下部的一圈叶状绿色小片。

⑤燔山熠谷:红艳的花像火焰一样照耀着山谷。燔(fán):焚烧。
熠(yì):光耀,鲜明。

【译文】滇茶树本来就不易得到,也没有树龄能达到八十多年
的。朱文懿公家逍遥楼有一棵滇茶树,是陈海樵先生亲手种植的,枝
叶繁茂,树龄虽然很老,可是却愈加茂盛。朱文懿公的孙子们担心茶

树承受不了那么多花朵，每年都要把多余的花蕾剪掉，然而枝头剩下的花依然那么灿烂，红艳艳的，像火焰一样照耀着山谷。

文懿公，张无垢后身①。无垢降乩与文懿②，谈宿世因，甚悉，约公某日面晤于逍遥楼。公伫立久之，有老人至，剧谈良久，公殊不为意。但与公言："柯亭绿竹庵梁上，有残经一卷，可了之。"寻别去，公始悟老人为无垢。次日，走绿竹庵，简梁上，有《维摩经》一部③，缮写精良，后二卷未竟，盖无垢笔也。公取而续书之，如出一手。

**【注释】**①张无垢：即张九成。字子韶，自号无垢居士，祖籍开封，后徙居钱搪。生于宋哲宗元祐七年，卒于高宗绍兴二十九年。官至刑部侍郎。著有《横浦先生文集》等。

②降乩(jī)：谓扶乩时神灵降下旨意。

③《维摩经》：佛教大乘经典。一称《不可思议解脱经》，又称《维摩诘经》《净名经》，后秦鸠摩罗什译。

**【译文】**文懿公，是张无垢的转世。无垢给文懿公降乩，说起文懿公的凤世因缘，特别详细，他与文懿公约定某日在逍遥楼见面。文懿公站在那里等了很久，看见一位老者到来，和他畅谈了很长时间，文懿公也不以为意。老人只是对文懿公说："柯亭绿竹庵的梁上，有残缺的经书一卷，你可以接着抄完它。"老者不久就离开了，文懿公这才明白老者就是张无垢。第二天，文懿公跑到绿竹庵，到房梁上查看，果然有一部《维摩经》，缮写精良，后两卷还没抄完，大概是张无垢的手迹。文懿公从房梁上取下经书，接着抄写，字迹好像出自一人之手。

先君言，乩仙供余家寿芝楼<sup>①</sup>，悬笔挂壁间，有事辄自动，扶下书之，有奇验。娠祈子，病祈药，赐丹，诏取某处，立应。先君祈嗣，诏取丹于某篼临川笔内<sup>②</sup>，篼失钥闭久，先君简视之，鐄自出觚管中<sup>③</sup>，有金丹一粒，先宜人吞之<sup>④</sup>，即娠余。

**【注释】**①乩仙：扶乩时请托的神灵。

②篼：用竹篾编的盛零碎东西的器具。

③鐄（huáng）：锁簧。觚（gū）管：笔筒。

④先宜人：过世的母亲。宜人：明、清两代，称五品命妇为宜人。《幼学琼林·卷一·文臣类》："五品曰宜人，六品曰安人。"清·林纾《苍霞精舍后轩记》："微飔略振，秋气满于窗户，母宜人生时之所常过也。"

**【译文】**先父说我家寿芝楼供奉着扶乩时请托的神灵，墙上悬挂着一支笔，有事相求的时候笔就会自己动，手里握着笔，笔就会自己写字，会有神奇的应验。怀孕时祈求生儿子，生病时祈求良药，都能赐予丹药，并告知在某处取药，立即应验。先父祈求子嗣，扶乩时请托的神灵告诉说，在某个用竹篾编的盛零碎东西的小箱子里面，有一支临川笔，丹药就在那里，小箱子因丢失钥匙而关闭了很久，先父仔细察看，锁簧就从笔筒中掉出，有一枚金丹，母亲吞下金丹，不久之后就怀上了我。

朱文懿公有姬媵，陈夫人狮子吼<sup>①</sup>，公苦之。祷于仙，求化妒丹。乩书曰："难，难！丹在公枕内。"取以进夫人，夫人服之，语人曰："老头子有仙丹，不饷诸婢，而余是饷，尚昵余。"与公相好如初。

**【注释】**①狮子吼：佛教语。比喻佛菩萨说法时震慑一切外道邪说的神威。见《维摩经·佛国品》。这里比喻悍妻的怒骂之声。

【译文】朱文懿公有个小妾，陈夫人经常骂骂咧咧，文懿公非常苦恼。就向请托的神灵祈祷扶乩，想求取化解嫉妒的仙丹。请托的神灵写道："难，难！仙丹在你的枕头里。"文懿公取出仙丹给了陈夫人，陈夫人服下仙丹，对人说："老头子有颗仙丹，不给其他小妾婢女，只给我吃，他最亲近的人还是我。"于是陈夫人与文懿公便和好如初了。


# 天镜园[①]


天镜园浴凫堂，高槐深竹，樾暗千层，坐对兰荡，一泓漾之，水木明瑟[②]，鱼鸟藻荇[③]，类若乘空。余读书其中，扑面临头，受用一绿，幽窗开卷，字俱碧鲜。


【注释】①天镜园：作者张岱家的园林，他的祖父张汝霖读书的地方。祁彪佳《越中园亭记》这样描述："游人乘小艇过之出南门里许为兰荡，水天一碧，游人乘小艇过之，得天镜园。园之胜以水，而不尽于水也。远山入座，奇石当门，为堂为亭，为台为沼。每转一境界，辄自有丘壑。斗胜簇奇，游人往往迷所入。其后五曳君新构南楼，尤为畅绝，越中诸园，推此为冠。"

②明瑟：鲜洁的样子。

③藻荇（xìng）：水草。

【译文】天镜园浴凫堂，槐树高耸，竹林幽深，树荫千层，坐在浴兔堂里，对面就是兰荡湖，只见一泓碧波微微荡漾，湖水明亮树木洁净，水里的游鱼、水草，临水的飞鸟，像要腾空翱翔。我在这里读书，迎面扑来的，是享不尽的绿色，坐在幽静的窗前展开书卷，书上的字都变得碧绿鲜活起来。

每岁春老①，破塘笋必道此②。轻舠飞出③，牙人择顶大笋一株掷水面④，呼园中人曰："捞笋！"鼓枻飞去⑤。园丁划小舟拾之，形如象牙，白如雪，嫩如花藕，甜如蔗霜⑥。煮食之，无可名言，但有惭愧。

【注释】①春老：谓晚春。语出唐·岑参《喜韩樽相过》诗："三月灞陵春已老，故人相逢耐醉倒。"

②破塘：在浙江绍兴城，盛产笋。

③轻舠（dāo）：轻快的小舟。

④牙人：旧时居于买卖双方之间，从中撮合，以获取佣金的人。

⑤鼓枻（yì）：摇桨行船。

⑥蔗霜：用甘蔗汁制成的冰糖或白糖。

【译文】每年晚春时节，载着破塘笋的船一定会经过这里。轻快的小舟飞速划过，牙人挑选一株大笋扔到水面，呼唤园内的人说："捞笋！"然后摇桨行船飞速而去。园丁划着小船捡起大笋，笋的形状如同象牙一样，纯白如雪，鲜嫩如花藕，甘甜如蔗糖。煮着吃笋，有一种说不出来的美味，只让人觉愧对如此美食。

# 包涵所①

西湖三船之楼，实包副使涵所创为之。大小三号：头号置歌筵，储歌童；次载书画；再次偫美人②。涵老声伎非侍妾比，仿石季伦、宋子京家法③，都令见客。靓妆走马，媻姗勃窣④，穿柳过之，以为笑乐。明槛绮疏⑤，曼讴其下，撎籥弹筝⑥，声如莺试。客至则歌童演剧，队舞鼓吹，无不绝伦。乘兴一出，住必浃旬⑦，观者相逐，问其所止。

【注释】①包涵所：即包应登，字涵所。钱塘人，明万历十四年进士，福建按察副使。是张岱祖父张汝霖的好友。

②偫（zhì）：积储，储备。

③石季伦：即石崇，晋南皮（今河北南皮东北）人，字季伦。元康初累官至荆州刺史，以劫掠客商致财无数。在河阳营建金谷别墅，后拜卫尉，与贵戚王恺、羊琇之徒，以奢靡相尚。八王之乱时，他与齐王同结党，为赵王伦所杀。宋子京：即宋祁，字子京，小字选郎，谥景文。北宋官员、著名文学家、史学家、词人。宋祁与兄长宋庠并有文名，时称"二宋"。

④媻（pán）姗勃窣（sū）：指女子走路缓慢娇弱的样子。出自司马相如的《子虚赋》："媻姗勃窣，上乎金堤。"

⑤绮疏：窗上的雕饰花纹。

⑥撎籥（yè yuè）：吹奏乐器。撎：以手轻按。籥：古管乐器。

⑦浃旬：一旬，十天。

**【译文】**西湖的游船上有楼，其实是福建副使包涵所建造的。楼船按大小分三号：头号设置歌舞酒席，里面有歌童唱歌；次号厅装载书画；小号厅里有很多美人。涵老培养的歌伎不是普通侍妾所能比的，这是他效仿石季伦和宋子京家，让歌伎都出来接见客人。她们浓妆艳抹，走马扬鞭，缓慢娇弱，拂柳而过，以此嬉笑逗乐。敞露的栏杆旁，雕花的轩窗下，她们轻歌曼舞，吹奏乐器，声音如同黄莺初啼。客人到来，就安排歌童表演歌剧，他们列队跳舞，弹奏音乐，无不美妙绝伦。客人乘兴出去，一住就是十天，观看的人互相追逐，打听游船停泊在何处。

南园在雷峰塔下①，北园在飞来峰下。两地皆石薮②，积牒磈砢③，无非奇峭，但亦借作溪涧桥梁，不于山上叠山，大有文理④。大厅以拱斗抬梁，偷其中间四柱，队舞狮子甚畅。北园作八卦房，园亭如规，分作八格，形如扇面。当其狭处，横亘一床，帐前后开阖，下里帐则床向外，下外帐则床向内。涵老据其中，扃上开明窗⑤，焚香倚枕，则八床面面皆出。穷奢极欲，老于西湖者二十年。

**【注释】**①雷峰塔：位于浙江省杭州西湖旁的南屏山上。五代时钱俶为妃黄氏所建，今已倾圮。传说白娘子被金山寺法海和尚镇压在此塔之下。峰阴有夕照寺，故有"雷峰夕照"之称，是西湖十景之一。

②石薮(sǒu)：石头聚集地。

③积牒磈砢(lěi luǒ)：这里指很多石头堆积在一起。积牒：累积重叠。磈：同"垒"，堆砌。砢：众多。

④大有文理：独具匠心。

⑤扃（jiōng）：门户。

【译文】南园在雷峰塔下，北园在飞来峰下。两园都是石头的聚集地，很多石块堆积在一起，没有一处不奇峭险峻，但有时也能借着石头作为溪涧的桥梁，不只是在山石上叠山，而是独具匠心。大厅用拱斗支撑房梁，省去中间的四根柱子，在里面表演舞狮都非常宽敞。北园是八卦房，园中的亭子按照八卦阵法分作八格，形状好像扇面。狭窄处，横摆一张床，幔帐前后都能开合，放下里面的幔帐床就向外，放下外面的幔帐床就向内。涵老居于其中，门上开了一扇明亮的窗户，点燃一炷香倚在枕边，八个格子中的床都能看到。涵老穷奢极欲，在西湖养老二十年。

金谷、郿坞①，着一毫寒俭不得，索性繁华到底，亦杭州人所谓"左右是左右"也②。西湖大家，何所不有，西子有时亦贮金屋③。呐呐书空④，则穷措大耳⑤。

【注释】①金谷：晋石崇的别馆，名金谷园。作者张岱在《夜航船》中记载："石崇为荆州刺史时，劫远使商客，致富不赀。有别馆，在河阳之金谷，一名梓泽园，中有清泉茂林，竹柏药草之属，莫不毕备。尝与众客游宴，屡迁其处，或登高临下，或列坐水滨，琴瑟笙筑合载车中，道路并作，令与鼓吹递奏，昼夜不倦。后房数百，俱极佳丽之选，以殽羞精丽相高，求市恩宠。"郿坞：汉朝末年董卓迁都长安后，在长安城西二百五十多里处建的院邸。

②左右是左右：横竖就这么着吧。

③贮金屋：金屋藏娇。语出汉朝班固的《汉武故事》："若得阿娇

作妇,当作金屋贮之也。"

④咄咄书空:失志、懊恨之态。《晋书·殷浩传》载:殷浩虽被黜放,口无怨言,但终日书空作"咄咄怪事"四字。

⑤穷措大:贫穷的读书人。《聊斋志异·卷五·西湖主》:"君小觑穷措大,不能发迹耶?"也称为"穷醋大"。

【译文】像金谷、郿坞一样,不能有一处带着寒酸俭朴之气,干脆就豪华到底,正如杭州人所说的"横竖就这么着吧"。西湖边上的大户人家,什么市面没见过,就连西施那样的靓女也会被金屋藏娇。那些一天到晚失意怀恨的人,不过是穷酸书生而已。


## 斗鸡社


天启壬戌间好斗鸡①,设斗鸡社于龙山下,仿王勃《斗鸡檄》②,檄同社。仲叔秦一生日携古董、书画、文锦、川扇等物与余博,余鸡屡胜之。仲叔忿懑,金其距,介其羽③,凡足以助其腷膊嗛咮者④,无遗策,又不胜。


【注释】①天启壬戌:即天启二年(1622)。

②王勃:唐代文学家。字子安,绛州龙门(今山西河津)人。曾任虢州参军。后来到交趾探望父亲,渡海溺死。为"初唐四杰"之一。以写离别怀人之作较著名,有《杜少府之任蜀州》等名篇。文以《滕王阁序》最为著名。《斗鸡檄》来源于王勃写的一首骈文《檄英王鸡》,王勃因此触

犯唐高宗，被驱逐出府。作者因乐于斗鸡，就仿着写了《斗鸡檄》。

③金其距：给雄鸡的脚爪安上金属套子。介其羽：给羽毛套上防护套。“金其距，介其羽”二句，出自《左传·昭公二十五年》：“季、郈之鸡斗，季氏介其鸡，郈氏为之金距。平子怒，益宫于郈氏，且让之。”

④腷膊鷇咮：鸡振作翅膀增强斗志。腷膊：禽类尾部摆动或鼓翅的声音。鷇咮：小鸡用嘴啄壳。

**【译文】**天启壬戌年，坊间流行斗鸡，我在龙山下成立了斗鸡社，仿照唐代王勃写了一篇《斗鸡檄》，我传檄于同社成员，邀请他们斗鸡。二叔秦一生天天带着古董、书画、文锦、川扇等物和我斗鸡，我的鸡屡屡取胜。二叔愤愤不平，于是给鸡爪安上金属套，给羽毛套上防护套，凡是能够让鸡振作翅膀增强斗志的手段，他都用上了，可还是不能取胜。

人有言徐州武阳侯樊哙子孙[1]，斗鸡雄天下，长颈乌喙[2]，能于高桌上啄粟。仲叔心动，密遣使访之，又不得，益忿懑。

**【注释】**①樊哙：泗水郡沛县人，出身贫寒，以屠宰为业。西汉时期的开国元老，著名军事统领，被封为武阳侯。

②乌喙(huì)：黑嘴。

**【译文】**有人说徐州武阳侯樊哙子孙家的斗鸡称雄天下，他家斗鸡脖子很长嘴很黑，能跳到很高的桌上啄食谷粒。二叔颇为心动，秘密派人去徐州寻访樊哙的子孙，又没找到，心里更加气愤。

一日，余阅稗史[1]，有言唐玄宗以酉年酉月生[2]，好斗鸡而亡其国。余亦酉年酉月生③，遂止。

【注释】①稗（bài）史：记载民间轶闻琐事的书。

②唐玄宗以酉年酉月生：唐玄宗出生于公元685年9月，是乙酉年乙酉月。

③余亦酉年酉月生：作者张岱出生于明万历二十五年（1597）八月，这一年也是酉年酉月。

【译文】一天，我阅读野史，其中讲到唐玄宗于酉年酉月出生，因喜好斗鸡而亡国。我也是酉年酉月出生的，便停止了斗鸡。

# 栖　霞①

戊寅冬②，余携竹兜一、苍头一，游栖霞，三宿之。山上下左右、鳞次而栉比之岩石颇佳，尽刻佛像，与杭州飞来峰同受黥劓，是大可恨事。山顶怪石巉岏③，灌木苍郁，有颠僧住之。与余谈，荒诞有奇理，惜不得穷诘之。日晡，上摄山顶观霞④，非复霞理，余坐石上痴对。复走庵后，看长江帆影，老鹳河、黄天荡⑤，条条出麓下，悄然有山河辽廓之感。

【注释】①栖霞：即栖霞山，位于南京城东北四十余里。

②戊寅：即崇祯十一年（1638）。

③巉岏（chán wán）：山势高耸而尖锐。

④摄山：栖霞山的别名。

⑤老鹳河：即卢门河，在今江苏南京。黄天荡：位于南京市东北，宋韩世忠于此大败金兀术。

**【译文】**戊寅年冬季，我带着一个竹兜、一个老仆，游览栖霞山，在那里住了三晚。栖霞山上下左右岩石鳞次栉比，很是漂亮，岩石上面都刻着佛像，与杭州飞来峰一样，也受了黥劓之刑，真是一大憾事。山顶怪石险峻高耸，灌木苍翠蓊郁，有个疯癫的和尚住在那里。他和我谈话，听起来荒诞不经，却蕴含着出人意料的道理，可惜我不能追根问底。天将暮时，登上栖霞山顶看晚霞，与平时所见不大一样，我坐在石头上痴痴地与晚霞对望。再次走到庵后，看长江中移动的帆影，老鹳河、黄天荡，条条出自山脚下，不禁悄然生出山河辽阔的感慨。

一客盘礴余前①，熟视余，余晋与揖问之，为萧伯玉先生②。因坐与剧谈，庵僧设茶供。伯玉问及补陀③，余适以是年朝海归，谈之甚悉。《补陀志》方成，在箧底，出示伯玉，伯玉大喜，为余作叙。取火下山，拉与同寓宿，夜长，无不谈之，伯玉强余再留一宿。

**【注释】**①盘礴（bó）：舒展两腿而坐。

②萧伯玉：即萧士玮，字伯玉。万历年间进士，曾任吏部郎中。

③补陀：即普陀山，位于浙江。佛教四大名山之一。

**【译文】**一位游客舒展两腿坐在我面前，他仔细打量着我，我上前作揖打招呼，询问他的名字，才知道是萧伯玉先生。于是同坐一起，与他畅谈，庵里的和尚摆上了茶水点心。萧伯玉先生问及普陀山的一些事情，我正好从那里朝拜回来，说得很细致。我的《补陀志》刚完稿,放在竹箱底部,就拿出来给萧伯玉先生看,先生非常开心,为我写了序文。我们点着火把下山,先生拉着我和他住在一起,整个长夜,我们无话不谈,萧伯玉先生硬是强留我又住了一晚。


# 湖心亭看雪①


崇祯五年十二月②,余住西湖。大雪三日,湖中人鸟声俱绝。是日更定矣,余拏一小舟,拥毳衣炉火③,独往湖心亭看雪。雾凇沆砀④,天与云、与山、与水,上下一白。湖上影子,惟长堤一痕,湖心亭一点,与余舟一芥,舟中人两三粒而已。


【注释】①湖心亭:中国四大名亭之一,位于杭州外西湖中央,与三潭印月、阮公墩合称湖中三岛,是三岛中最早的岛。作者张岱在《西湖寻梦》中介绍:"湖心亭旧为湖心寺,湖中三塔,此其一也。明弘治间,按察司金事阴子淑秉宪甚厉。寺僧怙镇守中官,杜门不纳官长。阴廉其奸事,毁之,并去其塔。嘉靖三十一年,太守孙孟寻遗迹,建亭其上。露台亩许,周以石栏,湖山胜概,一览无遗。数年寻圮,万历四年,金事徐廷祼重建。二十八年,司礼监孙东瀛改为清喜阁,金碧辉煌,规模壮丽,游人望之如海市蜃楼。烟云吞吐,恐滕王阁、岳阳楼俱无甚伟观也。"
②崇祯五年:即公元1632年。
③毳(cuì)衣:用毛布制成的衣服。
④雾凇:天气寒冷时,水蒸气凝聚在物体或地面上所形成的白色

冰晶。沆砀（yuán dàng）：云气弥漫的样子。

【译文】崇祯五年十二月，我住在西湖。那里下了三天大雪，西湖中没有人影，也没有鸟飞过的痕迹。当天晚上初更以后，我划了一叶轻舟，穿着毛布衣守着小火炉，独自前往湖心亭看雪。雾凇如云气一样弥漫开来，天与云、与山、与水，上下一片雪白。湖上能看到的影子，惟有如一道痕迹般的长堤，如一个小点儿的湖心亭，如草芥一般细小的我的小舟，舟里两三粒米大小的人而已。

到亭上，有两人铺毡对坐，一童子烧酒，炉正沸。见余大喜，曰："湖中焉得更有此人！"拉余同饮。余强饮三大白而别①。问其姓氏，是金陵人，客此。及下船，舟子喃喃曰②："莫说相公痴，更有痴似相公者。"

【注释】①大白：酒杯。

②舟子：船夫。

【译文】到了湖心亭，有两个人铺着毡子相对而坐，一童子在温酒，炉火正旺。他们看见我非常开心，说："湖中怎么还有我们这样的人！"他们拉着我一起饮酒。我勉强喝了三大杯，就与他们告别。询问他们的姓氏，说是金陵人，客居在这里。等我下了船，船夫喃喃自语："不要说只有相公痴，还真有同相公一样痴的人。"

# 陈章侯

崇祯己卯八月十三<sup>①</sup>，侍南华老人饮湖舫<sup>②</sup>，先月蚤归<sup>③</sup>。章侯怅怅向余曰："如此好月，拥被卧耶？"余敕苍头携家酿斗许，呼一小划船再到断桥，章侯独饮，不觉沾醉。过玉莲亭<sup>④</sup>，丁叔潜呼舟北岸，出塘栖蜜橘相饷<sup>⑤</sup>，鬯啖之<sup>⑥</sup>。

**【注释】**①崇祯己卯：即崇祯十二年（1639）。
②南华老人：作者的季祖，即作者祖父张汝霖的弟弟张汝懋。
③先月蚤归：在月亮升起以前就回家。
④玉莲亭：在浙江杭州，多种青莲。
⑤塘栖：位于杭州城北。
⑥鬯（chàng）：同"畅"。

**【译文】**崇祯己卯年八月十三，我侍奉季祖南华老人，在西湖游船上饮酒，我们打算在月亮升起前就回家。同行的陈章侯惆怅地对我说："这样美好的月色，就回家抱着被子睡觉吗？"于是我命令老仆带着家里自酿的一斗美酒，叫了一艘小船再次划到断桥，陈章侯独自饮酒，不知不觉间就大醉了。划过玉莲亭，丁叔潜让艄公把船划到西湖北岸，取出塘栖蜜桔款待我们，大家吃得很畅快。

章侯方卧，船上嚎嚣<sup>①</sup>。岸上有女郎，命童子致意云："相公船肯载我女郎至一桥否？"余许之。女郎欣然下，轻纨淡弱，婉瘿可人②。章侯被酒挑之曰："女郎侠如张一妹,能同虬髯客饮否③?"女郎欣然就饮。移舟至一桥,漏二下矣,竟倾家酿而去。问其住处,笑而不答。章侯欲蹑之,见其过岳王坟④,不能追也。

**【注释】**①嚎嚣:大声嚎叫。

②婉嫕(yì):柔顺和美。

③张一妹:《虬髯客传》中的红拂女。虬髯客:《虬髯客传》中的张行三。此为陈章侯调侃岸上女郎的话。

④岳王坟:在今浙江杭州。作者张岱这样描述:"西泠烟雨岳王宫,鬼气阴森碧树丛。函谷金人长堕泪,昭陵石马自嘶风。半天雷电金牌冷,一族风波夜壑红。泥塑岳侯铁铸桧,只令千载骂奸雄。"

**【译文】**陈章侯刚躺下,船上就有人大声喊叫。原来是岸上有一位女郎,派童子向我们致意,说:"相公的船能载我家小姐到另一架桥吗?"我同意了她的请求。女郎欣然上船,她身穿洁白的绢衣,轻盈柔美,温顺可人。陈章侯带着酒劲挑逗女郎说:"女郎的侠女之风如红拂女一般,能否与我这个虬髯客一同饮上一杯?"女郎欣然应允,与陈章侯一起饮酒。游船行至另一架桥边,已是二更天了,女郎竟然把家酿喝光才离开。我问她的住处,她笑了笑,没有回答。陈章侯想跟踪她,眼看着她走过岳王坟,就追不上了。

# 卷 四

## 不系园①

甲戌十月，携楚生住不系园看红叶。至定香桥②，客不期至者八人：南京曾波臣③，东阳赵纯卿、金坛彭天锡、诸暨陈章侯④，杭州杨与民、陆九、罗三，女伶陈素芝。余留饮。章侯携缣素为纯卿画古佛⑤，波臣为纯卿写照，杨与民弹三弦子，罗三唱曲，陆九吹箫。与民复出寸许界尺，据小梧，用北调说《金瓶梅》一剧，使人绝倒。

【注释】①不系园：是西湖的一艘游船，又是一座游动的水上园林。此船名源于《庄子·列御寇》："巧者劳而知者忧，无能者无所求，饱食而遨游，泛若不系之舟，虚而遨游者也。"主人汪然明喜欢"不系"二字，就取名为不系园。
②定香桥：位于杭州西湖花港观鱼亭前，南宋宝庆二年京尹袁韶所建。

③曾波臣：即曾鲸，字波臣，福建莆田人。明末著名人物肖像画大家，"波臣派"的始创者，传世作品有《王时敏小像》等。

④彭天锡：江苏金坛人，明末业余戏曲演员，擅长净、丑戏，为学习一出戏不惜花费数金。

⑤缣（jiān）素：供书画用的白绢。

【译文】甲戌年十月，我带着朱楚生住在不系园观赏红叶。到了定香桥，不期而至的竟有八位客人：有南京的曾波臣、东阳的赵纯卿、金坛的彭天锡、诸暨的陈章侯，杭州的杨与民、陆九、罗三，以及女伶陈素芝。我挽留他们一起宴乐饮酒。陈章侯携带了白色丝绢给赵纯卿画古佛像，曾波臣为赵纯卿画肖像，杨与民弹起了三弦，罗三唱着曲儿，陆九吹箫伴奏。杨与民又拿出一寸左右的界尺，倚着一个木头小支架，用北方曲调说唱《金瓶梅》，不禁令人绝倒。

是夜，彭天锡与罗三、与民串本腔戏，妙绝；与楚生、素芝串调腔戏①，又复妙绝。章侯唱村落小歌，余取琴和之，牙牙如语。纯卿笑曰："恨弟无一长以侑兄辈酒。"余曰："唐裴将军旻居丧②，请吴道子画天宫壁度亡母③。道子曰：'将军为我舞剑一回，庶因猛厉，以通幽冥。'旻脱缞衣④缠结，上马驰骤，挥剑入云，高十数丈，若电光下射，执鞘承之，剑透室而入，观者惊栗。道子奋袂如风，画壁立就。章侯为纯卿画佛，而纯卿舞剑，正今日事也。"

【注释】①调腔戏：戏曲剧种，也叫掉腔，现在叫"新昌高腔"。明末清初流行于浙江绍兴一带，新中国成立前绝迹于舞台，新中国成立后得到了新生。

②裴将军旻：即裴旻，唐代将领，擅长舞剑，诗人李白曾随其学剑，世人称"剑圣"。

③吴道子：又名道玄，阳翟（今河南禹州）人。开元年间以善画被召入官廷，尤精于佛道人物，擅长壁画创作，被后人尊称为画圣。

④缞（cuī）衣：古代用粗麻布制成的丧服。

**【译文】**这天晚上，彭天锡与罗三、杨与民串演本腔戏，真是精妙绝伦；接着彭天锡又与楚生、素芝串演调腔戏，再一次让大家觉得美妙至极。陈章侯唱起村落小曲，我取琴为他伴奏唱和，如孩童般牙牙如语。赵纯卿笑着说："遗憾的是小弟我没有一技之长来给各位兄长劝酒助兴。"我说："唐朝将军裴旻居母丧时，请来吴道子在天宫寺壁上作画为母亲超度亡灵。吴道子说：'请将军为我舞一回剑，希望能借助刚猛凌厉的剑气，通达幽冥之界。'裴旻立刻脱掉孝服，将其缠在腰间，上马驰骋，疾奔而来，挥剑入云，高达数十丈，剑影如一道道闪电向下射来，持鞘接剑，剑直接进入剑鞘，旁观的人不禁惊恐战栗。吴道子挥袖如风，画壁援笔立就。现在陈章侯为纯卿画佛像，纯卿舞剑配合，正好是今日之事。"

纯卿跳身起，取其竹节鞭，重三十斤，作胡旋舞数缠，大噱而罢。

**【译文】**赵纯卿立即跳身而起，取出他那重达三十斤的竹节鞭，跳起胡旋舞，接连转了好几圈，直逗得人大笑才作罢。

# 秦淮河房

秦淮河河房<sup>①</sup>，便寓、便交际、便淫冶<sup>②</sup>，房值甚贵，而寓之者无虚日。画船箫鼓，去去来来，周折其间。河房之外，家有露台，朱栏绮疏<sup>③</sup>，竹帘纱幔。夏月浴罢，露台杂坐。两岸水楼中，茉莉风起动儿女香甚。女客团扇轻纨，缓鬓倾髻，软媚着人。

【注释】①秦淮河：源于江苏省溧水县东北，西北流经南京城，横贯城中，西出三山水门注入长江。旧时南京的歌楼舞馆，并列两岸，画舫游艇纷集其间，夙称金陵胜地，沿河一带有很多名胜古迹。

②淫冶：犹淫荡，轻狎。

③绮疏：窗上的雕饰花纹。

【译文】秦淮河边的河房，便于寓居、便于交际、便于放纵淫荡，虽然房价很贵，但是房间却没有一天空闲过。画船箫鼓，来来去去，穿梭在河水中。河房外面，家家都有露台，红色的栏杆，绮丽的窗雕，还悬挂着纱帐竹帘。夏日沐浴之后，人们在露台上随意坐下。两岸水楼中，随风飘散着茉莉花的芳香，沾在男男女女的身上，香味更浓。女子们手摇着轻绸团扇，身着白纱衣，鬓发蓬松，发髻倾斜，妩媚动人。

年年端午，京城士女填溢，竞看灯船。好事者集小篷船百什艇，篷上挂羊角灯如联珠，船首尾相衔，有连至十余艇者。船如烛龙火蜃①, 屈曲连蜷, 蟠委旋折, 水火激射。舟中鑽钹星铙②, 宴歌弦管, 腾腾如沸。士女凭栏轰笑, 声光凌乱, 耳目不能自主。午夜, 曲倦灯残, 星星自散。钟伯敬有《秦淮河灯船赋》③, 备极形致。

【注释】①蜃: 即蛤蜊。也就是人们常说的蜃景, 蛤蜊吹气变换成为海市蜃楼。

②鑽 (sǎn) 钹星铙 (náo): 泛指金属打击乐器。鑽: 弩。钹: 铜质圆形的打击乐器, 两个圆铜片, 中心鼓起成半球形, 正中有孔, 可以穿绸条等用以持握, 两片相击作声。星: 像流星一样快。铙: 铜质圆形的打击乐器, 比钹大。

③钟伯敬: 即钟惺, 字伯敬, 号退谷, 湖广竟陵 (今湖北天门) 人。明万历进士, 官至福建提学佥事。竟陵派的创始人之一。著有《隐秀轩集》。

【译文】每年端午节, 京城里的青年男女就会挤到秦淮河边, 竞相去观看灯船。有好事者将百十只小篷船聚集起来, 在船的篷顶挂上羊角灯, 如同连缀成串的珍珠, 小船首尾衔接, 甚至有连接了十余艘游艇的。这些船有如烛龙火蜃, 蜿蜒曲折, 盘旋迂回, 水光与火光交相辉映。船上钹铙同奏, 弦管齐鸣, 歌舞不绝, 人声鼎沸, 热闹非凡。年轻的男女们凭栏哄笑, 笑声与灯光凌乱交错, 令人不由自主感到耳鸣目眩。到了午夜, 曲声渐倦, 灯余残辉, 人们如星星般各自散去。明朝钟伯敬有《秦淮河灯船赋》, 将此景描绘得淋漓尽致。

# 兖州阅武

　　辛未三月, 余至兖州, 见直指阅武<sup>①</sup>。马骑三千, 步兵七千, 军容甚壮。马蹄卒步, 滔滔旷旷<sup>②</sup>, 眼与俱驶, 猛掣始回。

　　**【注释】**①直指: 汉武帝时朝廷设置的专管巡视、处理各地政事的官员。也称"直指使者", 因出巡时穿着绣衣, 故又称"绣衣直指""直指绣衣使者"。

　　②滔滔旷旷: 形容连续不断、广大空阔的样子。

　　**【译文】**辛未年三月, 我到达兖州, 看到直指使者正在阅兵。其中骑兵三千, 步兵七千, 军容甚为壮观。骑兵的马蹄声, 步兵的脚步声, 如滔滔江水, 气势宏伟, 连绵不绝, 我的眼睛与士兵们一同行进, 等到队伍走远才猛然回首, 收回目光。

　　其阵法奇在变换, 旝动而鼓<sup>①</sup>, 左抽右旋, 疾若风雨。阵既成列, 则进图直指前, 立一牌曰:"某阵变某阵"。连变十余阵, 奇不在整齐而在便捷。扮敌人百余骑, 数里外烟尘坌起<sup>②</sup>。逻卒五骑<sup>③</sup>, 小如黑子, 顷刻驰至, 入辕门报警。建大将旗鼓, 出奇设伏。敌骑突至, 一鼓成擒, 俘献中军。

　　**【注释】**①旝: 古代作战时指挥用的旗子。

②坌（bèn）起：飞起、扬起。

③逻（liè）卒：担任警戒的士卒。

【译文】军队的阵法之奇在于变动调换，令旗挥动，鼓声齐鸣，队伍有序地左冲右旋，如风雨雷电般行动疾速。方阵列成后，就将阵列图送到直指使者面前，同时树立一块牌子说："某阵变某阵"。连续变换了十多个阵法，其奇特之处不在整齐而在变化便捷快速。有部分士兵装扮成上百名敌军骑兵，数里之外都能看到烟尘扬起。五名担任警戒的骑兵，看上去如小小的黑色棋子，顷刻之间便飞驰而来，进入辕门报警。军中随即立起大将旗鼓，出奇制胜，设下埋伏。敌人的骑兵突然杀来，我军将士齐心协力，一举将其生擒，将这些俘虏献至中军大帐。

内以姣童扮女三四十骑，荷旃被毳①，绣祛龘结②，马上走解。颠倒横竖，借骑翻腾，柔如无骨。奏乐马上，三弦、胡拨、琥珀词四、上儿密失、义儿机③，僁休兜离④，罔不毕集，在直指筵前供唱，北调淫俚，曲尽其妙。是年，参将罗某，北人，所扮者皆其歌童外宅，故极姣丽，恐易人为之，未必能尔也。

【注释】①荷旃（zhān）被毳（cuì）：扛着赤色曲柄的旗帜，身披羽毛织成的衣服。旃：古代一种赤色曲柄的旗。毳：鸟兽的细毛。

②龘（tuí）结：结成锥形的髻。

③胡拨琥珀词四：即胡拨四、琥珀词，二者当为同一种乐器，为蒙古族的弹拨乐器。系参照古老乐器火不思制成，面板用桐木，背板、侧板以枫木制成；面板下部开两个云形音窗，音箱内设音梁。置指板及品位。用拨子弹奏，音色醇厚、柔和，音量宏大。多用于合奏、伴奏及弹

唱，亦用于独奏。明朝刘侗、于奕正在《帝京景物略·城东内外·灯市》中记载："弦索，则套数、小曲、数落、打碟子。其器胡拨四、土儿密失、义儿机等。"上儿密失：旧为"土儿密失"。义儿机：当为"叉儿机"。

④僸佅（jìn mài）兜离：班固《东都赋》载："四夷间奏，德广所及，僸佅兜离，罔不具集。"这里泛指我国古代少数民族的音乐。

**【译文】**又有美少年妆扮成三四十名女骑兵，扛着纯赤色的曲柄旗，身披羽毛衣，挽起刺绣精美的袖口，梳着锥形发髻，骑在马上表演杂技。他们颠倒横竖，凭借坐骑翻滚腾跃，身段柔软得好像没有骨头一般。他们又在马背上弹琴奏乐，有三弦、胡拨四、土儿密失、叉儿机，各种少数民族乐器，在这里无所不集，齐聚在直指使者的筵席前演奏，多为北方俚俗曲调，可谓曲尽其妙。这一年，军中参将是罗某，他是北方人，这些表演者都是他养的歌童及妾室，因此极其美丽，若是换成其他人来做这些，恐怕未必能做成他这个样子了。


# 牛首山打猎①


戊寅冬②，余在留都，同族人隆平侯与其弟勋卫、甥赵忻城、贵州杨爱生、扬州顾不盈、余友吕吉士、姚简叔、姬侍王月生、顾眉、董白、李十、杨能③，取戎衣衣客，并衣姬侍。姬侍服大红锦狐嵌箭衣、昭君套，乘款段马，韝青骹，绁韩卢④，统箭手百余人，旗帜棍棒称是，出南门，校猎于牛首山前后，极驰骤纵送之乐。得鹿一、麂三、兔四、雉三、猫狸七⑤。看剧于献花岩⑥，宿于祖茔⑦。次日午后猎归，出鹿麂以飨士，复纵饮于隆平家。

**【注释】**①牛首山：在江苏南京江宁区，因东西双峰对峙形似牛角而得名。作者张岱在《夜航船》写道："牛首山，在祖堂之北，上有二峰相对，如牛角，故名。晋王导曰：'此天阙也。'又名'天阙山'。"

②戊寅：即崇祯十一年（1638）。

③隆平侯：明成主朱棣封功臣张信为隆平侯，本文指的是张信的后裔。赵忻城：即赵之龙，明朝第十代忻城伯，后投降清朝。杨爱生：即杨鼎卿。明朝贵州卫（今贵州贵阳）人，字爱生，抗清英雄杨文聪的儿子，在抗清中身负重伤，英勇牺牲。顾不盈：即顾尔迈，字不盈。淮安人。姚简叔：即姚允在，字简叔，明代画家，笔墨道劲，思致不凡。作品有《仙山楼阁图》。顾眉：字眉生，号横波，工诗善画，善音律，为秦淮八艳之一。董白：字小宛，为秦淮八艳之一，因家道中落而沦落青楼，后嫁名士冒辟疆为妾。李十：即李十娘，名湘真，字雪衣。能鼓琴清歌，略懂文墨，秦淮歌妓。杨能：秦淮歌妓，善唱曲。

④韝（gōu）青鼗（qiāo），绁韩卢：语出东汉张衡《西京赋》："青鼗击于韝下，韩卢嗾于绁末。"韝：臂套，用革制成，用以束衣袖，射箭或操作时用。青鼗：一种青腿猎鹰。绁：拴，系。韩卢：战国时矫健善驰的黑毛猎犬。

⑤麂（jǐ）：哺乳动物的一属，像鹿，腿细而有力，善于跳跃，皮很软可以制革。通称"麂子"。

⑥献花岩：牛首山南五里有花岩山，进入山里有花岩寺，传唐代法融禅师在这里讲经，有百鸟衔花来进献，取名为献花岩。

⑦祖茔（yíng）：即祖堂，祖堂山。

**【译文】**戊寅年冬季，我在留都，与同族人隆平侯和他的弟弟勋卫、外甥赵忻城、贵州杨爱生、扬州顾不盈、还有我的朋友吕吉士、姚简叔、姬侍王月生、顾眉、董白、李十、杨能在一起，取来军服给客人们穿，并让姬侍们也穿上。姬侍们的穿着是大红锦狐嵌箭衣、头戴昭君帽套，骑着小马，其他人套上青色的臂套，架着猎鹰，牵着猎犬，一百多猎枪手、射箭手随行，旗帜与棍棒的数量与打猎人数相应，大家出了南门，到牛首山前后打猎，尽情驰骋在猎场，享受打猎的快乐。这一次共猎得一只鹿、三只麂、四只兔、三只野鸡、七只猫狸。随后众人又到献花岩去看戏，晚上在祖茔歇宿。第二天午后狩猎归来，我把鹿与麂拿出来款待大家，又去隆平侯家纵酒畅饮。

江南不晓猎较为何事，余见之图画戏剧，今身亲为之，果称雄快。然自须勋戚豪右为之，寒酸不办也。

**【译文】**江南人不懂打猎是怎么回事，我也只是看过描写打猎的戏剧和图画，今日亲自参与了一次，果真称得上豪爽痛快。但是只有那些皇亲国戚、贵族大户才能组织并参与这种打猎之事，一般穷苦人家是不可能举办的。

## 杨神庙台阁

枫桥杨神庙①，九月迎台阁。十年前迎台阁，台阁而已。自骆氏兄弟主之，一以思致文理为之。扮马上故事二三十骑，扮传奇一本，年年换，三日亦三换之。其人与传奇中人必酷肖方用，全在未扮时，一指点为某似某，非人人绝倒者不之用。迎后，如扮胡琏者，直呼为胡琏，遂无不胡琏之，而此人反失其姓。人定，然后议扮法，必裂缯为之②。果其人其袍铠须某色、某缎、某花样，虽匹锦数十金不惜也。一冠一履，主人全副精神在焉。诸友中有能生造刻画者，一月前礼聘至，匠意为之，唯其使。装束备，先期扮演，非百口叫绝又不用。故一人一骑，其中思致文理，如玩古董名画，一勾一勒，不得放过焉。

**【注释】**①枫桥杨神庙：即枫桥大庙，在浙江诸暨枫桥镇，为祭祀明朝敕封船工杨俨为护国保民紫薇侯而建。

②裂缯（zēng）：此有不惜重金之意。

**【译文】**枫桥的杨神庙，九月迎台阁。十年前的迎台阁，不过是上演几出台阁戏而已。自从骆氏兄弟主理迎台阁以来，就一心想着从独特的思想意趣及才思文理上下功夫。用二三十个骑兵出演马上作战的故事，共同演绎一本传奇，剧本年年更换，就算是三日台阁，也是更换三次节目。演戏的人与剧中人一定要酷似才可录用，演员都是在没有扮演前由大家先来评判，一旦有人提出某人与剧中哪个人物相像，若不能人人看后都为之赞叹倾倒就弃之不用。迎到台阁后，如扮演胡琏的演员，大家就直呼他胡琏，于是便没有人不认为他是胡琏，而这个演员的真实姓名反而无人记得了。演员确定好后，接着再商议如何扮演，必会不惜重金制作演员服饰。若是演员及其衣袍铠甲必须要用某种颜色、某种绸缎、某种花样，即便一匹锦缎需花费数十金也在所不惜。一顶冠帽，一双鞋子，都体现出主人公的全部精神风貌。诸位朋友中凡有擅长描摹刻画的，早在一月之前就将其礼聘过来，让他发挥创意好好构思，一切都听他安排。等到装束齐备时，要先期彩排，让大家评议，若不能百口叫绝就不用这个演员。因此每一个人、每一匹马的表演，其中的意境构思、文理意义，都如同把玩古董名画那般，一勾一勒，每一根线条都不能轻易放过。

土人有小小灾祲①，辄以小白旗一面到庙禳之②，所积盈库。是日以一竿穿旗三四，一人持竿三四走神前，长可七八里，如几百万白蝴蝶回翔盘礴在山坳树隙③。

【注释】①灾祲（jìn）：灾异。
②禳（ráng）：祈祷消除灾殃、去邪除恶之祭。
③盘礴：犹磅礴，广大貌。
【译文】当地人若有小灾小祸，就会拿一面小白旗到庙里去祈祷消灾，所以神庙的小白旗堆满了仓库。迎台阁这一日，用一根竹竿穿着三四面白旗，一人手持三四根竹竿走到神前，后面的队伍可能长达七八里，犹如几百万只白色蝴蝶，在山坳中、树隙间盘旋集聚。

四方来观者数十万人。市枫桥下，亦摊亦篷。台阁上马上，有金珠宝石堕地，拾者如有物凭焉不能去，必送还神前。其在树丛田坎间者，问神，辄示其处，不或爽。

【译文】四面八方前来观赏的有近几十万人。枫桥下设有集市，有摆地摊的，有搭凉篷的。台阁或是马上，若有金珠宝石掉落到地上，捡到的人，如同上面有凭证般不能拿走，必须送还到神前。若有在树丛田坎间遗落东西的，去问神灵，就会指示所在之处，丝毫不差。

# 雪　精

外祖陶兰风先生①，倅寿州②，得白骡，蹄跻都白，日行二百里，畜署中。寿州人病噎隔③，辄取其尿疗之。凡告期，乞骡尿状常十数纸。外祖以木香沁其尿，诏百姓来取。后致仕归，捐馆，舅氏啬轩解骖赠余④。

【注释】①陶兰风：即陶允嘉，字幼美，号兰风，山阴（今浙江绍兴）人。曾任福建盐运副使。

②倅（cuì）：副职。

③噎隔：是指饮食不下或食入即吐的病症。

④啬轩：即陶崇文，字乳周，号啬轩、啬轩道人。明代戏曲家，作品有《官枭记》。

【译文】我的外祖父陶兰风先生，在寿州任副职时，得到一头白色的骡子，蹄子脚趾都是白的，一日能行二百里，外祖父把它饲养在官署之中。寿州的百姓经常得噎隔病，外祖父就取一些白骡尿来给他们治疗。每到官府接受诉状的日子，百姓乞求骡尿的状纸，常有十几张。外祖父就将木香浸泡在白骡尿里，贴告示让百姓来取。外祖父后来辞官归家，去世后，舅父啬轩就把那头骡子送给了我。

余豢之十余年许①, 实未尝具一日草料, 日夜听其自出觅食, 视其腹未尝不饱, 然亦不晓其何从得饱也。天曙, 必至门祗候②, 进厩候驱策, 至午勿御, 仍出觅食如故。后渐跋扈难御, 见余则驯服不动, 跨鞍去如箭, 易人则咆哮蹄啮, 百计鞭策之不应也。

【注释】①豢（huàn）: 喂养, 特指喂养牲畜。

②祗（zhī）候: 恭候、敬候。

【译文】我喂养这头白骡十多年, 实在是没有给它准备过一日草料, 日夜听凭它自己出去觅食, 我观察它的肚子从来都是饱饱的, 然而也不晓得它是在哪里吃饱的。一到天亮, 它必定会在我的门前恭候, 进入马厩等候驱使, 如果到了中午都没被驾御, 它便仍然像往常那样外出觅食。后来白骡渐渐变得跋扈骄横, 难以驾御了, 但见到我时还是驯服不动, 当我跨上马鞍, 它就像离弦的箭一样飞驰, 若是换了别人, 它就咆哮着又踢又咬, 想尽办法鞭打它都不会服从。

一日, 与风马争道城上, 失足堕濠堑死, 余命葬之, 谥之曰"雪精"。

【译文】一天, 白骡与一匹疾驰如风的马在城墙上争道, 失足堕入濠沟摔死了, 我命家奴埋葬了它, 给它封了个谥号叫作"雪精"。

# 严助庙

陶堰司徒庙①，汉会稽太守严助庙也②。岁上元设供，任事者，聚族谋之终岁。凡山物牾牾③，虎、豹、麋鹿、獾猪之类。海物罿罿，江豚、海马、鲟黄、沙鱼之类。陆物痴痴，猪必三百斤，羊必二百斤，一日一换。鸡、鹅、凫、鸭之属，不极肥，不上贡。水物噞噞④，凡虾、鱼、蟹、蚌之类，无不鲜活。羽物毶毶⑤，孔雀、白鹇、锦鸡、白鹦鹉之属，即生供之。毛物毿毿⑥，白鹿、白兔、活貂鼠之属，亦生供之。洎非地，闽鲜荔枝、圆眼、北蘋婆果、沙果、文官果之类。非天，桃、梅、李、杏、杨梅、枇杷、樱桃之属，收藏如新撷。非制，熊掌、猩唇、豹胎之属。非性，酒醉、蜜饯之类。非理，云南蜜唧、峨眉雪蛆之类。非想之物，天花龙蜑、雕镂瓜枣、捻塑米面之类⑦。无不集。庭实之盛，自帝王宗庙社稷坛墠所不能比隆者⑧。

【注释】①陶堰：陶家堰的简称，是作者外祖陶兰风先生的家，位于浙江省绍兴城东。

②严助：本名庄助，西汉中期会稽郡吴县（今江苏省苏州市）人。他在汉武帝时任中大夫，其后任会稽太守。著名辞赋家。

③牾牾（cū）：凶猛的样子。

④噞噞（yǎn）：鲜活的样子。

⑤毨毨（xiǎn）：羽毛丰满鲜明的样子。

⑥毧毧（róng）：皮毛细密的样子。

⑦蜑（dàn）：同"蛋"，带有硬壳的卵。

⑧坛壝（wěi）：天子外出，平地筑坛，围以矮墙，作为临时住宿之所。

**【译文】**陶家堰的司徒庙，就是供奉汉代会稽太守严助的庙宇。每年上元节设立供奉，负责供奉祭祀的人就会聚积族人商量一整年的供奉事宜。凡是粗糙的山物，比如虎、豹、麋鹿、獾猪之类。肥腴的海味，比如江豚、海马、鲟黄、沙鱼之类。陆地上肥美的牲畜家禽，比如猪必须三百斤，羊必须二百斤，一日一换。鸡、鹅、兔、鸭之类，不是极肥美的不能上贡。鲜活的水产，凡是虾、鱼、蟹、蚌之类，无不鲜活。羽毛齐整丰满的羽物，比如孔雀、白鹇、锦鸡、白鹦鹉之类，即是以活物上供。毛发细密的动物，比如白鹿、白兔、活貂鼠之类，也是以活物上供。还有不是本地出产的，比如福建的新鲜荔枝、圆眼、北蘋婆果、沙果、文官果之类。不合时令的，比如桃、梅、李、杏、杨梅、枇杷、樱桃之类。收藏得非常好，就如刚刚采摘的一样。不合礼制的，比如熊掌、猩唇、豹胎之类。不合常性的，比如酒醉、蜜饯之类。不合常理的，比如云南蜜唧、峨眉雪蛆之类。难以想像的，比如天花龙蜑、雕镂瓜枣、捻塑米面之类的物品。全部集结为供品。供品的丰盛，除了帝王宗庙社稷所用供品，再没有比这隆盛的了。

十三日，以大船二十艘载盘轪①，以童崽扮故事，无甚文理，以多为胜。城中及村落人，水逐陆奔，随路兜截转折，谓之"看灯头"。五夜，夜在庙演剧，梨园必倩越中上三班，或雇自武林者，缠头日数万钱。唱《伯喈》《荆钗》②，一老者坐台下对院本，一字脱落，群起噪之，又开场重做，越中有"全伯喈""全荆钗"之名起此。

**【注释】**①盘轳：即盘铃，一种乐器，古时，盘铃是羌族宗教仪式上使用的节奏乐器，用于祭祀活动的巫舞中。

②《伯喈》：即《琵琶记》。《荆钗》：即《荆钗记》。

**【译文】**正月十三这天，用二十艘大船载着盘铃，让小孩子们扮演旧时故事，没有任何章法，只是以人多取胜。城内及村里的人，无论是水里的，还是岸上的，大家都在追逐奔跑，跟着道路兜折截转，这叫"看灯头"。连续五个夜晚在庙里演戏，戏班必定要请越剧戏班的中上三班，或者从杭州雇请，每天演出费用就要数万钱。他们演唱《琵琶记》和《荆钗记》时，有一位老者坐在戏台下面，负责对照演出剧本，若是有一字脱落，台下观众就会群起喊叫，这出戏就要重新开场，越剧中有"全伯喈""全荆钗"的说法，就是源自这里。

天启三年①，余兄弟携南院王岑、老串杨四、徐孟雅、圆社河南张大来辈往观之。到庙蹴鞠②，张大来以"一丁泥""一串珠"名世。球着足，浑身旋滚，一似黏罿有胶、提掇有线、穿插有孔者，人人叫绝。剧至半，王岑扮李三娘，杨四扮火工窦老，徐孟雅扮洪一嫂，马小卿十二岁扮咬脐，串《磨房》《撇池》《送子》《出猎》四出。科诨曲白③，妙入筋髓，又复叫绝。遂解维归。戏场气夺，锣不得响，灯不得亮。

**【注释】**①天启三年：即1623年。

②蹴鞠（cù jū）：我国古代一种足球运动。用以练武、娱乐、健身。传说始于黄帝，初以练武士，战国时便已流行。

③科诨（hùn）：指戏曲里各种使观众发笑的表演。亦泛指戏曲演出中角色的滑稽举动或言谈。

**【译文】**天启三年，我们兄弟带着南院的王岑、老串杨四、徐孟雅、圆社河南张大来等人，前去观看演出。到达陶家堰司徒庙，就开始踢球，张大来凭着"一丁泥""一串珠"扬名于世。一旦球落在脚上，就在他的全身旋转翻滚，球就像被胶粘在脚上、就像有一根线提掇着，就像有孔被穿插住一样随心所欲，人人叫绝喊好。戏演到一半的时候，王岑扮演李三娘，杨四扮演烧火工窦老，徐孟雅扮演洪一嫂，十二岁的马小卿扮演咬脐郎，他们一起客串了《磨房》《撇池》《送子》《出猎》四出戏目。插科打诨，唱曲念白，无不奇妙绝伦，让人如入筋髓，于是台下观众再一次喊好叫绝。演出结束，大家解开缆绳驾船归去。此时戏场气氛消失，锣鼓不再喧嚣，花灯不再点亮。

# 乳 酪

乳酪自驵侩为之①，气味已失，再无佳理。余自豢一牛，夜取乳置盆盎②，比晓，乳花簇起尺许，用铜铛煮之，瀹兰雪汁③，乳斤和汁四瓯④，百沸之。玉液珠胶，雪腴霜腻，吹气胜兰，沁入肺腑，自是天供。

**【注释】**①驵侩（zǎng kuài）：马匹贩卖的中介人。后泛指居中介绍买卖的商人。

②盎（àng）：古代的一种盆，腹大口小。

③瀹（yuè）：浸渍。

④瓯（ōu）：小盆。

**【译文】**乳酪自从由商贩制作，气味便已消失，再也没有上好的品质了。我自己养了一头奶牛，每天夜晚取牛奶放置在盆盎中，等到拂晓时分，乳花簇起一尺多高，用铜锅将其煮沸，取兰雪茶汁浸润，再加入一斤牛奶和四小盅茶汁，然后多次煮沸。如同玉液珠胶，有如雪腴霜腻，吹气胜兰，沁入肺腑，自是上天所赐。

　　或用鹤觞、花露入甑蒸之①，以热妙；或用豆粉挽和，漉之成腐②，以冷妙。或煎酥，或作皮，或缚饼，或酒凝，或盐腌，或醋捉，无不佳妙。而苏州过小拙和以蔗浆霜，熬之、滤之、钻之、掇之、印之，为带骨鲍螺，天下称至味。其制法秘甚，锁密房，以纸封固，虽父子不轻传之。

**【注释】**①鹤觞（shāng）：一种古代美酒。亦称从远地运来的美酒。甑（zèng）：古代蒸饭的一种瓦器。

②漉（lù）：液体慢慢地渗下，滤过。

**【译文】**或用鹤觞、花露两种美酒与乳酪混合，放入甑中蒸熟，以热食为妙；或用豆粉调和，将渣滓过滤成豆腐，以冷食为妙。或煎制成酥，或制作成皮，或摊成薄饼，或加酒凝固，或用盐腌制，或用醋凉拌，味道真是妙不可言。苏州的过小拙，用蔗糖浆霜与其混和，经过熬、滤、钻、掇、印等几道工序，制成的带骨鲍螺，堪称天下至味。它的制作方法极其隐秘，配方紧锁于密房之中，用纸牢牢封住，即便是父子也不轻易传授。

# 二十四桥风月①

广陵二十四桥风月②，邗沟尚存其意③。渡钞关④，横亘半里许，为巷者九条。巷故九，凡周旋折旋于巷之左右前后者，什百之。巷口狭而肠曲，寸寸节节，有精房密户，名妓、歪妓杂处之。名妓匿不见人，非向道莫得入。歪妓多可五六百人，每日傍晚，膏沐熏烧，出巷口，倚徙盘礴于茶馆、酒肆之前，谓之"站关"。茶馆、酒肆、岸上纱灯百盏，诸妓掩映闪灭于其间，疤鳖者帘⑤，雄趾者阈。灯前月下，人无正色，所谓"一白能遮百丑"者，粉之力也。游子过客，往来如梭，摩睛相觑，有当意者，逼前牵之去，而是妓忽出身分，肃客先行，自缓步尾之。至巷口，有侦伺者，向巷门呼曰："某姐有客了！"内应声如雷。火燎即出，一一俱去，剩者不过二三十人。

【注释】①二十四桥：位于江苏省扬州市。为单孔拱桥，汉白玉栏杆，如玉带飘逸，似霓虹卧波。桥长二十四米，宽二点四米，栏柱二十四根，台级二十四层，处处都与二十四对应，是古代桥梁建筑的杰作。

②广陵：今江苏省扬州市。

③邗（hán）沟：也称邗水、邗江、邗溟沟等。春秋时吴王夫差为争霸中原，引江水入淮以通粮道而开凿的古运河。

④钞关：古代按载货数量和路途远近，令舟船缴纳货税的地方。因以钞纳税，故名。

⑤戾（lì）：同"戾"，凶暴乖戾。

【译文】古代扬州二十四桥风月，只有邗沟还保留着它原有的意味。渡过钞关，有九条街巷绵延横跨约半里，街巷原来有九条。环绕盘旋在街巷前后左右的小巷，大概有几十上百条。巷口狭窄，如同弯曲的肠子，寸寸节节，紧密相接，随处可见精美隐密的房屋，名妓、野妓混杂此处。名妓躲在房里不见客人，客人若没有向导指引就不能进入妓院。野妓则多达五六百人，每到傍晚，她们涂脂抹粉，熏香沐浴，走出巷口，在茶馆酒肆前或倚或坐，留连徘徊，这就是所谓的"站关"。茶馆、酒肆、河岸上，悬挂着上百盏纱灯，众多妓女就隐蔽在忽明忽暗的纱灯之间，相貌丑陋的就用窗帘遮蔽着，脚大的就不迈出门槛。月下灯前，人们脸上都没有正常的颜色，所谓"一白能遮百丑"之言，皆是涂脂抹粉的结果。游子过客，往来如梭，擦亮眼睛四处相看，遇到合意的人，就立刻上前牵她而去，而这个妓女就会马上亮出自己的身份，小心地请客人先行，自己缓步尾随其后。到了巷口，有侦察窥伺的人等待在那里，向巷门里喊道："某姐有客人了！"巷内应声如雷。等到烛火熄灭，妓女们一一离去，剩下的也不过二三十人。

沉沉二漏，灯烛将烬，茶馆黑魅无人声①。茶博士不好请出，惟作呵欠，而诸妓醵钱向茶博士买烛寸许②，以待迟客。或发娇声，唱《劈破玉》等小词；或自相谑浪嬉笑，故作热闹，以乱时候。然笑言哑哑声中，渐带凄楚。夜分不得不去，悄然暗摸如鬼，见老鸨，受饿、受笞，俱不可知矣。

**【注释】**①黑魆（xū）：形容黑暗无光。

②醵（jù）钱：凑钱，集资。

**【译文】**每当二更时分，灯烛即将燃尽，茶馆里一片漆黑，悄无人声。茶馆的伙计不好意思请妓女们出去，只好打着呵欠，那些妓女就凑钱向茶馆伙计买根一寸多长的蜡烛，继续等待迟来的客人。妓女们有的发出娇滴滴的声音，唱着《劈破玉》这样的小词；有的相互谑浪嬉笑，故作热闹，以此来打发时间。但是这些大笑声中，却逐渐带出些许凄楚。夜半时分，不会有客人来了，妓女们不得不离开，如鬼般悄无声息地离去，若是碰见老鸨，是要挨饿还是遭受鞭笞，这一切就都不可知了。

余族弟卓如，美须髯，有情痴，善笑，到钞关，必狎妓，向余噱曰："弟今日之乐，不减王公。"余曰："何谓也？"曰："王公大人侍妾数百，到晚眈眈望幸，当御者不过一人。弟过钞关，美人数百人，目挑心招①，视我如潘安。弟颐指气使，任意拣择，亦必得一当意者呼而侍我。王公大人岂遂过我哉！"复大噱，余亦大噱。

**【注释】**①目挑心招：眼睛挑逗，心神招引。多用来形容女子对人的媚态。

【译文】我的族弟卓如，长着漂亮的胡须，很是痴情，也很爱笑，每次来到钞关，必定去狎妓，还会向我开玩笑说："弟弟今日的快乐，不亚于那些王公贵族。"我问他："为什么这样说呢？"他回答道："王公大人们有几百个侍妾，一到夜晚，都眼巴巴地希望得到宠幸，但是被宠幸的也不过一人。弟弟我来到钞关，美人有几百个，她们目挑心招，都视我如潘安。弟弟我可以颐指气使，随意挑选，必定会得到一个中意的美人来侍奉我。那些王公大人岂能超过我！"说完他就大笑起来，我也随之大笑。

# 世美堂灯

儿时跨苍头颈①，犹及见王新建灯②。灯皆贵重华美，珠灯料丝无论，即羊角灯亦描金细画，缨络罩之。悬灯百盏，尚须秉烛而行，大是闷人。余见《水浒传》"灯景诗"有云："楼台上下火照火，车马往来人看人。"已尽灯理。余谓灯不在多，总求一亮。余每放灯，必用如椽大烛，颛令数人剪卸烬煤，故光迸重垣，无微不见。

【注释】①苍头：汉时仆役皆须以青巾作头饰，故称仆役为苍头。
②王新建：即王承勋。明末著名收藏家。

【译文】儿时我骑在老家奴的脖子上，还看过王新建家的花灯。那些灯都非常华美贵重，无论是用珠子装饰的灯，还是丝料制作的灯，都是无法用言语来形容的，即便是羊角灯，也是描金细画，外面还用缨络罩着。悬挂着的灯有上百盏，但行走时还需手持蜡烛照明，这让人很是郁闷。我见到《水浒传》里的"灯景诗"有这样的诗句："楼台上下火照火，车马往来人看人。"已是尽述灯的原理了。我认为灯不在多，总求一亮。我每次放灯，定会用如椽大烛，专门命几人及时剪灯花，除灰烬，因此烛光逆射，照亮一道又一道的墙壁，没有什么细小的东西是看不见的。

十年前，里人有李某者，为闽中二尹①，抚台委其造灯，选雕佛匠，穷工极巧，造灯十架。凡两年，灯成，而抚台已物故，携归藏椟中。又十年许，知余好灯，举以相赠，余酬之五十金，十不当一，是为主灯。遂以烧珠、料丝、羊角、剔纱诸灯辅之。

**【注释】**①二尹：明清时对县丞或府同知的别称。
**【译文】**十年前，我有位姓李的同乡，任福建知县，巡抚大人委托他造灯，他便挑选了几位雕刻佛像的工匠，极尽工巧，造好了十架。造灯总共花费了两年时间，灯制成后，巡抚大人却已去世了，李某就把灯带回老家，收藏在柜中。又过了十几年，他得知我喜欢灯，就将它们全部赠与我，我给了他五十金以示酬谢，还不及当时造灯费用的十分之一，这些是主灯。我又把烧珠、料丝、羊角、剔纱这些灯作为辅灯，来陪衬它。

而友人有夏耳金者，剪采为花，巧夺天工，罩以冰纱，有烟笼芍药之致。更用粗铁线界划规矩，匠意出样，剔纱为蜀锦，皴其界地，鲜艳出人。耳金岁供镇神，必造灯一盏，灯后，余每以善价购之。余一小僎善收藏，虽纸灯亦十年不得坏，故灯日富。又从南京得赵士元夹纱屏及灯带数副①，皆属鬼工，决非人力。灯宵，出其所有，便称胜事。

**【注释】**①赵士元：南京人。明代制灯工艺家。所制夹纱屏和灯带，魅力独特，精巧无比，疑为"鬼工"。

**【译文】**我的朋友中有个叫夏耳金的，他可以剪纸为花，巧夺天工，若用冰纱作罩，便会生出烟笼芍药的韵致。再用粗铁线划出边界，固定出各种灯的骨架模式，再独具匠心地制作出各种花样，剔纱灯用蜀锦制作，将其铺饰装扮在界内，鲜艳动人。夏耳金每年供奉镇神时，必定要制作一盏灯，灯用过后，我都会以高价收购。我有一个小侍童颇好收藏，即使是纸灯，历经十年也不会坏，因此我收藏的灯也日益多起来。又从南京得到赵士元的夹纱屏及几副灯带，都属于鬼斧神工之作，决非人力所制。元宵节时，我将收藏的所有灯都拿出来展示，也可称为一桩胜事了。

鼓吹弦索，厮养臧获，皆能为之。有苍头善制盆花，夏间以羊毛炼泥墩，高二尺许，筑"地涌金莲"，声同雷炮，花盖亩余。不用煞拍鼓铙，清吹锁呐应之，望花缓急为锁呐缓急，望花高下为锁呐高下。灯不演剧，则灯意不酣；然无队舞鼓吹，则灯焰不发。余敕小傒串元剧四五十本。演元剧四出，则队舞一回，鼓吹一回，弦索一回。其间浓淡、繁简、松实之妙，全在主人位置。使易人易地为之，自不能尔尔。故越中夸灯事之盛，必曰"世美堂灯"。

**【译文】**吹拉弹唱，我的小厮奴婢们都能做到。有一个老仆擅长制作盆花，夏天用羊毛和泥土烧制成泥墩，高二尺左右，筑成"地涌金莲"，点燃后声音犹如雷鸣炮响，四射的烟花能遮盖一亩多的天空。无需击打节拍、敲鼓击铙，只需清吹唢呐与其应和，望着烟花的缓急来调整唢呐的节奏，观望烟花的高低来调节唢呐的音调。若是只有灯却不演戏，灯意就不够酣畅；然而若是没有队舞鼓吹、弦乐相伴，灯焰就不够明亮。我命小厮串演四五十本元杂剧。每演四出元杂剧，就表演队舞一回，鼓吹一回，弹奏一回。这其中的浓淡、繁简、松实之妙，全在主人公所处的位置。假如改变人物、变换地点演出，自然不可能做到这种效果了。因此越中百姓夸赞灯事的盛况，必定会说"世美堂灯"。

## 宁　了

大父母喜蓄珍禽：舞鹤三对，白鹇一对①，孔雀二对，吐绶鸡一只②，白鹦鹉、鹩哥、绿鹦鹉十数架③。

【注释】①白鹇（xián）：鸟名，又称银雉。雄鸟的冠及下体纯蓝黑色，上体及两翼白色，故名。

②吐绶（shòu）鸡：俗称"火鸡"，吐绶鸡科的一种鸟。头部有红色肉质突起，羽毛有黑、白、深黄等色。

③鹩（liáo）哥：又叫秦吉了。全身羽毛黑色，有光泽，前额和头顶紫色。常成群聚集在树上，叫声婉转，善于模仿其他鸟叫，吃昆虫和植物种子等。

【译文】祖父母喜欢豢养珍禽：家里有三对舞鹤，一对白鹇，两对孔雀，一只吐绶鸡，还有十多架白鹦鹉、鹩哥、绿鹦鹉。

一异鸟名"宁了"，身小如鸽，黑翎如八哥，能作人语，绝不含糊①。大母呼媵婢②，辄应声曰："某丫头，太太叫！"有客至，叫曰："太太，客来了，看茶。"有一新娘子善睡，黎明辄呼曰："新娘子，天明了，起来罢。太太叫，快起来。"不起，辄骂曰："新娘子，臭淫妇，浪蹄子。"新娘子恨甚，置毒药杀之。

【注释】①含糊（hán hú）：含糊不清。

②媵（yìng）婢：随嫁的婢女。

【译文】有一种奇异的鸟，名叫"宁了"，身子有如鸽子一般小，黑色的羽毛就像八哥，它能模仿人说话，吐字清晰，绝不含糊。若是祖母喊随嫁的婢女，它会立即应声道："某丫头，太太叫！"有客人到来，它会叫道："太太，客来了，看茶。"有一新娘子好睡懒觉，一到黎明，它就呼唤道："新娘子，天明了，起来罢。太太叫，快起来。"若是新娘子还不起床，它就骂道："新娘子，臭淫妇，浪蹄子。"新娘子对它很是痛恨，就放些毒药把它毒死了。

"宁了"疑即"秦吉了"，蜀叙州出，能人言。一日，夷人买去，惊死，其灵异酷似之。

【译文】我怀疑"宁了"就是"秦吉了"，是生长于四川叙州的一种鸟，可以学人说话。一天，有外族人将它买去，受惊吓而死。这两种鸟的灵异之处非常相似。

# 张氏声伎

谢太傅不畜声伎①，曰："畏解，故不畜。"王右军曰②："老年赖丝竹陶写，恒恐儿辈觉。"曰"解"，曰"觉"，古人用字深确。盖声音之道入人最微，一解则自不能已，一觉则自不能禁也。

【注释】①谢太傅：即谢安，字安石，陈郡阳夏（今河南省太康县）人。东晋时期政治家、名士，死后获赠太傅、庐陵郡公，谥号"文靖"。

②王右军：即王羲之，字逸少，琅琊临沂（今山东省临沂市）人。东晋大臣、书法家，有"书圣"之称。

【译文】谢太傅家中不畜养歌妓，他说："害怕了解声乐，因此不养。"王羲之说："老年人全靠音乐陶冶性情、宣泄苦闷，却一直担心儿女辈发觉。"一说"解"，一说"觉"，古人用字极其精深准确。大概是因为音乐之道容易深入人心精微处，一旦了解就不能自已，一旦通晓就不能自禁了。

我家声伎，前世无之，自大父于万历年间与范长白、邹愚公、黄贞父、包涵所诸先生讲究此道①，遂破天荒为之。有"可餐班"，以张彩、王可餐、何闰、张福寿名；次则"武陵班"，以何韵士、傅吉甫、夏清之名；再次则"梯仙班"，以高眉生、李岕生、马蓝生名；再次则"吴郡班"，以王畹生、夏汝开、杨啸生名；再次则"苏小小班"，以马小卿、潘小妃名；再次则平子"茂苑班"，以李含香、顾岕竹、应楚烟、杨骎駬名②。

【注释】①范长白：即范允临，字长倩，号长白，南直隶苏州府吴县（今江苏苏州）人，范仲淹第十七代孙。明代官员、书画家。著有《输廖馆集》。邹愚公：即邹迪光，字彦吉，号愚谷、愚公，江苏无锡人。授工部主事，官湖广提学副使。工诗文，善画山水，著有《石语斋集》等。黄贞父：即黄汝亨，字贞父，钱塘人。明万历二十六年进士。善书，行草合苏米之长，作品有《天目记游》等。

②骎駬(lù ěr)：古代骏马名，这里用作人名。

【译文】我家前几代都没养过歌妓舞女，自从祖父在万历年间与范长白、邹愚公、黄贞父、包涵所诸位先生探讨此道，于是就破天荒地开始畜养歌妓了。先有"可餐班"，以张彩、王可餐、何闰、张福寿最为有名；其次则有"武陵班"，以何韵士、傅吉甫、夏清之最为有名；再次则有"梯仙班"，以高眉生、李岕生、马蓝生最为有名；再次则有"吴郡班"，以王畹生、夏汝开、杨啸生最为有名；再次则有"苏小小班"，以马小卿、潘小妃最为有名；再次则有平子的"茂苑班"，以李含香、顾岕竹、应楚烟、杨骎駬最为有名。

主人解事日精一日，而僎童技艺亦愈出愈奇。余历年半百，小傒自小而老、老而复小、小而复老者，凡五易之。无论"可餐""武陵"诸人，如三代法物，不可复见；"梯仙""吴郡"间有存者，皆为佝偻老人；而"苏小小班"亦强半化为异物矣；"茂苑班"则吾弟先去，而诸人再易其主。余则婆娑一老，以碧眼波斯，尚能别其妍丑。山中人至海上归，种种海错皆在其眼，请共舐之。

【译文】随着主人对音乐的理解一天比一天精深，那些小家奴的技艺也越来越出奇。我已年过半百，小家奴们从年少到年老、再从年老又换成年少，年少又变为年老，我家前后共更换了五次家奴。不要说"可餐""武陵"班的那些人，他们就如三代法器一般，再也无法见到了；那"梯仙""吴郡"班偶有在世之人，却都成了佝偻老人；而"苏小小班"也大半亡故了；"茂苑班"则随着我弟弟的离世，众人再次更换了自己的主人。剩下我，也只是一婆娑老人了，幸好这双善辨的慧眼还在，尚可分辨出美丑高下。如同山中人从海上归来，各种海味都在眼中，请大家和我一起回味吧。

# 方　物①

越中清馋，无过余者，喜啖方物。北京则蘋婆果、黄䶅、马牙松；山东则羊肚菜、秋白梨、文官果、甜子②；福建则福橘、福橘饼、牛皮糖、红腐乳；江西则青根、丰城脯；山西则天花菜；苏州则带骨鲍螺、山查丁、山查糕、松子糖、白圆、橄榄脯；嘉兴则马交鱼脯、陶庄黄雀；南京则套樱桃、桃门枣、地栗团、窝笋团、山查糖；杭州则西瓜、鸡豆子、花下藕、韭芽、玄笋、塘栖蜜橘；萧山则杨梅、莼菜、鸠鸟、青鲫、方柿；诸暨则香狸、樱桃、虎栗；嵊则蕨粉、细榧、龙游糖③；临海则枕头瓜；台州则瓦楞蚶、江瑶柱④；浦江则火肉；东阳则南枣；山阴则破塘笋、谢橘、独山菱、河蟹、三江屯蛏、白蛤、江鱼、鲥鱼、里河鰦。远则岁致之，近则月致之、日致之。眈眈逐逐⑤，日为口腹谋，罪孽固重。

**【注释】**①方物：本地产物，土产。。

②羊肚菜：一种菌类。菌柄呈浅黄色，菌盖为卵形或椭圆形，菌面有许多不规则多角形的窝，形似羊肚，可供食用。

③细榧（fěi）：其种子亦名"香榧""榧子"，可供食用，可榨油，又可入药。

④瓦楞蚶（hān）：蚶子的别名。一种蛤类，壳呈心形，坚硬而厚，外表淡褐，内壁白色，壳面有垄状的纵线，边缘呈锯齿形，可供食用。

⑤眈眈逐逐：瞪目逼视而急欲攫取，形容贪婪追逐貌。语出《易·颐卦》："虎视眈眈，其欲逐逐。"

**【译文】**越中清雅好吃之人，没有胜过我的，我喜欢吃各地的土特产。北京特产有蘋婆果、黄鼠、马牙松；山东特产有羊肚菜、秋白梨、文官果、甜子；福建特产有福橘、福橘饼、牛皮糖、红腐乳；江西特产有青根、丰城脯；山西特产有天花菜；苏州特产有带骨鲍螺、山查丁、山查糕、松子糖、白圆、橄榄脯；嘉兴特产有马交鱼脯、陶庄黄雀；南京特产有套樱桃、桃门枣、地栗团、窝笋团、山查糖；杭州特产有西瓜、鸡豆子、花下藕、韭芽、玄笋、塘栖蜜橘；萧山特产有杨梅、莼菜、鸠鸟、青鲫、方柿；诸暨特产有香狸、樱桃、虎栗；嵊县特产有蕨粉、细榧、龙游糖；临海特产则有枕头瓜；台州特产有瓦楞蚶、江瑶柱；浦江特产有火肉；东阳特产有南枣；山阴特产有破塘笋、谢橘、独山菱、河蟹、三江屯蛏、白蛤、江鱼、鲥鱼、里河鰦。远处的土特产品一年送来一次，近处的会每月送来、有的每日送来。我每天都瞪着眼睛等着这些东西送来，日日都在为口腹之欲而谋划，罪孽固然很深重了。

但舔今思之，四方兵燹①，寸寸割裂，钱塘衣带水，犹不敢轻渡，则向之传食四方，不可不谓之福德也。

【注释】①兵燹（xiǎn）：因战乱所造成的焚烧、破坏。

【译文】但是今日想来，四方都是兵火、战乱，土地被寸寸割裂，钱塘江本来就如一条衣带般狭窄，可人们还是不敢轻易渡过，从前可以吃到四方美食，不能不说是我的福分啊。

## 祁止祥癖①

人无癖不可与交，以其无深情也；人无疵不可与交，以其无真气也。余友祁止祥有书画癖，有蹴鞠癖，有鼓钹癖，有鬼戏癖，有梨园癖。

【注释】①祁止祥：即祁豸佳，字止祥，号雪瓢，山阴（今浙江绍兴）人。诗文词皆有致，至于歌、弈、图章、百戏俱善。

【译文】一个人若是没有癖好就不可以与他交朋友，因为这样的人没有深情；一个人若是没有毛病就不可以与他交朋友，因为这种人没有刚正之气。我的好友祁止祥喜好书画，喜好蹴鞠，喜好鼓钹，喜好鬼戏，喜好梨园戏曲。

壬午，至南都①，止祥出阿宝示余，余谓："此西方迦陵鸟②，何处得来？"阿宝妖冶如蕊女，而娇痴无赖，故作涩勒，不肯着人。如食橄榄，咽涩无味，而韵在回甘；如吃烟酒，鲠噎无奈③，而软同沾醉。初如可厌，而过即思之。止祥精音律，咬钉嚼铁，一字百磨，口口亲授，阿宝辈皆能曲通主意。

【注释】①壬午：即崇祯十五年（1642）。

②迦陵鸟：一种发音美妙的鸟类，也称"好声鸟"。

③鲠噎（gěng yē）：指食物梗塞，难以下咽。

【译文】崇祯壬午年，我到了南京，止祥让阿宝来见我，我说："这是西方的迦陵鸟一般的孩童，你从什么地方得来的？"阿宝如仙女般妖娆美好，天真可爱而又活泼顽皮，他还故意作出羞涩之态，不肯讨人欢喜。如同吃橄榄一般，咽下去时苦涩无味，而韵味却在回甘之中；又如吃酒抽烟，刚吃进去时难以下咽，而后却柔软得如同大醉一般，让人有飘飘然之感。最初可能感到厌恶，但过后想来却回味无穷。止祥精通音律，他以咬钉嚼铁般的坚强意志，一字一句都要经过百遍磨合，亲自传授，所以阿宝之辈也都能理解主人的意思了。


乙酉<sup>①</sup>，南都失守，止祥奔归，遇土贼，刀剑加颈，性命可倾，至宝是宝<sup>②</sup>。丙戌<sup>③</sup>，以监军驻台州，乱民卤掠，止祥囊箧都尽<sup>④</sup>，阿宝沿途唱曲，以膳主人。及归，刚半月，又挟之远去。止祥去妻子如脱躧耳<sup>⑤</sup>，独以娈童崽子为性命，其癖如此。


【注释】①乙酉：即顺治二年（1645）。

②性命可倾，至宝是宝：性命都可以失去，但他还把阿宝当至宝一样保护着。至宝是宝，应为至宝是保。

③丙戌：即顺治三年（1646）。

④囊箧：犹囊筒，古代读书人多用以装书籍文稿。

⑤躧（xǐ）：无后跟的小鞋。

【译文】乙酉年，南京失守，止祥在逃难回乡的途中，遇到农民起义军，当时刀剑架在他的脖子上，性命危在旦夕，但他还把阿宝当至宝一样保护着。丙戌年，他作为监军驻守台州，当地乱民大肆掳掠，祁止祥的财物被洗劫一空，于是阿宝沿途唱曲，以此养活主人。等回到家乡，刚过了半个月，他又带着阿宝远去了。止祥离开妻子儿女就像脱掉鞋子一般随意，惟独将一个娈童视为自己的性命，他的癖好就是这样。

# 泰安州客店①

　　客店至泰安州，不复敢以客店目之。余进香泰山，未至店里许，见驴马槽房二三十间；再近，有戏子寓二十余处；再近，则密户曲房，皆妓女妖冶其中。余谓是一州之事，不知其为一店之事也。

　　【注释】①泰安州：今山东泰安。

　　【译文】到了泰安州客店，我就不敢再将它当作平常客店来看待了。我到泰山进香，离客店将近一里左右，就看见有二三十间驴马槽房；再走近一些，有二十多处戏子住的寓所；再走近一点儿，就是幽深隐蔽的密室，全都是些打扮妖冶的妓女出没其间。我以为整个泰安州都如此，却不知只是这家客店这样。

　　投店者，先至一厅事，上簿挂号，人纳店例银三钱八分，又人纳税山银一钱八分。店房三等：下客夜素，蚤亦素，午在山上用素酒、果核劳之，谓之接顶。夜至店，设席贺，谓烧香后求官得官，求子得子，求利得利，故曰贺也。贺亦三等：上者专席，糖饼、五果、十簋、果核、演戏①；次者二人一席，亦糖饼，亦簋核，亦演戏②；下者三四人一席，亦糖饼、簋核，不演戏，亦弹唱。计其店中，演戏者二十余处，弹唱者不胜计。庖厨炊爨亦二十余所③，奔走服役者一二百人。

**【注释】**①五果：指桃、李、杏、栗、枣五种水果。

②馐核：谷类以外的食品通称，如肉类蔬果等。

③爨（cuàn）：烧火做饭。

**【译文】**来此投店的人，要先到一个厅堂办理登记挂号手续，每人要给客店交纳例银三钱八分，另外每人还要交纳登山税银一钱八分。店内客房分为三等：最下等客房早晚都是素食，午餐在泰山上用素酒干果慰劳客人，这叫作接顶。晚上回到客店后，设宴庆贺，说是上泰山烧香后，求官得官，求子得子，求利得利，因此称为贺。贺的宴席也分三等：上等宴席为专席，摆着糖饼、五果、十馐、果核，还演戏；次等宴席为二人一席，也摆着糖饼，也有馐核，也演戏；下等宴席为三四人一席，也有糖饼、馐核，但不演戏，只有弹唱表演。在这个客店中，演戏的地方总计有二十多处，弹唱者更是多得无法计算。厨房里烧火做饭的炉灶也有近二十多所，往来奔走服务的仆役有一二百人。

下山后，荤酒狎妓惟所欲，此皆一日事也。若上山落山，客日日至，而新旧客房不相袭，荤素庖厨不相溷，迎送厮役不相兼，是则不可测识之矣。

**【译文】**下山后，人们吃肉喝酒，听戏狎妓，为所欲为，这都是一天之内的事。像这样上山下山的，每天都有客人来，而新旧客房的安排使用却互不冲突，荤食素菜的厨师不相混杂，迎来送往的奴仆分工明确，有条不紊，这就让人无法推测知晓了。

泰安一州与此店比者五六所，又更奇。

【译文】整个泰安州里，可与这家客店相媲美的，就有五六所，这就更让人惊奇了。

# 卷　五

## 范长白<sup>①</sup>

　　范长白园在天平山下<sup>②</sup>，万石都焉。龙性难驯，石皆笋起，傍为范文正墓<sup>③</sup>。园外有长堤，桃柳曲桥，蟠屈湖面<sup>④</sup>，桥尽抵园，园门故作低小，进门则长廊复壁，直达山麓。其缋楼、幔阁、秘室、曲房<sup>⑤</sup>，故故匿之，不使人见也。山之左为桃源，峭壁回湍，桃花片片流出。右孤山，种梅千树。渡涧为小兰亭，茂林修竹，曲水流觞<sup>⑥</sup>，件件有之。竹大如椽，明静娟洁，打磨滑泽如扇骨，是则兰亭所无也。地必古迹，名必古人，此是主人学问。但桃则溪之，梅则屿之，竹则林之，尽可自名其家，不必寄人篱下也。

　　**【注释】**①范长白：即范允临，字长倩，号长白，南直隶苏州府吴县人，相传是范仲淹的后代。明朝进士，官至福建布政司参议。晚居苏州天平山麓，建园林，乐声伎，称神仙中人。工书画，著有《轮廖馆集》。
　　②天平山：在江苏苏州市西，位于灵岩山、支硎山之间。山高顶平，

多林木泉石,有一线天、白云泉、高义园、望湖台等名胜。

③范文正:即范仲淹,字希文,祖籍邠州(今属陕西),移居吴县(今江苏苏州市)。北宋政治家、将领、文学家。真宗大中祥符八年(1015)进士,仁宗康定元年(1040)以龙图阁直学士与韩琦并任陕西经略安抚使,守卫边塞多年。庆历三年(1043)任参知政事,后出任陕西四路宣抚使,于赴颖州途中病卒。赠兵部尚书,楚国公,谥文正,后世称范文正公。著有《范文正公集》二十九卷。范仲淹一生致力于政治改革,同时主张诗文革新,是北宋诗文革新运动的先行者之一。散文以抒发个人政治怀抱的《岳阳楼记》为代表作。

④蟠屈:盘旋屈曲,回环曲折。

⑤缯(zēng)楼:用彩色丝织品装饰的棚架。缯:古代对丝织品的总称。幔阁:挂着帷帐的楼阁。曲房:密室,内室。

⑥曲水流觞:古人饮酒时为助酒兴所进行的一种游戏。将酒杯放在弯曲水渠的上游,任其飘流而下,参与游戏者则环坐渠旁,酒杯停在哪个人附近,便由他取来饮酒。这里指水流弯曲的样子。

【译文】范长白的园子位于天平山下,有数不尽的石头聚集在这里。天平山形似巨龙,一副难以驯服的样子,石头都像笏板一样竖起,园子旁边就是范仲淹的坟墓。园外有长堤,桃柳掩映着弯曲的小桥,盘旋屈曲在湖面上,桥的尽头就是范长白园,园门故意做得又低又小,进门就是长长的走廊与重叠的墙壁,直达天平山脚下。那些缯楼、幔阁、秘室、曲房,故意隐藏在园子里,不让外人看见。天平山的左边是桃源,陡峭的石壁下,回旋着急湍的流水,片片桃花顺水流出。天平山的右边是孤山,种着上千株梅树。渡过溪涧是小兰亭,茂盛的林木,修长的竹子,曲水流觞,兰亭有的这里样样都有。竹子粗壮如椽,明净雅致，打磨得光滑圆润，好像扇骨一样，这些则是兰亭所没有的。园内的景致，必仿古迹，名字也必定是古代名家所取，这就是园主人学识的体现。但是长在溪水边的桃树，小岛上的梅树，树林旁边的竹子，我觉得都可以自己取名，就不必效仿古人了。

余至，主人出见。主人与大父同籍[1]，以奇丑著。是日释褐[2]，大父嬲之曰[3]："丑不冠带，范年兄亦冠带了也。"人传以笑。余亟欲一见。及出，状貌果奇，似羊肚石雕一小猱[4]，其鼻垩颧颐犹残缺失次也[5]。冠履精洁，若谐谑谈笑，面目中不应有此。开山堂小饮，绮疏藻幕，备极华褥，秘阁请讴，丝竹摇飏，忽出层垣，知为女乐。饮罢，又移席小兰亭。

**【注释】**①同籍：同一年考中进士。

②释褐：旧制，新进士必在太学行释褐礼，脱去布衣而换穿官服。后用来比喻做官或进士的及第授官。

③嬲（niǎo）：纠缠，戏弄。

④羊肚石：即海浮石，火山喷发出的岩浆所形成的岩块。小猱（náo）：小猿猴的一种，善于爬树。

⑤鼻垩（è）：典出《庄子·徐无鬼》："郢人垩慢其鼻端，若蝇翼，使匠石斫之。匠石运斤成风，听而斫之，尽垩而鼻不伤，郢人立不失容。"这里指鼻子上有一块白色。颧（quán）颐：颧骨和面颊。

**【译文】**我到了这里，园主人就出来见我。园主人和我的祖父是同一年考中进士的，以奇丑著称。他脱下布衣换上官服举行释褐礼那天，我祖父戏弄他说："人长得丑陋不做官，范年兄还是峨冠博带做官了。"这件事被人们传为笑谈。我急于想见园主人一面。等他出来，相貌果然出奇，好像用羊肚石雕刻成的小猿猴，鼻子上有一块儿白色，颧骨与面颊残缺不全，好像次序错乱了一样。可是他的鞋帽却精洁整齐，好像在诙谐打趣，说他的面貌不该是这副模样。我们在开山堂小酌，窗上雕饰着花纹，窗帷色彩艳丽，极尽华美，隐秘的楼阁传出清亮的歌声，丝竹声悠扬飘逸，歌者忽然从层层矮墙中走出，我才知道这是园中女乐的歌声。喝完酒，我们又将酒席移到小兰亭。

比晚辞去，主人曰："宽坐①，请看'少焉'。"余不解，主人曰："吾乡有缙绅先生，喜调文袋，以《赤壁赋》有'少焉月出于东山之上'句②，遂字月为'少焉'。顷言'少焉'者，月也。"固留看月，晚景果妙。主人曰："四方客来，都不及见小园雪，山石谽谺③，银涛蹴起，掀翻五泄④，捣碎龙湫，世上伟观，惜不令宗子见也。"步月而出，至玄墓⑤，宿葆生叔书画舫中。

**【注释】**①宽坐：请人多坐一会儿的客气话。

②以《赤壁赋》有"少焉月出于东山之上"句：《赤壁赋》为宋苏轼所作，有前、后两篇，为苏轼谪居黄州时，与宾客泛舟赤壁后所写的作品。文中借曹操、周郎之事，兴发万物兴衰消长之理，吐语高妙，是散赋的代表作。"少焉月出于东山之上"出自《赤壁赋》："壬戌之秋，七月既望，苏子与客泛舟，游于赤壁之下。清风徐来，水波不兴。举酒属客，诵明月之诗，歌窈窕之章。少焉，月出于东山之上，徘徊于斗牛之间。"

③谽谺（hān xiā）：山石险峻。

④五泄：位于今诸暨市西北。

⑤玄墓：即玄墓山。在今江苏省苏州市光福镇西南部。相传东晋时的郁泰玄埋葬在这里，因此叫玄墓。

**【译文】**到了晚上，我想告辞离去，园主人说："你再坐一会儿，请你观赏'少焉'。"我不理解他所说的'少焉'是什么，园主人说："我家乡有位做官的先生，喜欢卖弄学识，因为《赤壁赋》有'少焉月出于东山之上'的句子，就把月亮称为'少焉'。刚才我说的'少焉'，就是指月亮。"因他坚持留我一起赏月，我便留了下来，晚上的景色果然妙不可言。园主人说："四方来客，都没能欣赏到小园的雪景，园里山石险峻，银白色的雪花如浪涛卷起，掀翻五泄的瀑布，捣碎龙湫的水帘，这世间奇伟的景观，可惜没能让你见到啊。"我踏着月色走出园子，到了玄墓山，住在葆生叔的书画舫中。

# 于 园

于园在瓜州步五里铺①，富人于五所园也。非显者刺②，则门钥不得出。葆生叔同知瓜州③，携余往，主人处处款之。园中无他奇，奇在磊石。前堂石坡高二丈，上植果子松数棵，缘坡植牡丹、芍药，人不得上，以实奇。后厅临大池，池中奇峰绝壑，陡上陡下，人走池底，仰视莲花，反在天上，以空奇。卧房槛外，一壑旋下，如螺蛳缠④，以幽阴深邃奇。再后一水阁，长如艇子，跨小河，四围灌木蒙丛，禽鸟啾唧，如深山茂林，坐其中，颓然碧窈⑤。

瓜州诸园亭，俱以假山显，胎于石，娠于磥石之手，男女于琢磨搜剔之主人⑥，至于园可无憾矣。

**【注释】**①瓜州步：即瓜州埠。步：同"埠"，停船的码头。

②刺：名帖。

③同知：官名，称副职。宋代中央有同知阁门事、同知枢密院事，府州军亦有同知府事、同知州军事。元明因之。清代唯府州及盐运使置同知，府同知即以同知为官称，州同知称州同，盐同知称盐同。

④螺蛳缠：像螺蛳壳缠扭的样子。

⑤颓然：寂静，寂然。

⑥男女：诞生。

**【译文】**于园位于瓜州埠的五里铺，是富豪于五所的园子。如果不是显贵人士的名帖，园主是不会让人进园的。葆生叔任瓜州同知，就带着我前去，园主人处处殷勤款待。于园中没有其他奇特的地方，奇就奇在垒石上。前堂石坡高达两丈，上面种植了几棵果子松，沿着石坡种植了牡丹、芍药，行人不能上去，石头垒得密密匝匝没有一点缝隙，真是奇观。后厅临着大水池，池里奇峰凸起，绝壁沟壑，陡上陡下，人走在池底，仰望莲花，反而感觉莲花长在天上一般，以空灵飘逸而出奇。卧室栏杆外，一条深谷像螺蛳壳一样缠扭而下，以幽邃深暗而出奇。再后面是一处水阁，如一艘小船般狭长，跨过小河，四周灌木郁郁葱葱，禽鸟啾唧鸣叫不停，好像置身于深山茂林之中，坐在其间，满眼碧绿，寂静而幽远。瓜州的各个园亭，都是凭借假山而出名的，假山以石头为胎，在垒石匠人的手中孕育，在园主人的精巧构思中诞生成长，我能到于园一饱眼福，可说是没有任何遗憾了。

　　仪真汪园[1]，輂石费至四五万[2]，其所最加意者，为"飞来"一峰，阴翳泥泞，供人唾骂。余见其弃地下一白石，高一丈、阔二丈而痴，痴妙；一黑石，阔八尺、高丈五而瘦，瘦妙。得此二石足矣，省下二三万，收其子母[3]，以世守此二石何如？

　　**【注释】**①仪真：地名，在今江苏仪征县。

　　②輂（jú）石：运输石头。輂：古代的一种大马车。这里指运输。

　　③子母：指本利。子：利息。母：本金。

　　**【译文】**仪真的汪园，光是运土石的费用就达到了四五万钱，其中主人最为留意的，就是"飞来"峰，但是汪园阴冷幽暗，道路充满泥泞，让人唾骂。我看见园主人丢弃在地下的一块白石，高一丈、宽两丈，看起来有点憨傻的样子，但是妙就妙在这憨傻上；还有一块黑石，宽八尺、高一丈五，看起来很是瘦弱，但是妙就妙在这瘦弱上。如果能够得到这两块石头，我就心满意足了，省下二三万钱，来作本金，坐收利息，然后用得到的利息世代守护这两块石头，怎么样？

# 诸　工

　　竹与漆与铜与窑，贱工也。嘉兴之腊竹，王二之漆竹，苏州姜华雨之簟箦竹，嘉兴洪漆之漆，张铜之铜，徽州吴明官之窑，皆以竹与漆与铜与窑名家起家，而其人且与缙绅先生列坐抗礼焉①。则天下何物不足以贵人，特人自贱之耳。

【注释】①列坐抗礼：平起平坐，平等对待。列坐：依次而坐。抗礼：行平等的礼。

【译文】竹艺、漆艺、铜艺、窑艺，都是低贱的工艺。嘉兴的腊竹，王二的漆竹，苏州姜华雨的簿篆竹，嘉兴洪漆匠的漆器、张铜匠的铜器、徽州吴明官的窑器，都是凭借竹艺、漆艺、铜艺、窑艺起家成名的，而这些人都能与缙绅先生平起平坐，分庭抗礼了。那么天下还有什么行业能不让人尊贵呢？只不过是人们自轻自贱罢了。

## 姚简叔画①

姚简叔画千古，人亦千古。戊寅②，简叔客魏为上宾。余寓桃叶渡，往来者闵汶水、曾波臣一二人而已。简叔无半面交，访余，一见如平生欢，遂榻余寓。与余料理米盐之事，不使余知。有空，则拉余饮淮上馆，潦倒而归。京中诸勋戚、大老、朋侪、缁衲、高人、名妓与简叔交者③，必使交余，无或遗者。与余同起居者十日，有苍头至，方知其有妾在寓也。简叔塞渊④，不露聪明，为人落落难合，孤意一往，使人不可亲疏。与余交不知何缘，反而求之不得也。

【注释】①姚简叔：即姚允在，浙江绍兴人。善于山水画。

②戊寅：即崇祯十一年（1638）。

③勋戚：有功勋的皇亲国戚。大老：德高望重的老人。朋侪：同辈的朋友。缁衲：僧衣。借指僧侣。高人：多指隐士。

④塞渊：谓笃厚诚实，见识深远。

【译文】姚简叔的画流传千古，其人也是千古难寻。戊寅年，简叔客居于魏国公府上，被尊为上宾。我寓居于桃叶渡，与我往来的只有闵汶水、曾波臣这一两个人而已。简叔和我从未谋面，可是他拜访我时，一见面就像平生挚友一般，于是便住在我的寓所。帮我料理柴米油盐之事，还不让我知道。一有空儿，他就拉着我到秦淮河边的酒馆喝酒，直到大醉而归。京城中有功勋的皇亲国戚、德高望重的老人、同辈朋友、僧侣、隐士、名妓等，但凡与简叔交往的，一定让他们和我结交，没有任何遗漏。他和我一起住了十天，有老仆过来，我才知道他的小妾还在寓所里。简叔笃厚诚实，见识深远，却不耍小聪明，他为人落落寡欢，一意孤行，让人觉得很难亲近。他和我交往，不知是何原因，反而是求之不得。

访友报恩寺，出册叶百方，宋元名笔。简叔眼光透入重纸，据梧精思①，面无人色。及归，为余仿苏汉臣一图②：小儿方据澡盆浴，一脚入水，一脚退缩欲出；宫人蹲盆侧，一手掖儿，一手为儿擤鼻涕；旁坐宫娥，一儿浴起伏其膝，为结绣裾③。一图，宫娥盛妆端立有所俟，双鬟尾之④；一侍儿捧盘，盘列二瓯，意色向客；一宫娥持其盘，为整茶锹⑤，详视端谨。复视原本，一笔不失。

**【注释】**①据梧：靠着梧几。

②苏汉臣：汴京人，北宋画家，作品有《五瑞图》《秋庭戏婴图》《婴戏图》《击乐图》等。

③绣裰（jū）：绣花短衣。出自《后汉书·光武帝纪》："时三辅吏士东迎更始，见诸将过，皆冠帻，而服妇人衣，诸于绣裰，莫不笑之，或有畏而走者。"

④双鬟：旧时女童于头两侧梳双发髻，因此以双鬟作为女童的代称。白居易《续古诗》："窈窕双鬟女，容德俱如玉。"

⑤茶锹：切茶用的茶匙。

**【译文】**我们到报恩寺访友，朋友拿出一百多张书画册页，都是宋元两代名家手笔。简叔的眼光穿透重重纸张，靠着梧几用心思考，脸色不同常人。回家后，他为我仿画了苏汉臣的画：其中一幅是一个小孩子正踏进澡盆洗澡，一只脚站在水里，一只脚退缩着想出来；宫人蹲在澡盆旁，一手扶着小孩儿，一手为小孩儿擤鼻涕；旁边还坐着一个宫女，一个刚洗完澡的小孩儿趴在她的膝上，宫女正为他穿绣花短衣。另一幅画是一位宫娥盛装打扮端立一旁，好像在等待什么，一个女童尾随其后；一个侍儿手捧托盘，盘上摆着两个茶杯，看神情好像是给客人准备的；一位宫女手里拿着盘子，正在整理茶匙，她仔细端详着，一副谨慎谦恭之貌。我又仔细查看苏汉臣的原本，简叔的仿作竟然一笔不差。

# 炉峰月①

　　炉峰绝顶，复岫回峦，斗耸相乱，千丈岩陬牙横梧②，两石不相接者丈许，俯身下视，足震慑不得前。王文成少年曾趵而过③，人服其胆。余叔尔蕴以毡裹体④，缒而下⑤，余挟二樵子，从壑底扙而上⑥，可谓痴绝。

　　【注释】①炉峰：即香炉峰，会稽山诸峰之一，与大禹陵所在的会稽山相连。相传山上有"金简玉字之书"，夏禹发之，得"知山河体势"，终于治平洪水。

　　②陬（zōu）牙横梧：山石横斜交错的样子。语出宋玉《高唐赋》"陬互横梧，背穴偃蹼。交加累积，重叠增益。"

　　③王文成：即王守仁，字伯安，号阳明，谥文成，浙江余姚人。明朝思想家、文学家、教育家，南京吏部尚书王华的儿子。趵（bào）：跳跃。

　　④尔蕴：作者张岱的七叔张烨芳，字尔蕴，号七磬。

　　⑤缒（zhuì）：用绳索拴住人或物从上往下放。

　　⑥扙（wǎ）：爬。

　　【译文】香炉峰的最高处，山峦回环起伏，杂乱耸立，千丈岩横斜交错，两块岩石间的距离有一丈多，俯身向下看去，吓得双脚动弹不得，不敢往前迈进一步。王守仁年少时曾从此处一跃而过，人们都佩服他的胆量。我的叔叔张尔蕴用毡子裹住身体，让人用绳索拴住从上面放下来，我是被两个樵夫挟持着，从谷底往上攀爬，真是傻到了极点。

丁卯四月<sup>①</sup>，余读书天瓦庵<sup>②</sup>。午后同二三友人绝顶，看落照。一友曰："少需之，俟月出去。胜期难再得，纵遇虎，亦命也。且虎亦有道，夜则下山觅豚犬食耳，渠上山亦看月耶？"语亦有理，四人踞坐金简石上<sup>③</sup>。

**【注释】**①丁卯：即天启七年（1627）。

②天瓦庵：在表胜庵下，背负绝壁。

③金简石：石头上刻有帝王的诏书。金简：金质的简册。常指道教仙简或帝王诏书。

**【译文】**丁卯年四月，我在天瓦庵读书。午后同两三个朋友一起攀登香炉峰顶峰，看落日余晖。一位朋友说："稍等一会儿，等月亮出来我们再回去。这样美好的日子很难再拥有，纵使遇到了老虎，也是我们命中注定的。何况老虎也有自己的出入规律，它们只是在夜晚下山去寻找猪狗作为自己的食物，又怎会也上山来赏月呢？"这话说得很有道理，我们四人便踞坐在金简石上。

是日，月政望<sup>①</sup>，日没月出，山中草木都发光怪，悄然生恐。月白路明，相与策杖而下。行未数武<sup>②</sup>，半山嗷呼<sup>③</sup>，乃余苍头同山僧七八人，持火燎、翰刀、木棍<sup>④</sup>，疑余辈遇虎失路，缘山叫喊耳。余接声应，奔而上，扶掖下之。

**【注释】**①政望：农历十五。

②数武：几步。

③嗷（jiào）呼：大喊大叫。嗷：同"叫"。

④鞓（wēng）刀：藏在筒靴里的短刀。

【译文】这一天，正赶上满月，太阳刚落山，月亮就升起来了，山里的草木都发出奇怪的光，四周悄然无声，让人心生恐惧。月色皎洁，道路通明，我们一起拄着拐杖下山。还没走几步，半山腰上就传来大喊大叫声，原来是我的仆人和七八个山僧，拿着火把、短刀、木棍，他们怀疑我们几人碰上老虎，迷了路，就沿着山路大声叫喊。我接声回应，他们飞奔而来，搀扶着我们向山下走去。

次日，山背有人言："昨晚更定①，有火燎数十把，大盗百余人，过张公岭，不知出何地？"吾辈匿笑不之语。谢灵运开山临澥②，从者数百人，太守王琇惊骇，谓是山贼，及知为灵运，乃安。吾辈是夜不以山贼缚献太守，亦幸矣。

【注释】①更定：指初更后，也就是晚八点左右。

②澥（xiè）：靠陆地的海湾。

【译文】第二天，后山有人说："昨晚更定时分，有几十支火把，一百多个大盗，从张公岭经过，不知他们从哪里来的？"我们偷笑不语。从前谢灵运在临近海湾处开山，跟随他的有几百人，太守王琇十分害怕，以为是山贼，等知道是谢灵运一行人时，才安下心来。我们几个昨晚没被当成山贼绑着献给太守，也是很幸运了。

# 湘　湖①

　　西湖，田也而湖之，成湖焉；湘湖，亦田也而湖之，不成湖焉。湖西湖者，坡公也，有意于湖而湖之者也；湖湘湖者，任长者也，不愿湖而湖之者也。任长者，有湘湖田数百顷，称巨富。有术者相其一夜而贫，不信。县官请湖湘湖，灌萧山田，诏湖之，而长者之田一夜失，遂赤贫如术者言。

　　**【注释】**①湘湖：位于杭州市萧山区城西，与西湖、钱塘江构成杭州旅游风景的金三角。

　　**【译文】**西湖，原来是田地，后来挖田引水，才成为湖；湘湖，原来也是田地，想挖田为湖，却没有成为湖。建西湖的是苏轼，他有意建一个湖，于是就有了西湖；把湘湖建成湖的是任长者，他是不情愿建湖的，却最终建成了湘湖。任长者有数百顷湘湖田，被称为巨富。有懂相术之人给他看相，说他会在一夜之间变穷，任长者不信。县官请他开掘疏浚湘湖，以灌溉萧山的田地，发布告示要把田地变为湖泊，任长者在一夜之间失去了所有田地，于是变得一贫如洗，正如那位算命先生所言。

　　今虽湖，尚田也，不下插板，不筑堰，则水立涸。是以湖中水道，非熟于湖者不能行咫尺。游湖者坚欲去，必寻湖中小船与湖中识水道之人，溯十阏三，鲠咽不之畅焉。湖里外锁以桥，里湖愈佳。盖西湖止一湖心亭为眼中黑子，湘湖皆小阜、小墩、小山，乱插水面，四围山趾，棱棱砺砺，濡足入水，尤为奇峭。

【译文】如今湘湖虽然成了湖，实际上还是田地，如果湘湖不下插板，不修筑土堰，湖水就会很快干涸。所以湖里的水道，如果不是对湘湖很熟悉的掌舵者，就不能在湖中行走半分。如果游览的人坚持前往，就要找湖中的小船和认识湘湖水路的人，否则逆流而上十里，就会有三里处于淤堵状态，将被阻塞在咽喉之地，水路不畅通。里湖和外湖用小拱桥连接，里湖景色更佳。大概西湖只有一座湖心亭，看起来好像眼中的黑眸，湘湖却到处是小岛、小土墩、小山，它们胡乱插在水面，四周的山脚下，怪石嶙峋，层层叠叠，浸润于水中，尤其显得奇险峭拔。

余谓西湖如名妓，人人得而媟亵之①；鉴湖如闺秀，可钦而不可狎；湘湖如处子，眠娗羞涩②，犹及见其未嫁时也。此是定评，确不可易。

【注释】①媟（xiè）亵：轻薄，猥亵。
②眠娗（shì tǐng）：腼腆，羞涩。
【译文】我觉得西湖就像名妓一样，人人都能得到她猥亵她；鉴湖好像名门闺秀，可以远观钦美却不可以亲近她；湘湖就像妙龄处子，看上去腼腆而羞涩，好像见到她未出嫁时的模样。这是确定的评价，实在不容改变。

# 柳敬亭说书①

南京柳麻子,黧黑②,满面疤瘰③,悠悠忽忽,土木形骸④,善说书。一日说书一回,定价一两。十日前先送书帕下定⑤,常不得空。南京一时有两行情人:王月生、柳麻子是也。

【注释】①柳敬亭:名逢春,秦州人,本姓曹,为避仇家而流落江湖,休于柳下,改姓柳。曾入左良玉幕府,良玉败,又游松江马提督军中,终不得志。明末著名说书人。

②黧(lí)黑:谓脸色黑。

③疤瘰(bā lěi):麻斑,疤痕。瘰:皮肤上起的鸡皮疙瘩。

④悠悠忽忽,土木形骸:指以本来面目出现。语出《世说新语·容止》"留伶身长六尺,貌甚丑悴,而悠悠忽忽,土木形骸。"

⑤书帕下定:送请帖下定金预约时间。

【译文】南京有个柳麻子,面色黝黑,满脸都是麻斑疤痕,悠闲随意,不修边幅,擅长说书。他每天说书一次,要价是一两银子。请他说书需在十天前送请帖下定金预约时间,但他常常没空儿。南京城当时有两位当红艺人:就是王月生和柳麻子。

余听其说《景阳冈武松打虎》白文①,与本传大异②。其描写刻画,微入毫发,然又找截干净,并不唠叨。勃夬声如巨钟③,说至筋节处④,叱咤叫喊,汹汹崩屋。武松到店沽酒,店内无人,暑地一吼⑤，店中空缸空甓皆瓮瓮有声。闲中着色，细微至此。主人必屏息静坐，倾耳听之，彼方掉舌。稍见下人咕哔耳语⑥，听者欠伸有倦色，辄不言，故不得强。每至丙夜⑦，拭桌剪灯，素瓷静递，款款言之，其疾徐轻重，吞吐抑扬，入情入理，入筋入骨，摘世上说书之耳，而使之谛听，不怕其不齰舌死也⑧。

**【注释】**①白文：只说文，不加弹唱。

②本传：《水浒传》原文。

③勃夬（guài）：形容声音洪亮有力。

④筋节：比喻文章、书法或言辞重要而有力的转折连接处。

⑤暋（bó）：大声喊叫。

⑥咕（tiè）哔：低声说话。

⑦丙夜：三更或半夜的时候。

⑧齰（zé）：咬。

**【译文】**我听柳麻子讲《景阳冈武松打虎》的说白，与《水浒传》原文完全不一样。他对人物的描写刻画，细致入微，直接了当，一点儿都不唠叨。他的声音洪亮有力好像巨钟鸣响，说到关键转折处，便叱咤叫喊，气势汹汹，好像要把房屋震塌一般。说到武松到客店买酒那一段，武松见店内空无一人，大吼一声，店里的空缸和空甓都瓮瓮作响。在无关紧要处都能如此润色，竟然细微到了这种地步。听书的主人定要屏气凝神，静静地坐在那里侧耳倾听，他才开始说书。稍微看见台下的人低声耳语，或者听书的人打呵欠面露倦色，他就不再说话了，没有人能勉强他。每到半夜时分，他擦拭桌子，剪掉灯芯，端着白色的瓷杯静静喝水，然后款款而谈，他的语调或徐或疾或轻或重，吞吐抑扬, 合情合理, 入筋入骨, 如果把这世上所有说书人的耳朵都摘下来听柳麻子说书, 他们恐怕都会万分惭愧, 甚至咬舌自尽了吧。

柳麻子貌奇丑, 然其口角波俏[①], 眼目流利, 衣服恬静, 直与王月生同其婉娈[②], 故其行情正等。

【注释】①口角波俏: 伶牙俐齿。口角: 说话的技巧。波俏: 伶俐。
②婉娈: 年轻美好。

【译文】柳麻子相貌奇丑无比, 但是他伶牙俐齿, 目光流转, 犀利有神, 他的衣服干净整洁, 简直和王月生的温婉秀美一样难得, 所以他们两人的行情也是相当的。

# 樊江陈氏桔[①]

樊江陈氏, 辟地为果园, 枸菊围之。自麦为蒟酱[②], 自秫酿酒, 酒香洌, 色如淡金蜜珀, 酒人称之。自果自蓏[③], 以螫乳醴之为冥果[④]。

【注释】①樊江: 地名, 在浙江绍兴。
②蒟(jǔ)酱: 以蒟子制成的酱, 可用来调食, 有辣味。
③蓏(luǒ): 草本植物的果实。
④螫(shì)乳: 蜂蜜的别名。冥果: 一种青果蜜饯。

【译文】樊江的陈氏, 开辟了一块地做果园, 四周种了枸杞和菊花作为围栏。他用自家种的麦子制作蒟酱，用自家种的粘高粱酿酒，酿成的酒清香甜美，酒色好似淡金色的蜜珀，饮酒之人都对其赞不绝口。陈氏自己种果种蔬，用蜂蜜浸泡制成青果蜜饯。

树谢橘百株①，青不撷②，酸不撷，不树上红不撷，不霜不撷，不连蒂剪不撷。故其所撷，橘皮宽而绽，色黄而深，瓤坚而脆，筋解而脱，味甜而鲜。第四门、陶堰、道墟以至塘栖，皆无其比。

【注释】①谢橘：产于浙江的一种橘子。

②撷（xié）：摘下。

【译文】陈氏种了上百株谢橘，颜色发青的不采，带酸味的不采，不是在树上自然红的不采，没经过霜打的不采，不连着果蒂的不采。所以他采摘的橘子，橘皮宽厚饱绽，颜色深黄，果瓤坚脆，一扯筋络橘瓣就脱离，果味香甜而新鲜。第四门、陶堰、道墟乃至塘栖的橘子，都不能与陈氏之橘相媲美。

余岁必亲至其园买橘，宁迟、宁贵、宁少。购得之，用黄砂缸藉以金城稻草或燥松毛收之①。阅十日，草有润气，又更换之。可藏至三月尽，甘脆如新撷者。

【注释】①金城稻：即潮州稻。松毛：干燥的松针。

【译文】我每年必定亲自到他家果园去买橘子，宁愿买迟，宁愿买贵，宁愿少买。一旦买上陈氏橘，我就在黄砂缸底铺一些金城稻草，或干燥的松针把橘子收藏起来。过十天，稻草渐渐有了湿气，就换一些新的稻草。这样就能收藏到三月底，橘子甘甜清脆，好像新采摘下来的一样。

枸菊城主人橘百树，岁获绢百匹，不愧木奴①。

**【注释】**①木奴：即柑橘。《三国志·吴志·孙休传》"丹阳太守李衡。"裴松之注引晋习凿齿《襄阳记》："李衡于武陵龙阳泛洲上作宅，种甘橘千株。临死，敕儿曰：'汝母恶我治家，故穷如是。然吾州里有千头木奴，不责汝衣食，岁上一匹绢，亦可足用耳……吴末，衡甘橘成，岁得绢数千匹，家道殷足。'"后因称柑橘树为"木奴"。

**【译文】**枸菊城主人种了一百株橘树，每年卖橘子就能获得一百匹绢帛，橘树被称为木奴也算当之无愧了。

# 治沅堂

古有拆字法。宣和间①，成都谢石拆字②，言祸福如响。钦宗闻之③，书一"朝"字，令中贵人持试之。石见字，端视中贵人曰④："此非观察书也。"中贵人愕然。石曰："'朝'字离之为'十月十日'，乃此月此日所生之天人，得非上位耶？"一国骇异。

**【注释】**①宣和：宋朝徽宗年号。

②谢石：北宋成都人，字润夫。擅长方术，以测字闻名。

③钦宗：即宋钦宗赵桓，宋朝第九位皇帝，北宋末代皇帝。

④中贵人：受宠显贵的内臣、宦官。

【译文】古人有拆字占卜的方法。北宋宣和年间，成都的谢石善于拆字，他预测人的祸福准确无误。宋钦宗听说后，就写了一个"朝"字，让宦官拿去测试。谢石看着这个字，仔细端详着宦官说："这不是大人您的手笔啊。"宦官感到惊讶。谢石说："'朝'字拆开后是'十月十日'，这个字是此月此日出生的天人写的，难不成是皇上？"这件事传开后，举国上下无不感到惊异。


吾越谢文正厅事名"保锡堂"①，后易之他姓。主人至，亟去其匾，人问之，曰："分明写'呆人易金堂'。"朱石门为文选署中额"典劇"二字②，继之者顾诸吏曰："尔知诸公意乎？此二字离合言之，曰：'曲处曲处，八刀八刀'耳。"歙许相国孙志吉为大理评事③，受魏珰指④，案卖黄山⑤，势张甚，当道媚之，送一匾曰"大卜于门"。里人夜至，增减其笔划凡三：一曰"天下未闻"；一倒读之曰"阉手下犬"；一曰"太平拿问"。后直指提问，械至太平⑥，果如其言。


【注释】①谢文正：字于乔，号木斋，谥号文正。浙江绍兴府余姚人。明代中期著名阁臣，著有《归田稿》等。

②朱石门：即朱敬循。字石门，朱赓的儿子，作者张岱的舅祖。

③许相国：即许国，安徽歙县人。任职内阁大学士。志吉：许相国的孙子许志吉。不做好事，后被处决。评事：职官名。汉设立廷尉平，隋改为评事，为评决刑狱的官吏，到清末才废除。

④魏珰：即宦官魏忠贤。珰（dāng）：宦官帽子上的玉质饰物。后直指宦官。

⑤案卖黄山：指的是许志吉在查办黄山一案时贪赃枉法。《明史·魏忠贤传》载："编修吴孔嘉与宗人吴养春有仇，诱养春仆告其主隐占黄山，养春父子瘦死。忠贤遣主事吕下问、评事许志吉先后往徽州籍其家，株蔓残酷。"

⑥太平：即太平府。明、清两代的一个府，在今安徽马鞍山和芜湖一带。

**【译文】**浙江谢文正的府第名为"保锡堂"，后来换了主人。主人一来，就撤下"保锡堂"这个牌匾，有人问他原因，他说："这块匾分明写着'呆人易金堂'。"朱石门为文选署的中堂书写了牌匾"典劇"二字，继任的官员看了牌匾对众官吏说："你们知道朱公写这个牌匾的意图吗？这二字拆开，即为'曲处曲处，八刀八刀'。"歙人许相国的孙子许志吉任大理评事，受宦官魏忠贤指使，查办私卖黄山一案，气焰嚣张，当地官员对他百般谄媚巴结，送上一块写着"大卜于门"的牌匾。乡里人深夜来到这里，将上面字的笔划加减了三次：一次改成"天下未闻"，一次倒着读是"阉手下犬"，一次改成"太平拿问"。后来，朝廷直接派人提审，许志吉戴着枷锁被带到太平府，真的像匾上写的那般。

凡此数者皆有义味。而吾乡缙绅有名"治沅堂"者，人不解其义，问之，笑不答，力究之，缙绅曰："无他意，亦止取'三台三元'之义云耳①。"闻者喷饭。

**【注释】**①三台：即三公。古代中央三种最高官衔的合称。三元：

指科举乡试、会试和殿试的第一名，即解元、会元和状元；明代又指殿试的前三名，即状元、榜眼、探花。

**【译文】**这几个例子都很有意义。可是我家乡有一户缙绅之家，有一个牌匾写着"治沅堂"，人们不太理解其中的含义，就问他，他却笑而不答，再三追问，缙绅说："也没有别的意思，只是取'三台三元'之意罢了。"听到这样解释的人直接笑得喷饭了。

# 虎丘中秋夜①

虎丘八月半，土著流寓、士夫眷属、女乐声伎、曲中名妓戏婆、民间少妇好女、崽子娈童及游冶恶少、清客帮闲、傒僮走空之辈②，无不鳞集。自生公台、千人石、鹤涧、剑池、申文定祠③下，至试剑石、一二山门④，皆铺毡，席地坐，登高望之，如雁落平沙，霞铺江上。

**【注释】**①虎丘：山名。位于江苏省吴县西北，为吴王阖闾埋葬处，是苏州的名胜。

②傒僮：童仆。帮闲：被有钱人雇用标榜风雅的文人。

③生公台：相传晋末高僧竺道生在这里讲经说法，至微妙处，石皆点头。千人石：石名。在今江苏省苏州市虎丘山剑池旁。相传南朝梁高僧生公曾说法于此。鹤涧：地名。在苏州虎丘。剑池：在苏州虎丘千人石附近。申文定：即申时行。字汝默，号瑶泉，谥文定。明代大臣。嘉靖

四十一年殿试第一名，获状元。曾任翰林院修撰、首辅、太子太师、中极殿大学士等。

④试剑石：石名。在江苏省苏州市虎丘。传说吴王曾试剑于此。

【译文】虎丘的八月十五，土生土长的当地人与客居此地之人、士大夫及其家眷、女乐声伎、妓院名妓、戏婆、民间少妇、妙龄女子、小男孩、美少年、游手好闲的恶少、豪门清客、帮闲文人、童仆和骗子之流，无不群集于此。从生公台、千人石、鹤涧、剑池、申文定祠一直往下，到试剑石、第一道山门、第二道山门，都铺着毡子，人们席地而坐，站在高处远望他们，好像平沙落雁，彩霞铺满江面。


天暝月上，鼓吹百十处，大吹大擂，《十番铙钹》①，《渔阳掺挝》②，动地翻天，雷轰鼎沸，呼叫不闻。更定，鼓铙渐歇，丝管繁兴，杂以歌唱，皆"锦帆开""澄湖万顷"同场大曲③，蹲踏和锣丝竹肉声④，不辨拍煞⑤。更深，人渐散去，士夫眷属皆下船水嬉，席席征歌，人人献技，南北杂之，管弦迭奏，听者方辨句字，藻鉴随之。


【注释】①《十番铙钹》：即《十番锣鼓》，民间打击乐。十番：一种大合奏音乐。所用乐器随时间、地点的变更而不同，亦不限十种。可分为粗十番和细十番两种，前者主要为打击乐器，如锣鼓、钹、木鱼等；后者主要为管弦乐器，如笙、笛等。铙钹：一种打击乐器。古称铜钹、铜盘、铜钵。其围数寸，隐起如浮沤，贯之以韦，相击以和乐。隋唐燕乐法曲中，有"铙钹"相和之乐。

②《渔阳掺挝》：鼓曲。南朝宋刘义庆《世说新语·言语》："祢衡

被魏武帝谪为鼓吏，正月半试鼓。衡扬枹为渔阳掺挝，渊渊有金石声，四坐为之改容。"也作《渔阳掺》。

③锦帆开：出自《浣溪沙·打围》"锦帆开，牙墙动，百花洲，清波涌"。澄湖万顷：出自《浣溪沙·采莲》"澄湖万顷，见花攒锦绣"。

④肉声：没有乐器伴奏的清唱。

⑤拍煞：节奏。

【译文】天色渐暗，明月开始升起，击鼓吹奏的地方有百十来处，人们大吹大擂，《十番锣鼓》吹打起来，《渔阳掺挝》演奏起来，动地翻天，有如雷轰鼎沸，就连彼此呼叫的声音都听不到了。更定时分，鼓声和铙声渐渐停歇，丝弦管乐之声水渐起，夹杂着人们的歌声，大都是"锦帆开，澄湖万顷"这种多人一起合唱的曲子，喧哗嘈杂声、锣声、丝竹声、弦乐声、没有伴奏的演唱声混杂在一起，分不清节奏。夜深之时，人们才渐渐散去，士大夫和他们的眷属都乘船嬉水，每席都在唱歌，人人都在献技，南腔北调相互夹杂，管乐弦乐轮流演奏，听曲的人刚刚辨别出其中的字句，就开始品鉴。

二鼓人静，悉屏管弦，洞萧一缕，哀涩清绵，与肉相引，尚存三四，迭更为之。三鼓，月孤气肃，人皆寂阒①，不杂蚊虻。一夫登场，高坐石上，不箫不拍，声出如丝，裂石穿云，串度抑扬，一字一刻。听者寻入针芥②，心血为枯，不敢击节，惟有点头。然此时雁比而坐者，犹存百十人焉。使非苏州，焉讨识者！

【注释】①寂阒（qù）：寂静无声。
②针芥：细针和小草，指极细小的事物。

**【译文】**二鼓过后，夜深人静，管乐弦乐全部止息，只有洞箫一缕，哀涩清悠，延绵不绝，与歌声相和，整个虎丘，还存有三四处这样的场景，乐声与人声交替和鸣。三鼓以后，孤月挂在天空，天气凉爽宜人，人人寂静，就连蚊虻都消失得无影无踪。就在此刻，一男子上场，他高高地坐在石头上，不吹箫，不打节奏，发出的声音有时细若游丝，有时裂石穿云，连绵起伏抑扬顿挫，每一个字都让人刻骨铭心。听众很快便体会到歌声细微之处的精妙，好像要为之耗尽心血，不敢打拍子应和，只能不停点头称赞。这时像大雁一样并排而坐的人，竟然还有百十人。如果不是在苏州，哪能找到如此知音！

# 麋　公①

万历甲辰②，有老医驯一大角鹿，以铁钳其趾，设鲛韄其上③，用笼头衔勒，骑而走，角上挂葫芦药瓮，随所病出药，服之辄愈。家大人见之喜，欲售其鹿，老人欣然，肯解以赠，大人以三十金售之。五月朔日，为大父寿，大父伟硕，跨之走数百步，辄立而喘，常命小傒笼之，从游山泽。

**【注释】**①麋公：陈继儒，字仲醇，号眉公、麋公，松江府华亭人。明朝文学家、画家。皇帝多次诏征，都称病推辞。有《梅花册》《云山卷》《小窗幽记》等。

②万历甲辰：即明万历三十二年（1604）。

③鲛鞴（xiǎn）：鲛鱼皮制成缚系马鞍的皮带。鞴：绕在马腹下，用来缚系马鞍的皮带。

【译文】万历甲辰年，有位老医生驯养了一头大角鹿，他用铁钳套住鹿的脚趾，在鹿背上安置了鲛鱼皮制成的缚系马鞍的皮带，给鹿戴上笼头，鹿嘴里放上嚼子，老医生骑在鹿背上行走，鹿角上挂着葫芦药瓮，只要有人生病，就依照患者的病情下药，服下药就会痊愈。我父亲见到鹿很是喜欢，想买下这头鹿，老人欣然应允，愿意把鹿送给父亲，父亲花了三十金买下那头鹿。五月初一，是祖父寿辰，祖父高大健硕，骑在鹿背上走了几百步，鹿停下来不停喘气，祖父常让童仆牵着鹿，跟着他一起游历名山大川。

次年，至云间①，解赠陈眉公。眉公羸瘦，行可连二三里，大喜。后携至西湖六桥、三竺间②，竹冠羽衣，往来于长堤深柳之下，见者啧啧，称为"谪仙"。后眉公复号"麋公"者，以此。

【注释】①云间：松江府的别称。现在上海松江县一带。因西晋文学家陆云（字士龙，家在松江府治所在地华亭）对客自称云间陆士龙而得名。

②西湖六桥：即杭州西湖外湖苏堤上的六桥：映波、锁澜、望山、压堤、东浦、跨虹。宋苏轼所建。亦指西湖里湖之六桥：环璧、流金、卧龙、隐秀、景行、浚源。明杨孟瑛所建。参阅明田汝成《西湖游览志·孤山三堤胜迹》。三竺：杭州灵隐山飞来峰东南的天竺山，有上天竺、中天竺、下天竺三座寺院，合称"三天竺"，简称"三竺"。

【译文】第二年，祖父带着鹿到了云间，解囊相赠，将此鹿送给了陈眉公。眉公身体瘦弱，骑在鹿背上，能连着走二三里路，很是喜欢。

后来眉公带着鹿来到西湖六桥、三竺寺之间，他戴着竹叶帽，穿着羽衣，往来于长堤深柳之下，看到的人都啧啧称赞，称其"谪仙"。后来眉公又号"麋公"，就是因为此鹿。

# 扬州清明

扬州清明，城中男女毕出，家家展墓①。虽家有数墓，日必展之。故轻车骏马，箫鼓画船，转折再三，不辞往复。监门小户亦携餻核纸钱，走至墓所，祭毕，席地饮胙。自钞关、南门、古渡桥、天宁寺、平山堂一带②，靓妆藻野，祄服缛川③。随有货郎，路旁摆设骨董古玩并小儿器具。博徒持小杌坐空地④，左右铺袑衫半臂⑤，纱裙汗帨⑥，铜炉锡注、瓷瓯漆奁，及肩甗鲜鱼、秋梨福橘之属，呼朋引类，以钱掷地，谓之"跌成"⑦，或六或八或十，谓之"六成""八成""十成"焉。百十其处，人环观之。

**【注释】**①展墓：省视坟墓。

②钞关：古代按载货的数量和路途远近，令舟船缴纳货税的地方。天宁寺：寺名。在扬州城北。平山堂：地名。在今江苏扬州市西北瘦西湖北蜀冈上，宋代欧阳修所建。因登堂可以望见江南诸山。故名平山堂。

③祄（xuàn）服缛（rù）川：黑色的礼服繁密的彩饰遍布山川。祄服：黑色的礼服。缛：繁密的彩饰。

④小杌〔wù〕：小凳子。

⑤衵〔rì〕衫：贴身衣衫。

⑥汗帨〔shuì〕：旧时妇女擦汗的佩巾。

⑦跌成：古代赌博戏的一种。以钱为赌具，掷钱为戏，以字（钱上有字的一面）幕（钱上无字的一面）定输赢。

**【译文】**扬州清明节这天，城里的男女全都出去，家家户户都去扫墓。即便一家有好几块坟地，清明节这天也必须全都祭扫完毕。所以陆地上有轻车骏马，水中有箫鼓画船，三番五次回旋盘桓，不辞辛劳地往返奔波。就连那些替富人看门的小户人家也带着酒菜、坚果、纸钱，去墓地祭祖，祭拜完毕，就席地而坐享用祭品。从钞关、南门、古渡桥、天宁寺到平山堂一带，漂亮的妆容点缀着田野，黑色的礼服、繁密的彩饰，遍布山川。到处都是货郎，他们在路旁摆着古董古玩、小儿玩具。有些赌徒拿着小凳坐在空地上，两边铺着贴身衣衫、半袖衫、纱布裙子、妇女擦汗的佩巾，铜制的火炉，锡制的水壶，瓷瓯，漆盒等日常用品，以及猪肘、鲜鱼、秋梨、福橘之类的小吃，赌徒呼朋引伴，把钱扔在地上，这种赌博玩法叫"跌成"。有人出六钱有人出八钱有人出十钱，称为"六成""八成""十成"。大约有百十处这样赌博的地方，人们都围在一起观看。

是日，四方流寓及徽商、西贾，曲中名妓①，一切好事之徒，无不咸集。长塘丰草，走马放鹰；高阜平冈，斗鸡蹴鞠；茂林清樾，劈阮弹筝②。浪子相扑，童稚纸鸢，老僧因果，瞽者说书，立者林林，蹲者蛰蛰③。日暮霞生，车马纷沓。宦门淑秀，车幕尽开，婢媵倦归④，山花斜插，臻臻簇簇，夺门而入。

【注释】①流寓：在异乡日久而定居。西贾：晋商。

②阮：一种弦乐器，柄长而直，略象月琴，四根民弦，现亦有三根弦的。传说因晋代阮咸善弹此乐器而得名。简称"阮"。

③蛰蛰：形容众多。

④婢媵（yìng）：犹婢妾。

【译文】这天，四方流寓之人以及安徽、山西的商人，青楼名妓，以及一切好事之徒，都聚集到这里。长塘草地茂盛，人们跑马放鹰；在高丘或者平冈上，人们斗鸡踢球；茂密的树林中清荫蔽日，人们在此拨阮弹筝。浪荡青年玩着相扑，儿童放飞风筝，老僧谈论世间因果，盲人演练说书，站着的人林林总总，蹲着的人密密麻麻。临近傍晚彩霞漫天，车马纷繁杂乱。官宦人家的贤良闺秀，把车帷全部拉开，婢妾们疲倦而归，山花斜插在头上，众人簇拥而行，夺门而入。

余所见者，惟西湖春、秦淮夏、虎丘秋，差足比拟。然彼皆团簇一块，如画家横披①；此独鱼贯雁比，舒长且三十里焉，则画家之手卷矣。南宋张择端作《清明上河图》②，追摹汴京景物，有西方美人之思③，而余目盱盱④，能无梦想。

【注释】①横披：横向吊挂的字画。

②张择端：北宋绘画大师。字正道，琅琊东武人，宋徽宗时供职翰林图画院，作品有《清明上河图》《金明池争标图》等。

③西方美人：出自《诗经·邶风·简兮》"山有榛，隰有苓。云谁之思？西方美人。彼美人兮，西方之人兮。"作者张岱借此表达对国家的思念。

④盱（xū）盱：睁眼直视的样子。

【译文】我所见到的各种风景中，惟有西湖的春天、秦淮的夏天、虎丘的秋天，相比之下能和这里的清明踏青相提并论。可是那些景致都是紧凑在一块儿，就好像画家横向吊挂的字画；但是扬州的清明节却有如鱼贯龙门、雁列长空一般，舒展着长长的队列，大约有三十多里，就像画家画成的手卷一样。南宋张择端作的《清明上河图》，追忆描摹着汴京的景物，有着对故国的思念，而我眼睁睁地看着这扬州风景，难道就就没有梦想吗？

# 金山竞渡①

看西湖竞渡十二三次，己巳竞渡于秦淮②，辛未竞渡于无锡③，壬午竞渡于瓜州④、于金山寺。西湖竞渡，以看竞渡之人胜，无锡亦如之。秦淮有灯船无龙船，龙船无瓜州比，而看龙船亦无金山寺比。瓜州龙船一二十只，刻画龙头尾，取其怒；旁坐二十人持大楫，取其悍；中用彩篷，前后旌幢绣伞，取其绚；撞钲挝鼓⑤，取其节；艄后列军器一架，取其锷⑥；龙头上一人足倒竖，敁敠其上⑦，取其危；龙尾挂一小儿，取其险。

【注释】①竞渡：竞相渡过，指划船比赛。

②己巳：即崇祯二年（1629）。

③辛未：即崇祯四年（1631）。

④壬午：即崇祯十五年（1642）。

⑤钲（zhēng）：古代的一种乐器，铜制，形似钟而狭长，有长柄可执，口向上以物击之而鸣，在行军时敲打。

⑥锷（è）：刀剑的刃。这里形容军器锋利。

⑦战掇（diān duo）：用手估量物体轻重。同"掂掇"。

**【译文】**我已看过十二三次西湖划船比赛了，己巳年在秦淮河看过，辛未年在无锡看过，壬午年在瓜州和金山寺看过。西湖的龙舟竞赛，看点在于划船的人，无锡也是这样。秦淮河只有灯船没有龙舟，瓜州的龙舟是别处不能比的，而看龙舟比赛也没有地方能与金山寺相媲美。瓜州的龙舟有一二十只，龙头龙尾的细致刻画，展现出龙发怒的样子；龙舟的两边坐着二十人，手里拿着大桨，突出了他们的剽悍；中部有彩色船篷，前后有旌幢绣伞，呈现出绚丽多彩之姿；人们敲钲打鼓，表现出明快的节奏；艄后列有一架军器，看起来锋利无比；龙头上有一人脚朝上头朝下倒挂着，好像在用手掂量物体的轻重，让人感觉很危险，随时都可能掉下来；龙尾挂着一个小孩儿，无比惊险。

自五月初一至十五，日日画地而出。五日出金山①，镇江亦出。惊湍跳沫，群龙格斗，偶堕洄涡，则百蚨捷挣，蟠委出之②。金山上人团簇，隔江望之，蚁附蜂屯，蠢蠢欲动。晚则万舻齐开，两岸沓沓然而沸。

**【注释】**①五日：五月五日，即端午节，是赛龙舟的正日。

②蟠委：环绕。

**【译文】**从五月初一到十五，龙船每天都要在指定的地方出现。

端午节那天龙船从金山出发，也有从镇江出发的。现场急流飞沫，群龙英勇格斗，偶然有船堕入旋涡，竞渡者便会迅速拖船，环绕而出。金山上人头攒动，隔江望去，好像蚂蚁蜜蜂般屯集一处，蠢蠢欲动。一到晚上，万只小船一齐开动，两岸顿时嘈杂不已，人声鼎沸。


# 刘晖吉女戏①


女戏以妖冶恕，以啴缓恕②，以态度恕，故女戏者全乎其为恕也。若刘晖吉则异是。刘晖吉奇情幻想，欲补从来梨园之缺陷。如唐明皇游月宫③，叶法善作④，场上一时黑魆地暗，手起剑落，霹雳一声，黑幔忽收，露出一月，其圆如规，四下以羊角染五色云气，中坐常仪⑤，桂树吴刚，白兔捣药。轻纱幔之内，燃赛月明数株，光焰青黎，色如初曙，撒布成梁，遂蹑月窟，境界神奇，忘其为戏也。其他如舞灯，十数人手携一灯，忽隐忽现，怪幻百出，匪夷所思。令唐明皇见之，亦必目睁口开，谓氍毹场中那得如许光怪耶⑥。


【注释】①刘晖吉：即刘光斗，字晖吉，号讱韦，武进（江苏常州市）人，天启五年（1625）进士。

②啴（tān）缓：柔和舒缓。

③唐明皇游月宫：出自《霓裳羽衣曲》"抬头看时，上面有个大匾

额，乃是六个大金字。玄宗认着是'广寒清虚之府'六字。便同法善从大门走进来。"

④叶法善：字道元，号太素、罗浮真人，唐朝道教符箓派茅山宗天师，歙州刺史叶慧明之子。开元十年（722）死，享年一百零七岁。

⑤常仪：即嫦娥。

⑥氍毹（qú shū）：毛织的布或地毯，旧时演戏多用来铺在地上，故此"氍毹"或"红氍毹"常借指舞台。

【译文】女伶演戏，以她的妖冶得到人们的宽容，以她的柔和舒缓得到人们的宽容，以她美好的仪态得到人们的宽容，所以女伶是以全面技巧得到人们宽容的。可是女伶刘晖吉就不是这样。刘晖吉充满奇思妙想，有如梦如幻的情态，希望能弥补自古以来梨园的缺憾。比如唐明皇游月宫这场戏，轮到叶法善上场时，场上一时间天昏地暗，只见叶法善手起剑落，一声霹雳，黑色的帷幕忽然收起，露出一轮圆月，像是用圆规画出般圆润，四围用羊角灯渲染出五色彩云，中间坐着嫦娥，吴刚砍着桂花树，白兔正在捣药。轻纱帷幕里，点燃几支赛月明烟花，青黑色的火焰弥漫开来，好像初升的曙光，撒下布匹成桥梁状，唐明皇躞足走入月宫，境界十分神奇，观众都忘了这是在看戏。轮到舞灯的人上场，十几人各自手执一灯，忽隐忽现，奇异梦幻，花样百出，令人匪夷所思，就是唐明皇见了，也定会目瞪口呆，会说舞台上怎会有如此光怪陆离的景象呢？

彭天锡向余道："女戏至刘晖吉，何必男子，何必彭大。"天锡，曲中南、董①，绝少许可，而独心折晖吉家姬。其所赏鉴，定不草草。

**【注释】**①南、董：即南史、董孤。春秋时期的史官，两人刚正不阿，从不逢迎。

**【译文】**彭天锡对我说："女戏到了刘晖吉这里，何需男子表演，何需我彭天锡。"彭天锡，是戏曲中的南史、董孤，他很少称赞别人，却惟独佩服刘晖吉家的歌伎。他的赏鉴，定不是草率说出的。

# 朱楚生

朱楚生，女戏耳，调腔戏耳。其科白之妙，有本腔不能得十分之一者。盖四明姚益城先生精音律①，与楚生辈讲究关节，妙入情理，如《江天暮雪》《霄光剑》《画中人》等戏②，虽昆山老教师细细摹拟③，断不能加其毫末也。班中脚色，足以鼓吹楚生者方留之，故班次愈妙。

**【注释】**①四明：山名，位于浙江省宁波市西南。自天台山发脉，绵亘于奉化、慈溪、余姚、上虞、嵊县等县境。道书以为第九洞天，又名丹山赤水洞天。凡二百八十二峰。相传群峰之中，上有方石，四面如窗，中通日月星辰之光，故称四明山。姚益城：即姚宗文，字裘之，号益城。浙江慈溪人。万历三十五年（1607）进士，任职户科给事中。

②《霄光剑》：是明代徐复祚创作的戏曲。取材于《汉书·卫青传》，卫青是戏曲的主人公。

③昆山：即江苏昆山。

**【译文】**朱楚生，不过是个女戏子，擅长唱调腔戏。她的表演和念白非常精妙，有些昆腔戏子还赶不上她的十分之一。四明的姚益城先生精通音律，他曾和朱楚生等人一起推究戏剧情节转换的关键处，入情入理，精妙细微。就如《江天暮雪》《霄光剑》《画中人》等戏，即便是昆山的资深教师细细模仿，也断然不能增加丝毫。戏班里的演员，能够为楚生润色的才能留下，所以戏班的表演才愈加精妙。


楚生色不甚美，虽绝世佳人，无其风韵。楚楚谡谡①，其孤意在眉，其深情在睫，其解意在烟视媚行②。性命于戏，下全力为之。曲白有误，稍为订正之，虽后数月，其误处必改削如所语。


**【注释】**①楚楚谡谡(sù)：形容风度清雅高迈。

②烟视媚行：微视徐行。形容安详的神态举止。语出《吕氏春秋·审应览·不屈》："人有新取妇者，妇至，宜安矜，烟视媚行。"

**【译文】**楚生长得不是很漂亮，但即便绝世佳人，也没有她的风韵。她清雅高迈，孤傲的神情显露于眉宇间，深情流露于眼睫中，她的神态举止都很安详且善解人意。她视戏曲如自己的生命，竭尽全力去演好每一出戏。如果曲词与念白有错误，就稍加订正，即便过了好几个月，有误之处也定要按她曾经所说的那般修改。


楚生多坐驰①，一往深情，摇飏无主。一日，同余在定香桥②，日晡烟生，林木窅冥③，楚生低头不语，泣如雨下，余问之，作饰语以对。劳心忡忡，终以情死。

【注释】①坐驰：谓虽无举动而杂念不息。

②定香桥：在今杭州。张岱《定香桥小记》写道："甲戌十月，携楚生住不系园看红叶。至定香桥，客不期而至者八人"

③窅（yǎo）冥：幽暗。

【译文】楚生经常坐在那里，看似宁静，实则内心早已是波涛汹涌，因为一往情深，导致她心神不宁。一天，她同我在定香桥，傍晚时分烟霞升起，林木幽暗，楚生低头不语，泣如雨下，我问她为何如此，她用无关的话掩饰过去。她因整日忧心忡忡，最终因情而死。

# 扬州瘦马①

扬州人日饮食于瘦马之身者数十百人。娶妾者切勿露意，稍透消息，牙婆、驵侩，咸集其门②，如蝇附膻，撩扑不去。

【注释】①瘦马：买来养育以待再贩卖的童女、雏妓。

②牙婆：媒婆。驵侩（zǎng kuài）：马匹贩卖的中介人。后泛指居中介绍买卖的商人。此指人贩。

【译文】扬州每天靠养瘦马生活的有几十乃至上百人。想讨妾的人千万不要透露自己的想法，稍微透露一点儿消息，媒婆、人贩之类，就会聚集到家门口，好像苍蝇附在腥膻的东西上面，无论怎样驱赶，都不会离开。

　　黎明，即促之出门，媒人先到者，先挟之去，其余尾其后，接踵伺之。至瘦马家，坐定，进茶，牙婆扶瘦马出，曰："姑娘拜客。"下拜。曰："姑娘往上走。"走。曰："姑娘转身。"转身向明立，面出。曰："姑娘借手眺眺①。"尽褫其袂②，手出、臂出、肤亦出。曰："姑娘眺相公。"转眼偷觑，眼出。曰："姑娘几岁了？"曰几岁，声出。曰："姑娘再走走。"以手拉其裙，趾出。然看趾有法，凡出门裙幅先响者，必大；高系其裙，人未出而趾先出者，必小。曰："姑娘请回。"一人进，一人又出。看一家必五六人，咸如之。看中者，用金簪或钗一股插其鬓，曰"插带"。看不中，出钱数百文，赏牙婆或赏其家侍婢，又去看。牙婆倦，又有数牙婆踵伺之。一日、二日至四五日，不倦亦不尽，然看至五六十人，白面红衫，千篇一律，如学字者，一字写至百至千，连此字亦不认得矣。心与目谋，毫无把柄，不得不聊且迁就，定其一人。

【注释】①眺眺（qiáo）：古同"瞧"，看。

②褫（chǐ）：脱去，解下。

【译文】黎明时分，媒婆就催促娶妾的人出门，先到的媒婆就会先把娶妾之人带走，其余的人尾随其后，一个个接踵而来伺候娶妾之人。到了瘦马家，坐下后，就有人进茶，媒婆扶着瘦马出来，说："姑娘拜见客人。"姑娘就会下拜 。媒婆说："姑娘往上走。"姑娘就走几步。媒婆又说："姑娘转身。"姑娘就转过身向明亮的地方站着，面貌就露了出来。媒婆又说："姑娘伸手瞧瞧。"姑娘就撸起衣袖，露出手、露出臂、露出肌肤。媒婆又说："姑娘看看相公。"姑娘就转眼偷看客人，让客人看见她的眼睛。媒婆又说："姑娘几岁了？"姑娘回答说几岁，声音就出来了。媒婆说："姑娘再走几步。"并用手拉起姑娘的裙子，姑娘的脚就露出来了。但是看姑娘的脚还有其他办法，但凡出门时裙摆先响的，脚一定大；裙子高高地系着，人还没出来，脚先露出来的，脚一定小。媒婆又说："姑娘请回吧。"一个姑娘进去，一个姑娘又出来了。看一家一定要看五六个人，全都是这样。有看中的，就用金簪或钗子插到姑娘的鬓发上，叫做"插带"。如果没看中，就数几百文钱，赏给媒婆或者姑娘家的侍婢，再去别家看。一个媒婆累了，又有其他几个媒婆接着伺候。一天、两天直到四五天，既不疲倦也看不完，但是看到五六十个人的时候，只感觉都是白色的面孔，红色的衣衫，千篇一律，好像学习写字的人一样，一个字写上百遍直至千遍，连这个字都不认识了。心里想的对不上眼里看的，毫无主意不得不将就一下，定下其中一个便好。

插带后，本家出一红单，上写彩缎若干，金花若干，财礼若干，布匹若干，用笔蘸墨，送客点阅。客批财礼及缎匹如其意，则肃客归①。归未抵寓，而鼓乐、盘担、红绿、羊酒在其门久矣②。不一刻，而礼币、糕果俱齐，鼓乐导之去。去未半里而花轿、花灯、擎燎、火把、山人、傧相、纸烛、供果、牲醴之属③，门前环侍。厨子挑一担至，则蔬果、餚馔、汤点、花棚、糖饼、桌围、坐褥、酒壶、杯箸、龙虎寿星、撒帐牵红、小唱弦索之类④，又毕备矣。不待复命，亦不待主人命，而花轿及亲送小轿一齐往迎，鼓乐灯燎，新人轿与亲送轿一时俱到矣。新人拜堂，亲送上席，小唱鼓吹，喧阗热闹。日未午而讨赏遽去，急往他家，又复如是。

【注释】①肃客：迎接客人进入。

②盘担：内装盘馔的礼盒担子。红绿：即红绿帖。旧式婚姻所用的订婚凭证。用红、绿二色纸书写，故名。红帖是男家向女家求婚的求帖，绿帖是女家同意允婚的允帖。

③山人：旧称以卜卦、算命为职业的人。

④撒帐：旧时婚俗，新婚夫妇交拜毕，并坐床沿，妇女散掷金钱彩果，谓之撒帐。牵红：唐宰相张嘉贞欲纳郭元振为婿，因命五女各持一红丝线于幔后，露线头于外，使郭牵其一。郭牵得第三女。见五代王仁裕《开元天宝遗事·牵红丝娶妇》。后以"牵丝""牵红""牵红线""牵红丝"为选婿或择妻的典故。

【译文】插带后，本家就出示一张红礼单，上面写着彩缎若干，金花若干，财礼若干，布匹若干，用笔蘸好墨水，送到客人面前过目。客人查阅财礼及缎匹，如果符合自己的心意，本家就恭敬地引着客人回去。还没抵达住所，鼓乐、盘担、红绿帖、羊酒等在门口已经等了很久了。不一会儿，礼币、糕果都准备齐全，鼓乐吹打着引导而去。距离不到半里，抬花轿的、举花灯的、高擎着火炬火把的、看相的、接引宾客与赞礼的，还有纸烛、供果、牲醴之类，都在门前环围着等候。厨子挑着一副担子到来，都是些蔬菜水果、鲭馔、汤点、花棚、糖饼、桌围、坐褥、酒壶、杯筷、龙虎寿星、撒帐牵红、小唱弦索之类，都备齐了。不等回话，也不等主人的命令，花轿和送亲的小轿一齐迎接新娘，敲着锣鼓、举着花灯、拿着火把，新人的轿子和送亲的轿子一时间全部到达。新人拜堂，送亲的人在席间就坐，小唱鼓吹，喧哗热闹。还没到正午，这些人讨到赏赐，就马上离去，急匆匆前去其他人家，又重复着做这样的事情。

# 卷　六

## 彭天锡串戏<sup>①</sup>

彭天锡串戏妙天下，然出出皆有传头，未尝一字杜撰。曾以一出戏，延其人至家，费数十金者，家业十万缘手而尽。三春多在西湖<sup>②</sup>，曾五至绍兴，到余家串戏五六十场，而穷其技不尽。

【注释】①串戏：演戏，特指非职业演员扮演戏曲角色。

②三春：指春季三个月，农历正月称孟春，二月称仲春，三月称季春。

【译文】彭天锡演的戏称妙天下，然而他演的每一出戏都有凭有据，有根有源，不曾有一个字是自己杜撰的。他曾经为了一出戏，专门把演戏的人请到家里，花费了数十金，十万家业就这样随手耗尽了。三春时节他大多待在西湖，曾先后五次来到绍兴，到我家串演了将近五六十场戏，却没有穷尽他的演戏技艺。

天锡多扮丑、净<sup>①</sup>，千古之奸雄佞幸<sup>②</sup>，经天锡之心肝而愈狠，借天锡之面目而愈刁，出天锡之口角而愈险。设身处地，恐纣之恶不如是之甚也[3]。皱眉眡眼[4]，实实腹中有剑，笑里有刀，鬼气杀机，阴森可畏。盖天锡一肚皮书史，一肚皮山川，一肚皮机械，一肚皮磥砢不平之气[5]，无地发泄，特于是发泄之耳。

**【注释】**①丑、净：戏曲的两种角色，指花脸行当的反面人物。

②佞幸：指的是以谄媚而得到宠幸或以谄媚得到君主宠幸的人。佞幸还指以男色事君的人。

③纣：商代最后一个君主的谥号，亦称“帝辛”。

④眡：古同“视”。

⑤磥砢（lěi luǒ）：大块的。形容郁结。古同“磊”。

**【译文】**天锡在戏中大多扮演丑角与花脸，那些千古以来的奸雄，在皇帝身边靠献媚得宠的佞臣，经过天锡用心演绎，心肠愈显狠毒，借由天锡的面目表情而愈显刁钻，出自天锡之口的言语愈显阴险。设身处地来看，恐怕商纣王的恶毒都不如天锡表演的逼真。他的每一次皱眉，每一次瞪眼，都实实在在地让人感受到腹中有剑，笑里藏刀，他的表演透出鬼气杀机，阴森可怖。也许彭天锡有一肚子的诗书和史学，一肚子的山川阅历，一肚子的机巧妙智，一肚子的郁结不平之气，没有地方发泄，特意借着表演来宣泄罢了。

余尝见一出好戏，恨不得法锦包裹[1]，传之不朽；尝比之天上一夜好月，与得火候一杯好茶，只可供一刻受用，其实珍惜之不尽也。桓子野见山水佳处[2]，辄呼“奈何！奈何！”真有无可奈何者，口说不出。

【注释】①法锦：古代西南少数民族地区产的一种丝织品。

②桓子野：即桓伊，字叔夏，小字子野，谯国铚县（今安徽省濉溪县临涣镇）人。东晋时期将领、名士、音乐家，丹阳尹桓景之子。

【译文】我以前看过他的一出好戏，恨不能将它用法锦包裹起来收藏，可以让它流传后世而经久不衰；我曾将它喻为天上一轮最美的月亮，或是火候恰当的一盏好茶，虽只能供片刻享用，但其实是无限珍惜的。桓子野见到山水怡人的地方，就会大声疾呼"奈何！奈何！"世间真有太多无可奈何的事，无法用言语表达。

# 目莲戏①

余蕴叔演武场搭一大台，选徽州旌阳戏子②，剽轻精悍，能相扑跌打者三四十人，搬演目莲，凡三日三夜。四围女台百什座③，戏子献技台上，如度索舞緪、翻桌翻梯、觔斗蜻蜓、蹬坛蹬臼、跳索跳圈、窜火窜剑之类④，大非情理。凡天神地祇、牛头马面、鬼母丧门、夜叉罗刹、锯磨鼎镬、刀山寒冰、剑树森罗、铁城血澥，一似吴道子《地狱变相》⑤，为之费纸札者万钱⑥，人心惴惴⑦，灯下面皆鬼色。

【注释】①目莲戏：亦称"目连戏"，是以目连救母故事为题材的戏剧。唐代已有《大目干连冥间救母变文》，以后各种戏曲中多有目连戏。目莲：亦作"目连"，摩诃目犍连的略语。释迦牟尼十大弟子之一。传说他神通广大，能飞抵兜率天。母死，堕饿鬼道中，为救母脱离饿鬼道之苦，以神通之力亲往救之。

②旌阳：即安徽旌德县，隶属安徽省宣城市，古属歙州。

③女台：戏台周围所搭建的看棚，供官吏家眷们看戏。

④舞絚（gēng）：杂技的一种。即走索。

⑤《地狱变相》：是吴道子画的一幅画。变相：将佛经描述的故事，图绘成画，以便传播佛法。变相曾流行于古印度及中国六朝、隋、唐之际。

⑥纸札：指纸做的冥器。

⑦惴惴（zhuì zhuì）：形容又发愁又害怕的样子。

【译文】我蕴叔在演武场搭建了一个大戏台，从徽州旌阳的戏子中挑选出三四十个身体轻捷灵活，强壮有力，会相扑跌打的演员，表演目莲戏，总共要演三天三夜。戏台四周设置了上百个专门供女眷看戏的座位，演员们在台上献技，像度索舞絚、翻桌翻梯、觔斗蜻蜓、蹬坛蹬臼、跳索跳圈、窜火窜剑这些表演，都不符合情理，也是出人意料的。凡是天神地祇、牛头马面、鬼母丧门、夜叉罗刹、锯磨鼎镬、刀山寒冰、剑树森罗、铁城血海，好像吴道子画的《地狱变相》图里描绘的景象，为制作这些纸札，花费多达数万钱，观众看了内心惴惴不安，灯光下看他们的脸，个个都是面如鬼色。

戏中套数，如《招五方恶鬼》《刘氏逃棚》等剧，万余人齐声呐喊。熊太守谓是海寇卒至①，惊起，差衙官侦问，余叔自往复之，乃安。

【注释】①熊太守：即熊鸣岐，江西丰城人万历年间进士，当时任绍兴知府。

【译文】戏中的套路，如《招五方恶鬼》《刘氏逃棚》等剧，有上万人齐声呐喊。熊太守听闻，误以为海盗突然来袭，惊慌爬起，差遣衙役前去侦查询问，我叔叔亲自前往答复，太守这才安下心来。

台成，叔走笔书二对，一曰："果证幽明①，看善善恶恶随形答响，到底来那个能逃？道通昼夜，任生生死死换姓移名，下场去此人还在。"一曰："装神扮鬼，愚蠢的心下惊慌，怕当真也是如此。成佛作祖，聪明人眼底忽略，临了时还待怎生？"真是以戏说法。

【注释】①果证：佛教语。谓果地之证悟。果与因相对而言，在因位之修行曰因修，依因修而证果地曰果证。幽明：有形和无形的现象，看不见的和看得见的。指生与死，阴间与阳间。

【译文】戏台搭成那天，我叔叔提笔写了两幅对联，第一幅写道："果证幽明，看善善恶恶随形答响，到底来那个能逃？道通昼夜，任生生死死换姓移名，下场去此人还在。"第二幅写道："装神扮鬼，愚蠢的心下惊慌，怕当真也是如此。成佛作祖，聪明人眼底忽略，临了时还待怎生？"真是在以戏剧解说佛法啊。

# 甘文台炉

香炉贵适用，尤贵耐火。三代青绿①，见火即败坏，哥、汝窑

亦如之②。便用便火，莫如宣炉③。然近日宣铜一炉价百四五十
金④，焉能办之？北铸如施银匠亦佳，但粗夯可厌⑤。

**【注释】**①三代青绿：这里指夏、商、周三代的青铜器。

②哥、汝窑：指哥窑和汝窑。哥窑：宋代章氏兄弟所造的瓷器，哥
哥的称为"哥窑"，弟弟的则称为"章窑"。哥窑瓷胎细质白，有冰裂纹，
以米色、青色居多，颇为珍贵。汝窑：北宋著名的瓷窑之一。窑址在今河
南省临汝县境内，古代属汝州，故名。宋、元、明、清以来，宫廷汝瓷用
器，内库所藏，视若珍宝，与商彝周鼎比贵。

③宣炉：即宣德炉，明朝宣德年间铸造的铜质香炉，省称"宣炉"。
由于铜经过精炼，又加进一些金银等贵重金属，色泽极为美观，成为明
代一种著名的美术工艺品。

④宣铜：《夜航船》一书记载："宣铜，宣德年间三殿火灾，金银铜
熔作一块，堆垛如山。宣宗发内库所藏古窑器，对临其款，铸为香炉、
花瓶之类，妙绝古今，传为世宝。"

⑤粗夯（hāng）：粗鄙、鲁钝。

**【译文】**香炉贵在适用，尤其贵在耐火。夏、商、周三代相传的青
铜器，一见到火就容易损坏，就连宋朝的哥窑、汝窑也是如此。既适
用又方便，而且耐火的，莫过于宣德炉了。可是近些日子，宣铜制成的
香炉售价高达一百四五十两银子，这怎么能买得起呢？北方施银匠铸
造的香炉也不错，但工艺却粗糙笨拙，令人生厌。

苏州甘回子文台，其拨蜡范沙①，深心有法，而烧铜色等分
两，与宣铜款致分毫无二，俱可乱真，然其与人不同者，尤在铜

料。甘文台以回回教门不崇佛法，乌斯藏渗金佛②，见即锤碎之，不介意，故其铜质不特与宣铜等，而有时实胜之。甘文台自言佛像遭劫已七百尊有奇矣。余曰："使回回国别有地狱，则可。"

【注释】①拨蜡范沙：铸作金属印章或人像的方法。一般先雕刻蜡模，外面用泥作范，熔金属注入泥范而成，故称。

②乌斯藏：元明时对西藏的称呼。

【译文】苏州的回族人甘文台，在铸造香炉上，心思缜密，又有方法，他烧铸出来的香炉铜色及分量，几乎与宣铜的款式工艺分毫不差，几乎可以以假乱真，然而他与别人不同之处，主要是在铜料上面。甘文台因为信仰伊斯兰教，并不崇尚佛法，西藏铸造的那些渗金佛，他见到就会用锤子砸碎，一点儿也不介意，因此他所用的铜质，不仅与宣铜一样，甚至有时还胜过了宣铜。据甘文台自己讲，他毁坏的佛像已有七百多尊了。我说："若是伊斯兰教里也有地狱，就可以让他停止这么做了。"

## 绍兴灯景

绍兴灯景为海内所夸者无他，竹贱、灯贱、烛贱。贱，故家家可为之；贱，故家家以不能灯为耻。故自庄逵以至穷檐曲巷①，无不灯、无不棚者。棚以二竿竹搭过桥，中横一竹，挂雪灯一，灯球六。大街以百计,小巷以十计。从巷口回视巷内,复叠堆垛,鲜妍飘洒,亦足动人。

【注释】①穷檐:茅舍,破屋。曲巷:偏僻小巷。

【译文】绍兴灯景,在四海之内广受夸赞,没有其他原因,主要因为竹子、花灯、红烛的价格都很便宜。正因价格便宜,所以家家户户都可以制作;正因价格便宜,所以家家户户都把不能制灯当作羞耻。因此,从四通八达的大道以至破屋茅舍所在的偏僻小巷,家家都张挂花灯、都搭建灯棚。灯棚是用两根竹竿搭成过桥,中间再横上一根竹竿,挂着一盏雪灯,六盏灯球。大街上的灯棚数以百计,小巷里的灯棚数以十计。若从巷口回看巷内,灯棚重迭,各式各样的花灯堆积着,色彩鲜艳飘飘扬扬,也足以动人心神。

十字街搭木棚,挂大灯一,俗曰"呆灯",画《四书》《千家诗》故事,或写灯谜,环立猜射之。庵堂寺观以木架作柱灯及门额,写"庆赏元宵""与民同乐"等字。佛前红纸荷花琉璃百盏,以佛图灯带间之,熊熊煜煜①。庙门前高台鼓吹五夜。市廛②,如横街轩亭、会稽县西桥,间里相约,故盛其灯,更于其地斗狮子灯,鼓吹弹唱,施放烟火,挤挤杂杂。小街曲巷有空地,则跳大头和尚,锣鼓声错,处处有人团簇看之。城中妇女多相率步行,往闹处看灯;否则,大家小户杂坐门前,吃瓜子、糖豆,看往来士女,午夜方散。乡村夫妇多在白日进城,乔乔画画,东穿西走,曰"钻灯棚",曰"走灯桥"。天晴,无日无之。

**【注释】**①熊熊：火光旺盛的样子。煜煜：光明照耀的样子。

②市廛（chán）：市中的商店。亦指商店云集之地。

**【译文】**在十字街头，人们搭建了一座木棚，挂上一盏大灯，俗称"呆灯"，灯上画着《四书》《千家诗》里的故事，有的写着灯谜，人们围站在灯笼旁竞猜灯谜。寺庙、庵堂、道观，用木架作柱灯和门额，上面写着"庆赏元宵""与民同乐"等字。佛像前供着近百余盏红纸荷花琉璃灯，中间隔着一些佛图灯带，灯火辉煌，光明闪耀。庙门前搭建的高台上，敲锣打鼓，吹拉弹唱，一直喧闹到五更时分，街市上如横街、轩亭、会稽县的西桥，邻里都会相约着一起放灯，所以那里的灯市特别盛大，更有甚者，在那里耍斗狮子灯，鼓吹弹唱，燃放烟花，人群拥挤嘈杂。小街窄巷只要有空地，就跳大头和尚舞，锣鼓声交相错杂，到处有人聚在一起观看。城里的妇女大多相随着一起步行前来，去往热闹处看灯；不看灯的，大家小户的女人们都杂坐在门前，一边吃瓜子、糖豆，一边看往来的男女，直到半夜大家才散去。乡下的夫妇大多是在白天进城，梳妆打扮，东穿西走，这叫"钻灯棚"，也叫"走灯桥"。只要是晴天，没有一天不是这样的。

万历间，父叔辈于龙山放灯，称盛事，而年来有效之者。次年，朱相国家放灯塔山①；再次年，放灯蕺山②。蕺山以小户效颦③，用竹棚，多挂纸魁星灯。有轻薄子作口号嘲之曰："蕺山灯景实堪夸，葫箓竿头挂夜叉④。若问搭彩是何物，手巾脚布神袍纱。"飈今思之，亦是不恶。

**【注释】**①朱相国：即朱赓，字少钦，号金庭，浙江绍兴府山阴（今浙江绍兴）人，明朝内阁首辅。

②蕺山：山名。位于浙江省绍兴县卧龙山东北，以出产蕺菜而得名。晋王羲之宅居于此，后舍宅为戒珠寺，故也称戒珠山。

③效颦：比喻不衡量本身的条件，而盲目胡乱模仿他人，以致效果很坏。

④葫箫（xiǎo）：细竹。竹器。

【译文】万历年间，我父亲和叔辈们在龙山一起放灯，被称为一大盛事，之后每年都有效仿者。第二年，朱相国一家就到塔山上放灯，第三年，又到蕺山放灯。蕺山放灯时，一些小户若东施效颦般，好多家搭建了竹棚，然后悬挂上一些纸糊的魁星灯。有一位轻薄之士编了顺口溜嘲讽道："蕺山灯景实堪夸，葫箫竿头挂夜叉。若问搭彩是何物，手巾脚布神袍纱。"现在回想起来，这个顺口溜编的还是不错的。

# 韵 山

大父至老，手不释卷，斋头亦喜书画、瓶几布设。不数日，翻阅搜讨，尘堆砚表，卷帙正倒参差①。常从尘砚中磨墨一方，头眼入于纸笔，潦草作书生家蝇头细字。日晡向晦②，则携卷出帘外，就天光；爇烛③，檠高光不到纸④，辄倚几携书就灯，与光俱颓⑤，每至夜分，不以为疲。

【注释】①卷帙（zhì）：泛指书籍。卷：可以卷起的书画。帙：装书的套子。

②日晡（bū）：天将暮时。

③爇（ruò）：焚烧，点燃。

④檠（qíng）：灯架，烛台。

⑤頫（fǔ）：低头。后作"俯"。

【译文】我的祖父一直到老年，都是手不释卷，书斋里喜欢摆些书画、花瓶、茶几之类。过不了几天，因为要翻阅查找书籍，砚台上便落满了灰尘，摆放好的书籍也变得正反参差不齐。祖父常在布满灰尘的砚台中磨上一方墨，头眼深深地扎入纸笔中，潦潦草草地写着书生们常写的蝇头小字。傍晚时分，太阳快要落山时，就携带书卷走出帘外，借着外面的天光看书，等到天再黑一些，就点燃蜡烛，但烛台太高，灯光照不到纸上，祖父就倚着几案，将书卷靠近灯光，借着灯光俯看，就这样每天看到半夜，丝毫不觉疲倦。

　　常恨《韵府群玉》《五车韵瑞》寒俭可笑①，意欲广之。乃博采群书，用淮南"大、小山"义②，摘其事曰《大山》，摘其语曰《小山》，事语已详本韵而偶寄他韵下曰《他山》，脍炙人口者曰《残山》，总名之曰《韵山》。小字襞绩③，烟煤残楮④，厚如砖块者三百余本。一韵积至十余本，《韵府》《五车》不啻千倍之矣。正欲成帙，胡仪部青莲携其尊人所出中秘书⑤，名《永乐大典》者，与《韵山》正相类，大帙三十余本，一韵中之一字犹不尽焉。大父见而太息曰："书囊无尽，精卫衔石填海⑥，所得几何！"遂辍笔而止。

**【注释】**①《韵府群玉》：宋阴时夫撰，二十卷。其兄中夫作注，采录典故词藻，隶于各韵下。类书按韵编排者，始于颜真卿之《韵海镜源》，然其书不传，传于今者以此书为最古。《五车韵瑞》：明代凌稚隆著，此书仿阴时夫《韵府群玉》而成。在每一韵之下，先列出一小篆字，后以韵隶事。

②淮南大、小山：汉淮南王刘安召集文人从事著述，各选辞赋，以类相从，分别称为"大山""小山"，如同《诗经》有《大雅》《小雅》之分。

③襞（bì）绩：重叠，堆积。

④烟煤残楮（chǔ）：被烟火熏过的残旧纸张。楮：纸。

⑤仪部：用为对礼部主事及郎中的别称。胡青莲：即胡敬辰，明朝浙江余姚人，字直卿，号青莲，天启二年进士。官至光禄寺录事。有《檀雪斋集》。尊人：指胡青莲的父亲胡维新，一生校勘古籍。

⑥精卫衔石填海：典出《山海经》："北二百里，曰发鸠之山，其上多柘木，有鸟焉，其状如乌，文首，白喙，赤足，名曰精卫，其鸣自詨。是炎帝之少女，名曰女娃。女娃游于东海，溺而不返，故为精卫，常衔西山之木石，以堙于东海。漳水出焉，东流注于河。"

**【译文】**祖父常埋怨《韵府群玉》《五车韵瑞》里的文字浅薄可笑，想要增补它们，使其内容更加广泛。于是便博采群书典籍，用淮南王大、小山之义，将摘录事典的称为《大山》，摘录言语的称为《小山》，事典、言语已经详尽地在本韵摘录过，又偶尔在其他韵下出现的称为《他山》，脍炙人口的称为《残山》，总的名称为《韵山》。祖父书写的小字密密麻麻，被烟火熏过的纸页残破不堪，像砖块那么厚的书册就有三百余本。一个韵就能累积十多本，相比较《韵府》《五车》而言，扩充的何止上千倍。祖父正想将其编辑成册，仪部胡青莲便将他父亲从宫中秘藏的书籍中带出来的《永乐大典》拿给祖父过目，与《韵山》类似，大书套子里共有三十余本，却连一韵中的一个字都不能详尽。祖父看后叹息道："书籍是无法穷尽的，即便如精卫衔石填海，所获又能有多少呢！"于是便辍笔不做了。

以三十年之精神，使为别书，其博洽应不在王弇州、杨升庵下①。今此书再加三十年，亦不能成，纵成亦力不能刻。笔冢如山②，只堪覆瓿③，余深惜之。丙戌兵乱④，余载往九里山，藏之藏经阁，以待后人。

【注释】①博洽：学识广博。王弇州：王世贞，字元美，号凤洲，又号弇（yǎn）州山人，南直隶苏州府太仓州（今江苏省太仓市）人，明代文学家、史学家。杨升庵：杨慎，字用修，初号月溪、升庵，又号逸史氏、博南山人、洞天真逸、滇南戍史、金马碧鸡老兵等。四川新都（今成都市新都区）人，祖籍庐陵。明代文学家、学者、官员，明代三才子之首。

②笔冢：书法家埋藏废笔的处所。

③覆瓿（bù）：喻著作毫无价值或不被人重视。亦用以表示自谦。

④丙戌：即顺治三年（1646）

【译文】若是用三十年的精力，去著作别的书，以祖父广博的学识，应该不在王弇州、杨升庵两位大学者之下。现在这部书就是再加上三十年时间，也不可能完成，纵使完成了也没有刊刻出版的能力。废弃的毛笔堆积如山，完成的著作没有丝毫价值，我感到深深的惋惜。丙戌年遇上战乱，我把祖父的这些手稿运到九里山，藏在藏经阁里, 期待有缘的后人整理。

# 天童寺僧<sup>①</sup>

  戊寅<sup>②</sup>, 同秦一生诣天童访金粟和尚<sup>③</sup>。到山门, 见万工池绿净可鉴须眉, 旁有大锅覆地, 问僧, 僧曰: "天童山有龙藏, 龙常下饮池水, 故此水刍秽不入。正德间, 二龙斗, 寺僧五六百人撞钟鼓撼之, 龙怒, 扫寺成白地, 锅其遗也。"

  【注释】①天童寺: 我国佛教"中华五山"之一, 属禅宗。在浙江省宁波市东天童山上。东晋时建, 为浙东佛教名寺。寺宇建筑规模宏伟, 附近峰峦峻拔, 有瀑布飞泉, 风景清幽。

  ②戊寅: 即崇祯十一年 (1638)。

  ③金粟和尚: 即圆悟, 明末临济宗僧, 江苏宜兴人, 俗姓蒋, 号密云, 家世务农。年轻时, 以读《六祖坛经》而知宗门之事。

  【译文】戊寅年, 我和秦一生去天童寺拜访金粟和尚。到山门时, 看见万工池水碧绿明净, 可以照见自己的须发眉毛, 旁边有一口大锅覆在地上, 我便向僧人询问, 僧人说: "曾经有龙藏在天童山, 龙经常出来喝池里的水, 因此这池水没有污秽之物。正德年间, 有两条龙相斗, 寺里的五六百和尚撞钟击鼓想吓唬它们, 二龙大怒, 将寺院夷为平地, 这口大锅就是当时遗留下来的。"

入大殿，宏丽庄严。折入方丈<sup>①</sup>，通名刺。老和尚见人便打，曰"棒喝"<sup>②</sup>。余坐方丈，老和尚迟迟出。二侍者执杖、执如意先导之<sup>③</sup>，南向立，曰："老和尚出。"又曰："怎么行礼？"盖官长见者皆下拜，无抗礼。余屹立不动，老和尚下行宾主礼。侍者又曰："老和尚怎么坐？"余又屹立不动，老和尚肃余坐。

**【注释】**①方丈：佛寺或道观中住持住的房间，因住持的居室四方各为一丈，故名。

②棒喝：禅宗祖师接待来学的人时，常常当头一棒或大声一喝，促其领悟。比喻警醒人们的迷惑。

③如意：搔背的器具。以骨角、竹木削作人手指爪形，有长柄，可如人心意，搔背部的痒，故称"如意"。后世演变成一种象征吉祥的陈设品，以金、玉等精致质料刻制，顶端多作灵芝形或云形，长柄微曲，可供赏玩。

**【译文】**我们进入大殿，里面宏丽庄严。转弯来到方丈居住的地方，递上名帖。听说老和尚见人便打，说是"棒喝"。我坐在方丈室里等待，老和尚过了很久才出来。两名侍者手执仪杖、如意在前面带路，面向南面站立，侍者说："老和尚出来了。"又说："怎么行礼？"大概官员或其他拜见者，见到老和尚都要下拜，没有与其分庭抗礼的。我屹立不动，老和尚只好下来对我行宾主之礼。侍者又说："老和尚怎么坐？"我依然屹立不动，老和尚严肃地让我同他坐在一起。

坐定，余曰："二生门外汉，不知佛理，亦不知佛法，望老和

尚慈悲，明白开示。勿劳棒喝，勿落机锋<sup>①</sup>，只求如家常白话，老
实商量，求个下落。"老和尚首肯余言，导余随喜。蚤晚斋方丈，
敬礼特甚。

【注释】①机锋：佛教禅宗以含意深刻，不落迹象的言语彼此问
答，互相启发，有如弩箭触机而发其锋锐，称为"机锋"。

【译文】坐好后，我说："我们二人是门外汉，不懂佛理，也不通
晓佛法，希望老和尚慈悲为怀，为我们明白开示。不劳您棒喝，也不必
暗藏机锋，只求您说些家常白话，实实在在地商讨，我们只想求个明
白。"老和尚点头同意我的请求，引领我们在寺院游览。早晚我们都在
方丈室用斋，老和尚对我们非常恭敬。


余遍观寺中僧匠千五百人，俱舂者、碓者、磨者、甑者、汲
者、爨者、锯者、劈者、菜者、饭者，狰狞急遽<sup>①</sup>，大似吴道子一幅
《地狱变相》。老和尚规矩严肃，常自起撞人，不止"棒喝"。

【注释】①碓（duì）：木石做成的捣米器具。甑（zèng）：古代蒸
饭的一种瓦器。爨（cuàn）：烧火做饭。

【译文】我看遍寺院中的一千五百僧众，都是些舂米的、碾碓
的、推磨的、蒸饭的、打水的、烧火煮饭的、拉锯的、劈柴的、切菜
的、做饭的，人人面貌狰狞，急急忙忙的，很像吴道子的一幅《地
狱变相》图。老和尚的规矩很严格，常常亲自起来打人，不单是
"棒喝"而已。

# 水浒牌①

　　古貌、古服、古兜鍪、古铠胄、古器械②，章侯自写其所学所问已耳，而辄呼之曰宋江，曰吴用，而宋江、吴用亦无不应者，以英雄忠义之气，郁郁芊芊③，积于笔墨间也。

　　**【注释】**①水浒牌：天启五年（1625），明末画家陈洪绶绘出四十位《水浒传》人物，称为水浒叶子，一种在酒令游戏用的酒牌。

　　②兜鍪（móu）：一种古时战士戴的头盔。形如鍪，用以防御兵刃。

　　③郁郁芊芊：犹言郁郁葱葱。草木苍翠茂盛貌。

　　**【译文】**古代人的面貌、古代人的服饰、古代人的头盔、古代人的铠甲、古代人的器械，这些都是陈章侯根据自己的所学所问画出来的而已，而他就把它们称之为宋江，称之为吴用，而宋江、吴用也没有不对应的，全部栩栩如生，这是因为古代英雄的忠义气概，如草木般苍翠茂盛，全部展现在笔墨之间。

　　周孔嘉丐余促章侯①，孔嘉丐之，余促之，凡四阅月而成。余为作缘起曰："余友章侯，才足扛天②，笔能泣鬼。昌谷道上，婢囊呕血之诗③；兰渚寺中，僧秘开花之字④。兼之力开画苑，遂能目无古人，有索必酬，无求不与。既蠲郭恕先之癖⑤，喜周贾耘老之贫⑥，画《水浒》四十人，为孔嘉八口计⑦，遂使宋江兄弟，复睹汉官威仪。伯益考著《山海》遗经⑧，兽毵鸟毸⑨，皆拾为千古奇文；吴道子画《地狱变相》，青面獠牙，尽化作一团清气。收掌付双荷叶，能月继三石米，致二斗酒，不妨持赠⑩；珍重如柳河东⑪，必日灌蔷薇露，薰玉蕤香⑫，方许解观。非敢阿私，愿公同好。"

【注释】①周孔嘉：作者张岱的好友。

②掞（yàn）天：光耀照天。

③昌谷道上，婢囊呕血之诗：出自唐代李商隐《李长吉小传》："恒从小奚奴，骑距驴，背一古破锦囊，遇有所得，即书投囊中。及暮归，太夫人使婢受囊出之，见所书多，辄曰：'是儿要当呕出心乃已尔。'上灯，与食。长吉从婢取书，研墨叠纸足成之，投他囊中。"

④兰渚寺中，僧秘开花之字：兰渚，即绍兴兰亭，王羲之七世孙智永在那里居住，秘藏《兰亭》真迹，从来不给人看，死后传给弟子辨才，唐太宗求之不得，派萧翼骗走。作者张岱在《夜航船》写道："兰亭真本：王右军写《兰亭记》，韵媚遒劲，谓有神助。后再书数十余帧，俱不及初本。右军传于徽之，徽之传七世孙智永，智永传弟子辨才，辨才被御史萧翼赚入库内，殉葬昭陵。"

⑤蠲（juān）：除去，免除。郭恕先：五代末至宋初画家，字恕先，又字国宝，洛阳人。其画风画技在当时和后世有较大影响，传世作品有《雪霁江行图》。

⑥贾耘老：贾收，宋代湖州乌程人，字耘老。有诗名，喜饮酒。家穷，曾得苏轼救济，与苏轼交情甚笃。

⑦八口：指一家人。

⑧伯益考著《山海》遗经：东汉赵晔《吴越春秋》写道："禹循行四渎，与益、夔共谋，行到名山大泽，召其神而问之山川脉理、金玉所有、鸟兽昆虫之类，及八方之民俗、殊国异域、土地里数，使益疏而记之，故名之曰'山海经'。"作者张岱也在《夜航船》中写道："金简玉字：大禹登宛委山，发石匮，得金简玉字之书，言治水之要，周行天下。伯益记之为《山海经》。"

⑧毨（xiǎn）：形容鸟兽新换的毛很整齐。氄（rǒng）：鸟兽细软而茂密的毛。

⑩"收掌"四句：出自苏轼《答贾耘老四首》之四："贾处士贫甚，无以慰其意，乃为作怪石古木一纸，每遇饥时，辄一开看，还能饱人否？若吴兴有好事者，能为君月致米三石，酒二斗，终君之世者，便以赠之。不尔者，可令双荷叶收掌，须添丁长，以付之也。"

⑪柳河东：即柳宗元，字子厚，河东人，唐宋八大家之一。著有《柳河东集》。

⑫蔷薇露、玉蕤香：出自后唐冯贽《云仙杂记·玉蕤香》："《好事集》曰：'柳宗元得韩愈所寄诗，先以蔷薇露灌手，薰玉蕤香后发读，曰大雅之文，正当如是。'"蔷薇露：将蔷薇花瓣经过蒸馏，油性物质抽析出后，剩余富香气的液体。玉蕤香：熏香名。

【译文】友人周孔嘉一再请求我催促陈章侯为其作画，孔嘉诚心求水浒牌，我便尽力催促陈章侯，陈章侯总共用了四个月的时间才完成。我专门为他作了篇缘起文："我的朋友陈章侯，才华足以光照天宇，笔力足以惊天地泣鬼神。他的诗歌如昌谷道上李贺负囊呕血之作；他的书法如兰渚寺中智永和尚秘不示人的《兰亭集序》，令遍野生花。他的能力开启了一代画风，于是能目无古人，独树一帜，若有向他索画的，定会答应，若是没有开口索求，一概不给。既摒弃了郭恕先为有钱人作画而换取酒肉的癖好，又喜欢效仿苏东坡周济贾耘老般的穷人，画《水浒》中四十人，是为孔嘉一家谋生计，这就使得宋江兄弟再现，让世人又重睹汉官威仪。伯益考著《山海经》，鸟羽兽毛都可以写成千古奇文；吴道子画《地狱变相》图，青面獠牙的鬼怪尽化作一团清气。就像苏东坡所说，把画交给双荷叶掌管收藏，若能每月得到三石米，得到两斗酒，不妨将画赠与他人；得到画的人，会如柳宗元一样珍惜，必会每天用蔷薇露沐浴，用玉蕤薰香，然后才会打开一看。丝毫不敢独自享用，愿与诸位朋友共享。"

## 烟雨楼①

　　嘉兴人开口烟雨楼，天下笑之。然烟雨楼故自佳。楼襟对鸳泽湖②，溁溁蒙蒙③，时带雨意，长芦高柳，能与湖为浅深。

【注释】①烟雨楼：位于浙江省嘉兴县鸳鸯湖中，因唐朝诗人杜牧"南朝四百八十寺，多少楼台烟雨中"的诗意而得楼名。始建于五代后晋年间（公元936-947年），以景色迷蒙如在烟雨中得名。原在湖滨，明嘉靖年间移建于湖中，历代均有修葺。

②鸳泽湖：即嘉兴南湖，旧称陆渭池，又称马场湖、澎湖。

③溁溁蒙蒙：景色朦胧，烟雨迷蒙的样子。

【译文】嘉兴人一开口就说烟雨楼，天下人都觉得好笑。话又说回来，烟雨楼的景色本来就很美。楼前对着鸳泽湖，烟雨迷濛，时常带着些许雨意，长长的芦苇，高高的柳树，能与湖水深浅相映。

湖多精舫，美人航之，载书画茶酒，与客期于烟雨楼。客至，则载之去，舣舟于烟波缥缈。态度幽闲，茗炉相对，意之所安，经旬不返。舟中有所需，则逸出宣公桥、甪里街①，果蓏蔬鲜，法膳琼苏②，咄嗟立办，旋即归航。柳湾桃坞，痴迷伫想，若遇仙缘，洒然言别，不落姓氏。间有倩女离魂，文君新寡，亦效颦为之。淫靡之事，出以风韵，习俗之恶，愈出愈奇。

【注释】①宣公桥：此桥是为纪念唐代宰相陆贽而得名。宣公：即陆贽，字敬舆，溧阳县令陆侃第九子，人称"陆九"。苏州嘉兴（今浙江嘉兴）人。唐朝著名政治家、文学家、政论家、宰相。

②法膳：指帝王的常膳。琼苏：一种酒名，出自《初学记》。

【译文】湖中有许多精致画舫，美人划着船，船上载着书画与茶酒，与客人约在烟雨楼。客人来了，就载着客人离开，泛舟于烟波缥缈的湖中。人们神色安闲，泡茶煮酒，相对品茗，只觉心安神逸，在此呆上十日都不愿返回。船上若有所需，就划船到宣公桥、甪里街，这里有新鲜的瓜果蔬菜，美酒佳肴，只要喊上一声立刻就能置办好，很快就可以返航。柳湾、桃坞这些地方，会让人痴迷伫想，如若遇到仙缘，临别时就潇洒地离去，不要留下姓名。偶有离魂倩女，卓文君新寡一样的佳人，也可如东施效颦般，演绎一段千古奇情。这些淫靡之事，当地人大多认为具有风雅韵味，败坏的习俗，愈演愈离奇了。

# 朱氏收藏

朱氏家藏，如龙尾觥、合卺杯①，雕镂锲刻，真属鬼工，世不再见。余如秦铜汉玉、周鼎商彝、哥窑倭漆、厂盒宣炉、法书名画、晋帖唐琴②，所畜之多，与分宜埒富③，时人讥之。

【注释】①觥（gōng）：古代酒器，腹椭圆，上有提梁，底有圈足，兽头形盖，亦有整个酒器作兽形的，并附有小勺。合卺（jǐn）：是一种古老的传统民俗，结婚礼仪的一部分，指新郎、新娘在结婚当天的新房内共饮交杯酒。

②厂盒：一种漆盒。

③分宜：明奸相严嵩，江西分宜人。世多以"分宜"代称之。埒（liè）：相等、均等。

【译文】朱家的收藏，像龙尾觥、合卺杯这些，精雕细琢，真可谓鬼斧神工，世上难以见到。其余的收藏品，如秦朝的铜、汉朝的玉、周朝的鼎、商朝的彝、宋朝的哥窑，日本的漆器、漆盒，宣德年间的香炉、名家书画、晋朝书帖，唐代古琴，积蓄之多，能与严嵩一较高下，因此被时人所讥讽。

余谓博洽好古，犹是文人韵事。风雅之列，不黜曹瞒①；鉴赏之家,尚存秋壑②。诗文书画未尝不抬举古人,恒恐子孙效尤,以袖攫石、攫金银以赚田宅,豪夺巧取,未免有累盛德。闻昔年朱氏子孙,有欲卖尽"坐""朝""问""道"四号田者,余外祖兰风先生谑之曰:"你只管坐朝问道,怎不管垂拱平章③?"一时传为佳话。

**【注释】**①曹瞒:曹操。字孟德,小字阿瞒,东汉沛国谯(今安徽省亳县)人。有雄才,多权诈,能文学。起兵击黄巾,讨董卓,渐次剪削诸雄,自为丞相,拜大将军。

②秋壑:贾似道,字师宪,一字允从,号悦生、秋壑,台州天台县(今浙江省天台县平桥镇王里溪村)人,南宋晚期权相。

③坐朝问道,垂拱平章:语出《千字文》:"坐朝问道,垂拱平章。"由于《千字文》在民间非常普及,影响极其深远,后人常用《千字文》的文字顺序来计数或编号,一些地主的田地、商贾、店铺的账簿、书卷的编号,甚至连科举考试的试卷页码,都采用《千字文》的字序来编排。

**【译文】**我认为见闻广博又爱好古董,算是文人墨客的风雅韵事。风雅人物的行列,并不排除曹阿瞒;审美鉴赏家的行列,也存在贾似道这样的人。朱家收藏诗文书画未尝不是抬举古人,却一直担心子孙会效仿,会随手用攫取的奇石、金银来赚取田地家宅,巧取豪夺,未免有损祖上的德行。听说当年朱氏子孙中,有想卖掉"坐""朝""问""道"四号田的人,我的外祖父兰风先生开玩笑说:"你只管卖坐朝问道,怎么不管垂拱平章?"一时传为佳话。

# 仲叔古董

葆生叔少从渭阳游①，遂精赏鉴。得白定炉、哥窑瓶、官窑酒匜②，项墨林以五百金售之③，辞曰："留以殉葬。"

【注释】①渭阳：舅父的代称。张尔葆的舅父即朱敬循。

②白定炉：宋时定州所造的瓷器。胎薄如壳，半透明，表面细润光洁。酒匜（yí）：古代一种盛酒的器具。

③项墨林：浙江嘉兴人，原名项元汴，字子京，号墨林，别号墨林山人。明代著名收藏家、鉴赏家。

【译文】葆生叔年少时跟随朱敬循游学，因而对古董的赏鉴很是精通。他得到白定炉、哥窑瓶、官窑酒匜后，项墨林拿五百两银子来买，他推辞说："我要留着用来殉葬。"

癸卯①，道淮上。有铁梨木天然几②，长丈六、阔三尺，滑泽坚润，非常理。淮抚李三才百五十金不能得③，仲叔以二百金得之，解维遽去。淮抚大恚怒，差兵蹑之，不及而返。

【注释】①癸卯：即万历三十一年（1603）。

②铁梨木：又叫愈疮木，是一种优良木材，因其"硬度大"而得名，有极高的经济价值。

③李三才: 字道甫, 号修吾, 祖籍陕西临潼县 (今陕西西安), 侨居顺天府通州张家湾 (今北京市通州区张家湾镇)。明朝大臣。

**【译文】**癸卯年, 葆生叔路过淮上。遇到一张天然铁梨木茶几, 长一丈六尺、宽三尺, 滑泽坚润, 纹理非比寻常。淮上巡抚李三才花一百五十两银子没能买到, 葆生叔花了二百两银子将其买下, 随即解开船索离开。淮上巡抚大怒, 派兵追踪, 最终没有追到, 无奈返回。

庚戌①, 得石璞三十斤, 取日下水涤之, 石罅中光射如鹦哥祖母②, 知是水碧③, 仲叔大喜。募玉工仿朱氏龙尾觥一, 合卺杯一, 享价三千, 其余片屑寸皮, 皆成异宝。仲叔赢资巨万, 收藏日富。

**【注释】**①庚戌: 即万历三十八年 (1610)。

②石罅 (xià): 石缝, 指狭谷中的小道。鹦哥: 指鹦哥绿, 翡翠绿色等级的专有名词之一, 指翡翠的颜色绿而娇艳, 微透明或半透明, 如同鹦哥绿色的羽毛。祖母: 指祖母绿, 一种深绿色的宝石, 成分中含有铁和铬, 是最珍贵的宝石之一。

③水碧: 玉之一种。系水晶一类的矿物, 又名碧玉。

**【译文】**庚戌年, 仲叔得到一块未经雕琢、重达三十斤的璞石, 用太阳晒过的温水洗这块石璞, 从石缝中射出好像鹦哥绿和祖母绿一样的光, 知道这是水晶石, 仲叔大喜。招募玉匠仿制了一件朱家的龙尾觥、一件合卺杯, 价值达三千两银子, 其余的边角碎料, 也都是奇珍异宝。仲叔因此赚了上万巨资, 收藏的古董日益丰富。

戊辰后①, 倅姑熟②, 倅姑苏③, 寻令盟津④。河南为铜薮, 所得铜器盈数车，美人觚一种⑤，大小十五六枚，青绿彻骨，如翡翠，如鬼眼青⑥，有不可正视之者。归之燕客，一日失之，或是龙藏收去。

**【注释】**①戊辰：即崇祯元年（1628）。

②倅（cuì）：副职。姑熟：在今安徽当涂。

③姑苏：苏州的别称。

④盟津：即孟津，古黄河渡口名。在今河南省孟津县东北、孟县西南。

⑤美人觚：一种商周时期产的细腰酒器。

⑥鬼眼青：是古代瓷器中相当名贵不可多得的上品。

**【译文】**戊辰年以后，葆生叔先在姑熟任副职，又在姑苏任副职，不久又到盟津任县令。河南盛产铜器，葆生叔得到的铜器能装好几车，仅美人觚一种，大大小小总共就有十五六枚，青绿色的光泽令人感觉到彻骨之寒，像翡翠，又像鬼眼青，令人不敢正视。这些美人觚拿回来就到了燕客手中，一日之内全部丢失了，有人说也许是被龙宫收去了。


# 噱 社①


仲叔善诙谐，在京师与漏仲容、沈虎臣、韩求仲辈结"噱社"②，哜喋数言③，必绝缨喷饭。


**【注释】**①噱（jué）：大笑。

②漏仲容：漏坦之，字仲容，山阴（今浙江绍兴）人。沈虎臣：沈德符，字景倩，又字景伯、虎臣，秀水（今浙江嘉兴北）人。万历四十六年（1618）举人。著有《清权堂集》《敝帚轩剩语》《万历野获编》等。韩求仲：韩敬，字求仲、简与，号止修，归安（今浙江湖州）人。万历三十八年（1610）状元。

③唼喋（shà zhá）：形容鱼或水鸟吃食的声音，也指鱼或水鸟吃食。这里指聚在一起聊天。

【译文】仲叔说话幽默风趣，在京城与漏仲容、沈虎臣、韩求仲几人组建了"噱社"，他们聚在一起时，还没说上几句话，就会让大家笑掉冠帽，笑得直喷饭。


漏仲容为贴括名士①。常曰："吾辈老年读书做文字，与少年不同。少年读书，如快刀切物，眼光逼注，皆在行墨空处，一过辄了。老年如以指头掐字，掐得一个，只是一个，掐得不着时，只是白地。少年做文字，白眼看天，一篇现成文字挂在天上，顷刻下来，刷入纸上，一刷便完。老年如恶心呕吐，以手扼入齿哕出之②，出亦无多，总是渣秽。"此是格言，非止谐语。


【注释】①贴括：唐代举子把经书里难记的句子编成歌诀，以便诵读，称为"帖括"。后来通指科举的文字。

②哕（yuě）：呕吐，气逆，干哕，要吐而吐不出东西来。

【译文】漏仲容是科举名士。他常说："我们这些老年人读书写文章，与少年不一样。少年读书，如同快刀砍物，目光犀利，神情专注，落在笔墨文字处，看一遍就过了。老年人读书，如同用指头掐字，掐住一个，就是一个，掐不住的时候，就是一片空白。少年做文章，翻个白眼看着天，一篇现成的文章好像就挂在天上，顷刻便掉落下来，写到纸上，刷刷几笔就完了。老年人做文章，如同恶心呕吐，要用手伸入嘴里慢慢抠，把东西吐出来，即使这样，吐出来的也不多，都是一些污秽不堪的东西。"这分明是格言，并非戏言。

一日，韩求仲与仲叔同宴一客①，欲连名速之。仲叔曰："我长求仲，则我名应在求仲前，但缀绳头于如拳之上，则是细注在前，白文在后，那有此理！"人皆失笑。沈虎臣出语尤尖巧。仲叔候座师收一帽套，此日严寒，沈虎臣嘲之曰："座主已收帽套去，此地空余帽套头。帽套一去不复返，此头千载冷悠悠。"其滑稽多类此。

**【译文】**一天，韩求仲与仲叔都要宴请一位客人，他们想联名发邀请，让他快点来。仲叔说："我比求仲年纪大，那我的名字就该写在求仲前面，这就像蝇头小字放在拳头大的字上，就是把详细的注解放在前面，正文却在后面，哪有这样的道理啊！"众人听了都哑然失笑。沈虎巨说话尤其尖巧绝妙。仲叔在等待他的老师收起帽套，这一天，天气严寒，沈虎臣嘲笑他说："座主已收帽套去，此地空余帽套头。帽套一去不复返，此头千载冷悠悠。"他的诙谐滑稽，大多类似这样。

# 鲁府松棚

报国寺松①，蔓引骫委②，已入藤理。入其下者，蹒跚局踏③，气不得舒。鲁府旧邸二松，高丈五，上及檐甃④，劲竿如蛇脊，屈曲撑距，意色酣怒，鳞爪拏攫，义不受制，鬣起针针⑤，怒张如戟。旧府呼"松棚"，故松之意态情理无不棚之。便殿三楹盘郁殆遍⑥，暗不通天，密不通雨。

【注释】①报国寺：位于北京市西城区报国寺前街1号，广内大街北侧。始建于辽代，清乾隆十九年（1745）得以重修。

②骫（duǒ）委：盘曲下垂的样子。

③蹒跚：腿脚不灵便，走起路来摇摇摆摆。局踏：狭隘，不舒展，形容谨慎恐惧的样子。

④檐甃（zhòu）：屋檐。

⑤鬣（liè）起针针：松针如兽颈上的长毛般根根鬣起。鬣：某些哺乳动物颈上生长的又长又密的毛。

⑥盘郁：曲折幽深。

【译文】报国寺里的青松，蔓延生长，盘曲下垂，很像藤蔓。人走在青松下，只觉步履蹒跚，谨慎恐惧，心气都不能顺畅。鲁府旧宅里有两株松树，高约一丈五，上面已触到房檐，枝干苍劲，好像蛇脊一样，弯曲地撑持着树身，又如同盛怒的巨龙，张开鳞爪，现出不肯受制于人的样子，松针如兽颈上的长毛根根鬣起，如剑戟般愤怒地张开。因为松树的神情姿态无不像一座棚子，所以旧府的人称之为"松棚"。便殿有三间房子，都被松棚盘曲遮掩，幽暗不见天日，稠密不泄风雨。

鲁宪王晚年好道，尝取松肘一节，抱与同卧，久则滑泽酣酡<sup>①</sup>，似有血气。

【注释】①酣酡：像酒醉脸红一样的色泽。

【译文】鲁宪王晚年喜欢修道，曾经从松树上取臂肘大的一节，每天抱着它一同睡卧，时间久了，松肘光滑润泽，颜色像人醉酒后脸红的样子，似乎已经有了人的血气。

# 一尺雪

"一尺雪"为芍药异种，余于兖州见之。花瓣纯白，无须萼，无檀心，无星星红紫，洁如羊脂，细如鹤翮<sup>①</sup>，结楼吐舌<sup>②</sup>，粉艳雪映。上下四旁，方三尺，干小而弱，力不能支，蕊大如芙蓉，辄缚一小架扶之。大江以南，有其名无其种，有其种无其土，盖非兖勿易见之也。

【注释】①翮（hé）：即羽茎。鸟翎的茎，翎管。

②结楼：花蕊一层一层，如搭建楼阁。

【译文】"一尺雪"，是芍药中的奇特品种，我在兖州见过。其花瓣纯白，没有花须花萼，没有淡红色的花蕊，没有星星点点的红紫颜色，如羊脂般纯白，如白鹤羽茎一般细嫩，花蕊一层一层吐出，如同搭建楼阁般，粉嫩香艳，丰腴如雪。花的四周有三尺多宽，弱小的枝干，没有支撑花朵的力量，花蕊大如芙蓉，就绑上一个小架子支撑它。在长江以南，光有"一尺雪"的名字却没有其品种，即便有"一尺雪"的品种也没有适合栽种它的土壤，也许不在兖州就不容易见到"一尺雪"吧。

兖州种芍药者如种麦，以邻以亩。花时宴客，棚于路、彩于门、衣于壁、障于屏、缀于帘、簪于席、裀于阶者①，毕用之，日费数千勿惜。余昔在兖，友人日剪数百朵送寓所，堆垛狼藉，真无法处之。

【注释】①裀（yīn）：古同"茵"，垫子；褥子。

【译文】兖州人种植芍药就像种麦子一样，芍药地一块接一块，整亩整亩地种植。开花的时候宴请客人，在路边搭花棚、门上装点着花、墙上挂着花、屏风上用花作布帷、帘幕上用花来点缀、在餐桌上摆花、在台阶上铺设鲜花，全都用芍药花，每天要用数千朵花也不觉得可惜。我从前在兖州，友人每天都要剪下几百朵"一尺雪"送到我的住所，零乱不堪地堆积着，真不知该如何处理。

# 菊　海

兖州张氏期余看菊，去城五里。余至其园，尽其所为园者而折旋之<sup>①</sup>，又尽其所不尽为园者而周旋之，绝不见一菊，异之。移时，主人导至一苍莽空地，有苇厂三间<sup>②</sup>，肃余入，遍观之，不敢以菊言，真菊海也。厂三面，砌坛三层，以菊之高下高下之。花大如瓷瓯<sup>③</sup>，无不球，无不甲，无不金银荷花瓣，色鲜艳，异凡本，而翠叶层层，无一叶蚤脱者。此是天道，是土力，是人工，缺一不可焉。

【注释】①折旋：形容来回奔逐。

②苇厂：用芦苇搭建的棚子。

③瓷瓯（ōu）：指古代酒器，饮茶或饮酒用。形为敞口小碗式。

【译文】兖州张氏约我去赏菊，菊园在离城五里的地方。我到了他的菊园，把整个园子来来回回走了一遍，又把园子外面的地方全都走遍了，却没看到一朵菊花，我感觉很是诧异。过了一会儿，主人带我来到一处苍莽的空地，这里有三间芦苇搭成的棚子，主人郑重地把我邀请进去，放眼望去，真不敢说那是菊花，简直就是一片菊海。苇棚有三面，砌了三层花坛，安放时按照菊花的高低决定其上下。菊花大如瓷碗，没有不是球状的，没有不是一流的，花瓣没有不是金银荷花似的，鲜艳的色泽，不同于一般品种，而一层一层翠绿的叶子，没有一片是过早脱落的。这都得益于天道，得益于土力，得益于人工，三者缺一不可。

兖州缙绅家风气袭王府，赏菊之日，其桌、其机、其灯、其炉、其盘、其盒、其盆盎、其餚器、其杯盘大觥、其壶、其帏、其褥、其酒、其面食、其衣服花样，无不菊者。夜烧烛照之，蒸蒸烘染，较日色更浮出数层。席散，撤苇帘以受繁露。

【译文】兖州的缙绅家沿袭王府的气派，赏菊的日子，他们家里的餐桌、小凳、夜灯、火炉、餐盘、果盒、盆盎、餻器、杯盘、大觥、茶壶、帏帐、被褥、美酒、面食、衣服的花样，无不与菊花相关。在夜里点燃蜡烛映照着菊花，烛光蒸蒸烘染着，比白天更是多了几分雅致。宴席散后，撤掉苇帘，菊花可以尽情地享受露水的浸润。

# 曹　山①

万历甲辰②，大父游曹山，大张乐于狮子岩下。石梁先生戏作山君檄讨大父③，祖昭明太子语④，谓若以管弦污我岩壑。大父作檄骂之，有曰："谁云鬼刻神镂，竟是残山剩水！"石篑先生嗤石梁曰："文人也，那得犯其锋？不若自认，以'残山剩水'四字摩崖勒之。"先辈之引重如此。

【注释】①曹山：在浙江绍兴。

②万历甲辰：即万历三十二年（1604）。

③石梁先生：即陶奭（shì）龄，字君奭，一字公望，号石梁，又号小柴桑老，会稽（今浙江绍兴）人。明代学者。王阳明之三传弟子，与其兄陶望龄并称"二陶"。山君：山神。

④昭明太子：即南朝梁武帝的长子萧统。字德施，小字维摩，南兰陵郡兰陵县（今江苏省常州市武进区）人。南朝梁宗室、文学家。

【译文】万历甲辰年，我的祖父去曹山游览，在狮子岩下大张旗鼓地奏乐。石梁先生开玩笑，作了篇模仿山神口气的檄文声讨我祖父，文中效仿昭明太子的话语，说你们用管弦玷污了我的山峦溪谷。祖父也作了一篇檄文回骂他，其中有这样的语句："谁说这是鬼斧神工，竟不过是残山剩水！"石簧先生嗤笑石梁说："文人嘛，怎敢冒犯他的锋芒？不如你自己认输，将'残山剩水'四字刻在摩崖石壁上。"先辈互相推崇，竟到了如此地步。

　　曹石宕为外祖放生池①，积三十余年，放生几百千万，有见池中放光如万炬烛天，鱼虾荇藻附之而起②，直达天河者。余少时从先宜人至曹山庵作佛事，以大竹簕贮西瓜四③，浸宕内。须臾，大声起岩下，水喷起十余丈，三小舟缆断，颠翻波中，冲击几碎。舟人急起视，见大鱼如舟，口欿四瓜④，掉尾而下。

　　【注释】①放生：将被捕获的鱼、鸟等生类放之于山野或池沼之中，使其不受人宰割、烹食，称为"放生"。

　　②荇（xìng）藻：多年生草本植物，叶略呈圆形，浮在水面，根生水底，夏天开黄花，结椭圆形蒴果。全草可入药。

　　③簕（bù）：竹篓。

　　④欿（hē）：饮，吸。

　　【译文】曹石宕是外祖父的放生池，前后三十余年，放生的水物有几百上千万，有人看见放生池中发出的光芒，有如万支火炬照耀天空，鱼虾荇藻随光而起，直达天河。我年少时随母亲到曹山庵作佛事，用大竹篓装了四个西瓜，将它们浸泡在石宕中。过了一会儿，岩石下传来很大的声音，水花喷溅起十余丈高，三条小船的缆绳断了，颠翻在波浪之中，几乎被冲成碎片。船上的人赶快起来察看，只见一条大鱼，如小舟一般大，嘴里含着四个西瓜，摆摆尾巴钻进水里去了。

## 齐景公墓花樽<sup>①</sup>

霞头沈金事宦游时<sup>②</sup>，有发掘齐景公墓者，迹之，得铜豆三，大花樽二。豆朴素无奇。花樽高三尺，束腰拱起，口方而敞，四面戟楞，花纹兽面，粗细得款，自是三代法物。归乾阳刘太公<sup>③</sup>，余见赏识之，太公取与严，一介不敢请。及宦粤西，外母归余斋头。余拂拭之，为发异光。取浸梅花，贮水，汗下如雨，逾刻始收，花谢结子，大如雀卵。

【注释】①齐景公：姜姓，吕氏，名杵臼，齐灵公之子，齐庄公之弟，春秋时期齐国君主。樽：古代盛酒的器具。

②沈金事：沈炼，字纯甫，号青霞山人。浙江会稽（今浙江绍兴）人，明朝官员、锦衣卫。

③乾阳刘太公：即刘毅，明朝万历十七年进士。是作者张岱妻子的祖父。

【译文】霞头的沈金事在外做官时，有人发掘了齐景公的陵墓，经过追查掘墓人的行迹，缴获了三个铜豆，两个大花樽。铜豆朴素无奇。花樽有三尺高，中间束腰，两头拱起，樽口宽敞，呈方形，四面就像兵器的戟棱，雕刻有花纹和兽面，纹路粗细有致，是夏商周三代宗庙里祭祀所用的文物。花樽后来归乾阳刘太公所有，我看到后赞赏不已，但太公对文物的取与非常严格，我也不敢请求。等他到粤西做官时，岳母把花樽送到我的书斋。我将上面的灰尘拂去，花樽发出奇异的光芒。我取来梅花插在里面，加入一些水，樽外渗出的水珠如下雨一样，过了一会儿才停止。花谢后所结之子，如同雀卵般大小。

余藏之两年，太公归自粤西，稽覆之，余恐伤外母意，亟归之。后为驵侩所唆，竟以百金售去，可惜。今闻在歙县某氏家庙。

【译文】我将花樽收藏了两年，太公从粤西回来，再次清查其下落，我怕伤了岳母的一片好意，就赶快把它还回去。后来太公被商人利诱，竟以一百两银子的低价将花樽卖掉，真是可惜。如今，听说花樽在歙县某氏家庙里。

# 卷 七

## 西湖香市①

　　西湖香市，起于花朝②，尽于端午。山东进香普陀者日至，嘉、湖进香天竺者日至③，至则与湖之人市焉，故曰香市。然进香之人市于三天竺，市于岳王坟，市于湖心亭，市于陆宣公祠④，无不市，而独凑集于昭庆寺⑤。昭庆两廊故无日不市者，三代八朝之骨董⑥，蛮夷闽貊之珍异⑦，皆集焉。

　　**【注释】**①香市：佛寺进香时节商人出售香烛、什物的市集。

　　②花朝：相传阴历二月十二日或十五日为百花生日，称为"花朝"。唐代司空图在《早春》诗中写道："伤怀同客处，病眼却花朝。"

　　③嘉、湖：即浙江嘉兴、湖州。

　　④陆宣公祠：位于西湖孤山，为祭祀唐代中书侍郎、同平章事陆贽而建。作者张岱在《西湖寻梦·陆宣公祠》写道："孤山何以祠陆宣公也？盖自陆少保炳为世宗乳母之子，揽权怙宠，自谓系出宣公，创祠祀

之。"陆宣公：即陆贽，字敬舆，谥号"宣"。今浙江嘉兴人。唐朝著名政治家、文学家，溧阳县令陆侃第九子，人称"陆九"。有《陆宣公翰苑集》《陆氏集验方》传世。

⑤昭庆寺：建于唐宋之间的五代时期，位于宝石山东。几经建设，几经焚烧，现已不存。

⑥三代八朝：泛指各个朝代。

⑦蛮夷闽貊：指各少数民族。蛮夷：古代泛指华夏中原民族以外的少数民族。貊（mò）：古代称东北方的民族。

【译文】西湖的香市，从花朝节开始，到端午节结束。每天都有从山东一带来的人到普陀寺进香，每天都有从嘉兴、湖州来的人，到天竺寺进香，他们来到这里就与西湖当地人做生意，所以叫做"香市"。但是进香的人可以在三天竺寺做生意，可以在岳王坟做生意，可以在湖心亭做生意，可以在陆宣公祠做生意，这些地方都能成为交易市场，可是人们却单单凑集于昭庆寺。昭庆寺的两条长廊没有一天不进行交易，历朝历代的古董，各个少数民族的珍奇异宝，都集结于此。

至香市，则殿中边、甬道上下、池左右、山门内外，有屋则摊，无屋则厂，厂外又棚，棚外又摊，节节寸寸。凡䄖赪簪珥、牙尺剪刀，以至经典木鱼、孖儿嬉具之类，无不集。

【译文】来到香市，只见大殿中间、甬道上下、池塘左右、山门内外，有房屋就有摊位，没房屋就建立棚舍，棚舍外面又搭小棚，小棚外面又摆摊位，相隔极短，紧密相连。但凡胭脂、簪子、耳饰、象牙尺、剪刀，以及经典、木鱼、小孩儿玩具之类，这里都有。

此时春暖，桃柳明媚，鼓吹清和，岸无留船，寓无留客，肆无留酿。袁石公所谓"山色如娥，花光如颊，波纹如绫，温风如酒"，已画出西湖三月。而此以香客杂来，光景又别。士女闲都①，不胜其村妆野妇之乔画②；芳兰荛泽，不胜其合香芫荽之薰蒸③；丝竹管弦，不胜其摇鼓欱笙之聒帐④；鼎彝光怪⑤，不胜其泥人竹马之行情⑥；宋元名画，不胜其湖景佛图之纸贵。如逃如逐，如奔如追，撩扑不开，牵挽不住。数百十万男男女女、老老少少，日簇拥于寺之前后左右者，凡四阅月方罢。恐大江以东，断无此二地矣。

【注释】①闲都：文雅俊美。闲：通"娴"。

②乔画：浓妆艳抹。

③合香：即苏合香，金缕梅科乔木，原产于小亚细亚。树脂称"苏合香"，可提制苏合香油，用作香精中的定香剂；亦可杀虫，治疥癣；中医学上用为通窍、开郁、辟秽、理气药。芫荽：一种一年生草本植物，叶互生，羽状复叶，茎和叶有特殊香气，花小，白色。果实圆形，用做香料，也可入药。嫩茎和叶用来调味。通称香菜。

④欱(hē)笙：吹笙。聒帐：谓通宵宴饮，管弦齐作。出自《春明退朝录》卷下："终日沉饮，听郑卫之声，与胡乐合奏，自昏彻旦，谓之聒帐。"

⑤鼎彝：古代宗庙中的祭器，上刻表彰有功人物的文字。

⑥泥人竹马：这里指各种玩具。

【译文】此时正值暖春，桃红柳绿，阳光明媚，击鼓奏乐，清丽柔和，岸边没有停留的船只，客栈没有滞留的客人，酒店没有剩余的美酒。袁石公说的"山色如娥，花光如颊，波纹如绫，温风如酒"，已经形象地勾画出美丽的西湖三月。而这里四面八方的香客杂沓而来，风景又别于袁石公所描述的。文雅俊美的士子淑女，比不过那些村庄野妇的浓妆艳抹；芬芳的兰花散发的淡香，比不过合香、芜荑的浓香；丝竹管弦之乐，比不过击鼓吹笙的吵闹聒噪；祭器鼎彝散发的奇异光泽，比不过各种民间小玩艺的售卖行情；宋元时期的名画，比不过西湖美景图和佛塔图的市价。人们忙碌如逃如逐，如奔如追，拥挤时撩扑不开，走散时牵挽不住。成千上万的男男女女、老老少少，每天簇拥在昭庆寺的前后左右，要经过四个月才肯罢休。这样的情形，恐怕大江以东，断然没有第二个这样的地方了吧。

崇祯庚辰三月<sup>①</sup>，昭庆寺火。是岁及辛巳、壬午洊饥<sup>②</sup>，民强半饿死。壬午，虏鲠山东<sup>③</sup>，香客断绝，无有至者，市遂废。

**【注释】**①崇祯庚辰：即崇祯十三年（1640）。

②辛巳、壬午：即崇祯十四年（1641）、崇祯十五年（1642）。洊（jiàn）饥：连年饥荒。

③虏鲠山东：清兵入侵浙江东部。

**【译文】**崇祯庚辰年三月，昭庆寺发生火灾。从这一年到辛巳年、壬午年，连年饥荒，百姓饿死大半。壬午年，清兵入侵浙东，香客断绝，再没有进香的人过来，香市便废弃了。

辛巳夏，余在西湖，但见城中饿殍异出<sup>①</sup>，扛挽相属。时杭州刘太守梦谦<sup>②</sup>，汴梁人，乡里抽丰者多寓西湖<sup>③</sup>，日以民词馈送。有轻薄子改古诗诮之曰："山不青山楼不楼，西湖歌舞一时休。暖风吹得死人臭，还把杭州送汴州。"可作西湖实录。

【注释】①饿殍（piǎo）：饿死的人。

②刘太守梦谦：即刘梦谦，河南罗山人。

③抽丰：旧时利用各种关系和借口向人索取财物。

【译文】辛巳年夏季，我住在西湖，只见城里饿死的人被抬出来，人们扛着工具，互相挽着，接连不断。当时杭州太守刘梦谦是汴梁人，他的同乡有很多抽丰者都寓居在西湖，每天拿着从百姓打官司得到的好处费送给刘太守。有位轻薄之人改古诗嘲笑太守道："山不青山楼不楼，西湖歌舞一时休。暖风吹得死人臭，还把杭州送汴州。"这首诗可称作当时西湖的真实写照了。

# 鹿苑寺方柿

萧山方柿，皮绿者不佳，皮红而肉糜烂者不佳，必树头红而坚脆如藕者，方称绝品。然间遇之，不多得。余向言西瓜生于六月，享尽天福；秋白梨生于秋，方柿、绿柿生于冬，未免失候。

【译文】萧山的方柿，皮绿的不好，皮红而果肉糜烂的也不好，一定是长在树头，颜色发红，而且坚脆如莲藕一样的，才称得上绝品。但这种佳品只能偶尔遇到，无法多得。我以前说西瓜生长于六月，享尽了天福；秋白梨生长在秋季，方柿、绿柿则生长在冬季，未免错失了美好的季节。

　　丙戌①, 余避兵西白山②, 鹿苑寺前后有夏方柿十数株。六月歊暑③, 柿大如瓜, 生脆如咀冰嚼雪, 目为之明。但无法制之, 则涩勒不可入口。土人以桑叶煎汤, 候冷, 加盐少许, 入瓮内, 浸柿没其颈, 隔二宿取食, 鲜磊异常。余食萧山柿多涩, 请赠以此法。

　　**【注释】**①丙戌: 即顺治三年 (1646)。

　　②西白山: 在今浙江省嵊州市境内, 景色优美。

　　③歊 (xiāo) 暑: 炎热的暑天。歊: 炎热。

　　**【译文】**丙戌年, 我在西白山躲避战乱, 鹿苑寺前后有夏方柿十几株。六月酷暑难耐, 柿子长得像瓜一样大, 吃起来很是脆生, 就像在咀嚼冰雪, 吃完柿子会感觉眼睛都变亮了。但如果没有好的制作方法, 就会感到生涩, 难以入口。当地人用桑叶煎汤, 等汤变冷后, 加上少许盐, 放进瓮里, 浸泡方柿, 汤水要淹没瓮颈, 隔两宿再取出来吃, 就会感觉异常鲜美。我吃过的萧山柿子大多苦涩, 现在就把制作西白山方柿的方法赠送给大家。

## 西湖七月半

　　西湖七月半, 一无可看, 止可看看七月半之人。看七月半之人, 以五类看之。其一, 楼船箫鼓, 峨冠盛筵, 灯火优傒①, 声光相乱,名为看月而实不见月者,看之。其一,亦船亦楼,名娃闺秀②,携及童娈,笑啼杂之,环坐露台,左右盼望,身在月下而实不看月者,看之。其一,亦船亦声歌,名妓闲僧,浅斟低唱,弱管轻丝③,竹肉相发,亦在月下,亦看月,而欲人看其看月者,看之。其一,不舟不车,不衫不帻,酒醉饭饱,呼群三五,跻入人丛,昭庆、断桥④,嚣呼嘈杂,装假醉,唱无腔曲,月亦看,看月者亦看,不看月者亦看,而实无一看者,看之。其一,小船轻幌,净几暖炉,茶铛旋煮,素瓷静递,好友佳人,邀月同坐,或匿影树下,或逃嚣里湖,看月而人不见其看月之态,亦不作意看月者,看之。

【注释】①优僮:歌伎和婢仆。

②名娃:名门美女。

③弱管轻丝:形容乐声轻柔细弱。

④断桥:本名宝祐桥,也称段家桥。位于杭州市孤山边,因孤山之路至此而断,故自唐代以来皆称断桥,为西湖胜景之一。

【译文】西湖的七月十五,没有可看之处,只能看看七月十五的人。看七月十五的人,可以将他们分成五类。第一类,楼船上箫鼓齐奏,峨冠博带的士人参加盛宴,楼船上灯火辉煌,歌伎婢仆来往奔忙,声光交错杂乱,名义上是来赏月,实际上却并非如此,这类人可以一看。第二类,也是既有船又有楼,名门美女、大家闺秀,带着容貌姣好的少年,笑闹声啼哭声混杂在一起,他们围坐在露天的平台上,左顾右盼,虽身在月下而实际上并不赏月,这类人可以一看。第三类,也是坐在船上,也有歌声相伴,名妓和闲僧,一面浅饮茶酒,一面低声吟唱,乐声轻柔细弱,丝竹之声与歌唱声相互引发,也是在月下,也赏月,却希望有人看到他们在赏月，这类人可以一看。第四类，不乘船，不坐车，不穿长衫，不戴头巾，酒醉饭饱后，呼朋唤友三五成群，跻身于人丛之中，在昭庆寺、断桥边，大呼小叫，嘈杂吵嚷，假装醉酒，嘴里哼着不成调的曲子，也看月亮，也看赏月之人，还看不赏月之人，但实际上他们什么人都没看，这类人也可一看。第五类，坐在小船上，轻纱帏幔，干净的桌几，温暖的火炉，茶铛快速地煮着茶，静静地接过洁白的瓷杯，好友佳人，邀月同坐，有的隐匿在树影之下，有的为逃避喧嚣而划进里湖，他们看月，但别人却看不到他们看月的形态，也不刻意做出赏月的样子，这类人也可一看。

杭人游湖，巳出酉归①，避月如仇，是夕好名，逐队争出，多犒门军酒钱，轿夫擎燎，列俟岸上。一入舟，速舟子急放断桥，赶入胜会。以故二鼓以前，人声鼓吹，如沸如撼，如魇如呓，如聋如哑，大船小船一齐凑岸，一无所见，止见篙击篙、舟触舟、肩摩肩、面看面而已。少刻兴尽，官府席散，皂隶喝道去，轿夫叫船上人，怖以关门，灯笼火把如列星，一一簇拥而去。岸上人亦逐队赶门，渐稀渐薄，顷刻散尽矣。

【注释】①巳：十二时辰之一，上午九时至十一时。酉：十二时辰之一，下午五点到七点。

【译文】杭州人在西湖游玩，通常是巳时出发酉时回家，他们躲避月亮就如躲避仇人一般，但在七月十五这天夜晚，人们知道这是一个好名头的日子，就成群结队，竞相出来，他们会多犒赏点儿酒钱给守门的士兵，轿夫们手举火把，列队在岸上等候。一上船，就催促船手赶快将船划到断桥，赶去参加盛会。所以二更以前，人声、鼓声，如沸腾之水，似震撼之雷，如梦中惊叫，似梦中呓语，又如聋似哑，大船小船，一齐凑到岸边，什么也看不见，只见篙竿撞击着篙竿，小船磕碰着小船，肩膀摩擦着肩膀，脸对着脸而已。一会儿，人们的兴致没了，官府的宴席散了，衙门里差役吆喝着开道而去，轿夫叫着船上的人，吓唬他们官府要关闭城门了，在回去的路上，灯笼火把就像排列的繁星，一一簇拥着远去。岸上的人群也一队接着一队地奔赴城门，西湖的游人渐渐稀少，顷刻间便散尽了。

吾辈始舣舟近岸<sup>①</sup>，断桥石磴始凉<sup>②</sup>，席其上，呼客纵饮。此时，月如镜新磨，山复整妆，湖复颒面<sup>③</sup>。向之浅斟低唱者出，匿影树下者亦出，吾辈往通声气，拉与同坐。韵友来<sup>④</sup>，名妓至，杯箸安，竹肉发。月色苍凉，东方将白，客方散去。吾辈纵舟，酣睡于十里荷花之中，香气拍人，清梦甚惬。

**【注释】**①舣舟：停船靠岸。

②石磴：石级，石台阶。

③颒（huì）面：洗脸。

④韵友：志同道合的朋友。

**【译文】**我们这些人才划着小船靠近岸边，断桥的石头台阶开始变凉，就在上面摆上酒席，招呼客人纵情豪饮。这时，月亮就像新打磨的镜子，山林像重新修整了妆容，湖水也好像重新洗过了脸。先前浅斟低唱的人出来了，隐匿在树影下的人也出来了，我们过去打了招呼，拉着他们坐在一处。志同道合的朋友来了，名妓到了，安置好酒杯碗筷，悦耳的丝竹声与动听的歌声此起彼伏。月色苍凉，东方将现出鱼肚白的时候，客人才渐渐散去。我们任小船肆意游荡，酣睡在十里荷花之间，香气阵阵袭来，美梦连连，甚是惬意。

## 及时雨①

壬申七月②，村村祷雨，日日扮潮神海鬼，争唾之。余里中扮《水浒》，且曰：画《水浒》者，龙眠、松雪近章侯③，总不如施耐庵④，但如其面勿黛，如其髭勿鬣⑤，如其兜鍪勿纸⑥，如其刀杖勿树，如其传勿杜撰，勿弋阳腔，则十得八九矣。于是分头四出，寻黑矮汉，寻梢长大汉，寻头陀，寻胖大和尚，寻苗壮妇人，寻姣长妇人，寻青面，寻歪头，寻赤须，寻美髯，寻黑大汉，寻赤脸长须，大索城中。无则之郭、之村、之山僻、之邻府州县，用重价聘之，得三十六人。梁山泊好汉，个个呵活，臻臻至至，人马称娖而行⑦，观者兜截遮拦，直欲看杀卫玠⑧。

【注释】①及时雨：指能救人急难的人，这里指宋江。《水浒传·第一八回》："那押司姓宋名江，……每每排难解纷，只是周全人性命。如常散施棺材药饵，济人贫苦，赒人之急，扶人之困。以此山东、河北闻名，都称他做'及时雨'。"
②壬申：即崇祯五年（1632）。

③龙眠：李公麟的别号，字伯时，号龙眠居士，北宋庐州府舒城县人。宋代著名画家。自幼博学多闻，好古善鉴，认识奇字颇多。有代表作《五马图》。松雪：元代书画家赵孟頫。字子昂，号松雪道人，简称松雪。南宋晚期至元朝初期官员、书法家、画家，宋太祖赵匡胤第十一世孙、秦王赵德芳的嫡系子孙。自创"赵体"书，同欧阳询、柳公权、颜真卿并称"楷书四大家"。

④施耐庵：名耳，字子安，号耐庵。《水浒传》的作者，被誉为"中国长篇小说之父"。

⑤髭（zī）：嘴上边的胡子。鬣（liè）：马、狮子等颈上的长毛。

⑥兜鍪（móu）：一种古时战士戴的头盔。形如鍪，用以防御兵刃。

⑦称娖（chuò）：行列齐整貌。

⑧看杀卫玠：指为群众所仰慕的人。语出《晋书·卫玠传》："京师人士闻其姿容，观者如堵。玠劳疾遂甚，永嘉六年卒，时年二十七，时人谓玠被看杀。"卫玠：晋人，字叔宝，风采极佳，为众人所仰慕。

【译文】壬申年七月，村村都在祈雨，有人天天装扮潮神海鬼，人们争着朝他们身上吐口水，以求下雨。我们乡里有扮演《水浒》中人物的，且说：画《水浒》人物的，李公麟、赵孟頫和陈洪绶所画较为接近原型，但总是比不上施耐庵，表演者要与《水浒》里刻画的人物面貌相似，却不用太黑，胡子要很像，但也不用太叱诧，戴的头盔要一样，但不能用纸做的冒充，刀杖要很像，但不能是木制的，人物传记要与施耐庵笔下的一样，但不能是杜撰的，唱腔也不能是弋阳腔，这样就能把人物的十之八九仿效出来了。于是便分头四处寻找，寻找黑矮的汉子，寻找高大的汉子，寻找云游化缘的僧人，寻找胖大和尚，寻找茁壮的妇人，寻找面容姣好的妇人，寻找青面的人，寻找歪头的人，寻找红胡子的人，寻找美胡须的人，寻找黑大汉，寻找红脸长须的人，开始在城中大肆搜索起来。如果在城中没找到就到城郊、就到乡村、到偏僻的山村、到邻府州县，用高价聘请他们，一共找到三十六人。这些梁山泊的好汉，个个生龙活虎地呈现眼前，真是完美，人马整齐地走在街上，观看的人兜截阻拦，就像当年京师人士围堵看卫玠一样，简直要把人给看死了。

五雪叔归自广陵，多购法锦宫缎①，从以台阁者八：雷部六，大士一，龙宫一，华重美都，见者目夺气亦夺。盖自有台阁，有其华无其重，有其美无其都，有其华重美都，无其思致，无其文理。轻薄子有言："不替他谦了也，事事精办。"

【注释】①法锦：古代西南少数民族地区产的一种丝织品。

【译文】五雪叔从广陵回来，购买了很多法锦和宫廷用的绸缎，用这些锦缎装饰了八个台阁：雷部台阁六个，大士台阁一个，龙宫台阁一个，每个台阁都华美凝重，高贵漂亮，见者个个目不转睛，就连大气儿都不敢出。大概自有台阁以来，有这样华丽的，却没有这样高贵的，有这样美丽的，却没有这样完美的，有这样华贵完美的，却没有这样才情雅致、构思精巧的。有轻薄的人说："就不用替他谦虚了，每件事都办得很精致。"

季祖南华老人喃喃怪问余曰："《水浒》与祷雨有何义味近？余山盗起，迎盗何为耶？"余颒首思之①，果诞而无谓②，徐应之曰："有之。天罡尽③，以宿太尉殿焉④。用大牌六，书'奉旨招安'者二，书'风调雨顺'者一，'盗息民安'者一，更大书'及时雨'者二，前导之。"观者欢喜赞叹，老人亦匿笑而去。

【注释】①頫（fǔ）首：低下头。頫同"俯"。

②果诞：荒诞。

③天罡：星名。《水浒传》一百零八将中有三十六将为天罡星下界，而扮演祈雨的人正好三十六位，因而称之为"天罡"。

④宿太尉：《水浒传》里的人物。

【译文】我的季祖南华老人感到奇怪，低声问我："《水浒》和祈雨有何关联？余山盗贼兴起，为什么还要如此大张旗鼓地迎接盗贼？"我低头思索了一会儿，确实觉得这样求雨荒诞不经，没什么意义，但我还是慢慢答道："有啊。三十六颗天罡星的故事结束，都要用宿太尉收场。就用六块大牌，两块写着'奉旨招安'，一块写着'风调雨顺'，一块写着'盗息民安'，还有两块更大的写着'及时雨'，在最前面指引。"观众无不欢喜赞叹，南华老人也掩口笑着离开了。

# 山艇子①

龙山自爇花阁而西皆骨立②，得其一节，亦尽名家。山艇子石，意尤孤子，壁立霞剥，义不受土。大樟徙其上，石不容也，然不恨石屈而下，与石相亲疏。石方广三丈，右坳而凹，非竹则尽矣, 何以浅深乎石! 然竹怪甚, 能孤行, 实不藉石。竹节促而虬, 叶毵毵③, 如猬毛、如松狗尾, 离离矗矗, 捎捩攒挤④, 若有所惊者。竹不可一世, 不敢以竹二之。

【注释】①山艇子: 作者张岱曾经读书的地方。

②巘 (yǎn) 花阁: 张岱在《巘花阁》写道:"巘花阁在筠芝亭松峡下, 层崖古木, 高出林皋, 秋有红叶。"巘: 大山上的小山。

③毵毵 (xiǎn): 羽毛丰满鲜明貌。

④捎捩 (liè) 攒挤: 形容竹叶拂掠转折, 簇聚拥挤的样子。

【译文】龙山自巘花阁以西, 都是山石嶙峋, 能得到其中一节, 也可称为名家了。山艇子石, 品性孤高, 孑然独立, 石壁耸立, 云霞缭绕, 纤尘不染。一棵大樟树的根串到石壁上面, 岩石不能容忍, 但是树根不埋怨岩石, 折屈而下, 和岩石紧密相亲。山艇子石三丈见方, 右侧低洼凹陷, 如果没有翠竹衬托, 石头就穷尽了, 又何来浅深之说! 可是翠竹很奇怪, 可以不借助岩石而独自生长。竹节很短, 像虬龙一样盘曲着, 竹叶像鸟兽的毛羽一样丰满, 像刺猬的刺、像松狗的尾巴, 茂密挺拔, 拂掠转折, 簇聚拥挤, 好像受到惊吓的样子。竹子不可一世, 不敢将它放到第二位。

或曰: 古今错刀也①。或曰: 竹生石上, 土肤浅, 蚀其根, 故轮囷盘郁②, 如黄山上松。山艇子樟, 始之石, 中之竹, 终之楼, 意长楼不得竟其长, 故艇之。然伤于贪, 特特向石, 石意反不之属, 使去丈而楼, 壁出樟出, 竹亦尽出。竹石间意, 在以淡远取之。

【注释】①错刀：一种古钱。为王莽所铸，一刀值五千钱。后指钱币。

②轮囷（qūn）：屈曲盘绕的样子。

【译文】有人说：竹叶像是王莽铸造的错刀币。有人说：竹子长在石头上，泥土很浅，根受到雨水的侵蚀，所以才会屈曲盘绕，像黄山上的青松一样。山艇子上的樟树，以石头为根基，中间是竹子，顶端是楼阁，意思是长到楼那么高也不是它的生长极限，所以称它为山艇子樟。但是因为樟树有点儿贪心，特意低头一心向着石头，石头反而不屑于樟树这种类型，如果樟树距离石头一丈远，像楼那么高，那么峭壁和樟树都会显露出来，竹子也全都露出来了。竹石之间的意蕴，在于以淡远取胜。

# 悬杪亭

余六岁随先君子读书于悬杪亭①，记在一峭壁之下，木石撑距，不藉尺土，飞阁虚堂，延骈如枇②。缘崖而上，皆灌木高柯，与檐甍相错③。取杜审言"树杪玉堂悬"句④，名之"悬杪"，度索寻橦，大有奇致。

【注释】①先君子：作者张岱对去世父亲的敬称。

②延骈如枇：像梳齿一样整齐密集。

③檐甍：房檐。

④杜审言：字必简，唐代大诗人杜甫的祖父。唐代"近体诗"的奠基人之一，他的五言律诗格律谨严。树杪玉堂悬：精美的楼阁在树梢上高悬。出自杜审言《蓬莱三殿侍宴奉敕咏终南山应制》："北斗挂城边，南山倚殿前。云标金阙迥，树杪玉堂悬。半岭通佳气，中峰绕瑞烟。小臣持献寿，长此戴尧天。"

**【译文】**我六岁时，跟随父亲在悬杪亭读书，记得悬杪亭是在一面陡峭的石壁之下，用木头和石头支撑，没有借助一点儿泥土，飞阁虚堂，像梳齿一样整齐密集。沿着山崖上去，都是丛生的灌木和高大的树枝，与房檐相互交错。此亭的名字源自唐代诗人杜审言的"树杪玉堂悬"诗句，因此名为"悬杪"。从这里度过索道找寻樟树，很有些新奇的意趣。

后仲叔庐其崖下，信堪舆家言①，谓碍其龙脉，百计购之，一夜徙去，鞠为茂草②。儿时怡寄，常梦寐寻往。

**【注释】**①堪舆家：古时为占候卜筮者之一种。后专称以相地看风水为职业者，俗称"风水先生"。

②鞠为茂草：谓杂草塞道。形容衰败荒芜的景象。鞠，通"鞠"。

**【译文】**后来我二叔在悬崖下建了房子，他相信风水先生说的话，说悬杪亭防碍了他家的龙脉，就千方百计购得悬杪亭，一夜之间将其迁走，使那里变成了杂草丛生之地。儿时寄托在悬杪亭的那些怡然自得的时光，只能在梦里寻找了。

# 雷　殿①

雷殿在龙山磨盘冈下，钱武肃王于此建蓬莱阁②，有断碣在焉③。殿前石台高爽，乔木潇疏。

**【注释】**①雷殿：即雷神殿。

②钱武肃王：即钱镠，字具美，谥武肃，小字婆留，杭州临安人。五代十国时期吴越国创建者。

③断碣：断碑。

**【译文】**雷神殿在龙山的磨盘冈下，钱武肃王曾在此修建蓬莱阁，至今那里还有遗留下来的断碑。雷神殿前的石台高大宽敞，乔木寥落凄凉。

六月，月从南来，树不蔽月。余每浴后拉秦一生、石田上人、平子辈坐台上①，乘凉风，携餬核②，饮香雪酒，剥鸡豆③，啜乌龙井水，水凉冽激齿。下午着人投西瓜浸之，夜剖食，寒栗逼人，可雠三伏。林中多鹘，闻人声辄惊起，磔磔云霄间④，半日不得下。

**【注释】**①上人：旧时尊称僧人。

②餬核：煮熟的肉类、果蔬等食品。

③鸡豆：芡实。

④磔磔（zhé）：鸟鸣声。

【译文】六月，月亮从南面照进来，树木无法蔽住月光。我每次沐浴后，就拉着秦一生、石田上人、平子等人坐在石台上，吹着凉风，带着肉类、果蔬，喝着香雪酒，剥着芡实，饮着乌龙井水，井水冰凉澄澈，激得牙齿都在打颤。下午派人把西瓜放到井里浸泡，夜晚切开吃，顿感寒气逼人，正好和三伏天匹配。林中多鹊鸟，听到人声，就惊叫着飞起，在云霄间磔磔鸣叫，半天都不敢飞下来。

# 龙山雪

天启六年十二月<sup>①</sup>，大雪深三尺许。晚霁，余登龙山，坐上城隍庙山门<sup>②</sup>，李岕生、高眉生、王畹生、马小卿、潘小妃侍。万山载雪，明月薄之，月不能光，雪皆呆白。坐久清冽，苍头送酒至，余勉强举大觥敌寒，酒气冉冉，积雪欲之，竟不得醉。马小卿唱曲，李岕生吹洞箫和之，声为寒威所慑，咽涩不得出。

【注释】①天启六年：即1626年。
②城隍庙：供奉城隍爷与其属下的庙宇。
【译文】天启六年十二月，下了三尺多深的大雪。傍晚时分天气转晴，我登上龙山，坐在城隍庙的山门前，李岕生、高眉生、王畹生、马小卿、潘小妃陪伴着我。群山被白雪覆盖，原本明亮的月光显得有些稀薄，月亮发不出应有的光芒，雪白得有些呆板。坐久了，我们都感到清冷，老仆送来了酒，我勉强喝了一大杯御寒，酒气开始在体内升腾，

被积雪的寒气所迫，竟然没有喝醉。马小卿唱曲，李岕生吹洞萧应和，乐曲声被寒气逼慑，竟呜咽艰涩得发不出声来。

三鼓归寝。马小卿、潘小妃相抱从百步街旋滚而下，直至山趾，浴雪而立。余坐一小羊头车①，拖冰凌而归。

【注释】①小羊头车：一种独轮小车。

【译文】三更天时，我们回去睡觉。马小卿、潘小妃相互拥抱着，从百步街跌跌撞撞滚下来，一直滚到山脚下，沐浴着雪花站在那里。我坐着一辆小羊头车，车轮上拖着冰凌回去。

## 庞公池①

庞公池岁不得船，况夜船，况看月而船。自余读书山艇子，辄留小舟于池中。月夜，夜夜出，缘城至北海坂，往返可五里，盘旋其中。山后人家，闭门高卧，不见灯火，悄悄冥冥，意颇凄恻。余设凉簟②，卧舟中看月，小傒船头唱曲，醉梦相杂，声声渐远，月亦渐淡，嗒然睡去③。歌终忽寤，含糊赞之，寻复鼾齁④。小傒亦呵欠歪斜，互相枕藉。舟子回船到岸，篙啄丁丁⑤，促起就寝。

【注释】①庞公池：在今浙江绍兴。

②凉簟（diàn）：凉席。

③嗒然：悄悄地。

④鼾齁（hōu）：熟睡时打呼噜的声音。

⑤篙啄丁丁：用竹篙敲船，丁丁作响。

【译文】庞公池终年不见行船，何况是夜里行船，何况是为了赏月行船。自我在山艇子读书，就有一只小船留在池中。每逢月夜，晚上都会坐船出游，沿城到北海坂，往返大约五里，来回盘旋其中。山后面的人家，关紧了门睡着大觉，看不见灯火，四面静悄悄的，幽深冥暗，不禁让人生出凄恻之感。我在小船里铺了凉席，躺在船中赏月，小奴婢在船头唱着曲子，如醉如梦，声声渐远，月光也逐渐暗淡下来，我就这样悄悄睡去。歌曲唱完，我忽然醒来，含糊地称赞几句，没过多久又响起了呼噜声。小奴婢也打着呵欠，歪歪斜斜地互相枕着睡着了。船夫把船划回岸边，用竹篙把船敲的丁丁作响，催促我们赶快回去就寝。

此时胸中浩浩落落，并无芥蒂，一枕黑甜①，高舂始起②，不晓世间何物谓之忧愁。

【注释】①黑甜：酣睡。

②高舂：日影西斜近黄昏时。

【译文】此刻，我胸中浩然磊落，没有半点儿不愉快，一枕酣睡，直到日影西斜已近黄昏时才起来，不知世间还有什么值得忧愁的。

# 品山堂鱼宕①

二十年前强半住众香国②，日进城市，夜必出之。品山堂孤松箕踞，岸帻入水③。池广三亩，莲花起岸，莲房以百以千，鲜磊可喜。新雨过，收叶上荷珠煮茶，香扑烈。

【注释】①品山堂：明朝祈彪佳《越中园亭记》记载："张长公大涤君开园中堰，以品山名其堂，盖千岩万壑，至此俱披襟相对。恣我月旦耳，季真半曲，方干一岛，映带左右，鉴湖最胜处也。"鱼宕：养鱼的浅水湖。

②众香国：百花盛开的境界。这里指作者张岱父亲张耀芳建造的园林。

③岸帻（zé）：推起头巾，露出前额。形容态度洒脱，或衣着简率不拘。这里指松树洒脱的形态。

【译文】二十年前，我有大半时间住在众香国，白天进城，夜晚必会出城。有棵孤松盘踞在品山堂，一些枝条洒脱地浸入池水中。水池大约三亩见方，莲花高过池岸，莲篷成百上千，饱满新鲜，令人心生欢喜。刚下过雨，收集叶上的露珠用来煮茶，香味浓郁扑鼻。

门外鱼宕，横亘三百余亩，多种菱芡①。小菱如姜芽，辄采食之，嫩如莲实，香似建兰，无味可匹。深秋，橘奴饱霜，非个个红绽，不轻下剪。季冬观鱼，鱼艓千余艘②，鳞次栉比，罱者夹之③，罛者扣之④，箷者罨之⑤，罥者撒之，罩者抑之，罣者举之⑥，水皆泥泛，浊如土浆。鱼入网者圐圙，漏网者唫唫，寸鲵纤鳞，无不毕出。集舟分鱼，鱼税三百余斤，赤眼白肚，满载而归。约吾昆弟⑦，烹鲜剧饮，竟日方散。

【注释】①菱芡：菱角和芡实。

②鱼艓（dié）：渔船。

③罱（lǎn）：捕鸟或捞水草、河泥的工具。

④罛（gū）：大的鱼网。

⑤箷（cè）：用叉刺取。罨（yǎn）：捕鸟或捕鸟的网，亦指用罨捕取。

⑥罣（guà）：同"挂"。

⑦昆弟：兄弟。

【译文】门外的鱼塘，横跨三百多亩，大多种着菱角芡实。小菱角好似姜芽，即采即吃，鲜嫩如莲实，香味似建兰，没有什么美味能与之匹敌。深秋，橘子饱经风霜，若不是个个红润饱满，定不会轻易下剪采摘。冬季观鱼，千余艘鱼船鳞次栉比，有的用罱夹鱼，有的用大鱼网扣鱼，有的用叉刺鱼，有的撒网捕鱼，有的用罩子将鱼罩住，有的将挂网举起，水中泥花泛起，如同泥浆般混浊不堪。进入网中的鱼被困住不得伸展，漏网的鱼不停张嘴吐气，即便是小鱼，也被捞出。我们把鱼船聚集在一起分鱼，光是鱼税就交了三百多斤，鱼儿睁着赤红的眼睛、翻着白肚皮，我们满载而归。我约来兄弟，烹煮鲜鱼，举杯豪饮，整整一天才散去。

# 松化石①

　　松化石，大父舁自潇江署中②。石在江口神祠，土人割牲飨神，以毛血洒石上为恭敬，血渍毛毿③，几不见石。大父舁入署，亲自祓濯④，呼为"石丈"，有《松化石纪》。今弃阶下，载花缸，不称使。余嫌其轮囷臃肿，失松理，不若董文简家茁错二松橛，节理槎枒⑤，皮断犹附，视此更胜。

　　【注释】①松化石：张岱在《夜航船》中写道："松化石：松树至五百年，一夜风雷化为石质，其树皮松节，毫忽不爽。唐道士马自然指延真观松，当化为石，一夕果化。"

　　②潇江署：即永州的官署。

　　③毛毿（sān）：毛发散乱。

　　④祓濯（fú zhuó）：除去污垢，使之洁净。

　　⑤槎枒（chá yá）：形容参差错杂。

　　【译文】松化石，是我祖父从潇江署中抬回来的。石头原来放在江口神祠，当地人宰杀牲畜祭祀神灵，把毛血洒在石上表示恭敬，石头上血迹斑斑，毛发散乱，几乎不见石头的原样。祖父又把它抬回官署，亲自除去污垢，将其称作"石丈"，还写了一篇《松化石纪》。石头如今被弃置在台阶下，顶着花缸，和它的使命并不相称。我嫌它硕大臃肿，失去了松树的纹理，不如董文简家错落茁壮的两棵松橛，松节参差错杂，树皮虽断还依附在树干上，看起来比这个更胜一筹。

大父石上磨崖①，铭之曰："尔昔鬣而鼓兮②，松也；尔今脱而骨兮，石也；尔形可使代兮，贞勿易也。尔视余笑兮，莫余逆也。"其见宝如此。

【注释】①磨崖：山崖石壁上镌刻的文字。

②鬣而鼓：松针如鬓毛分披。

【译文】祖父在松化石上镌刻铭文说："昔日你的松针如鬓毛般分披，是一棵松树；而今你今脱胎换骨，成了松化石；你的身形可被替代，但品质不会改变。你看着我笑了，莫要违逆我的意愿。"他就是这样把松化石视作珍宝的。


# 闰中秋


崇祯七年闰中秋①，仿虎丘故事②，会各友于蕺山亭③。每友携斗酒、五簋、十蔬果、红毡一床④，席地鳞次坐。缘山七十余床，衰童塌妓⑤，无席无之。在席七百余人，能歌者百余人，同声唱"澄湖万顷"⑥，声如潮涌，山为雷动。诸酒徒轰饮，酒行如泉。夜深客饥，借戒珠寺斋僧大锅，煮饭饭客，长年以大桶担饭不继。

**【注释】**①崇祯七年：即1634年。

②虎丘故事：作者张岱在《虎丘中秋夜》中有详细描述，是说苏州人在中秋夜有在虎丘赏月的风俗。

③戢（jí）山亭：是绍兴山阴、会稽的状元亭，考中状元的人都能把名字刻在亭柱子上。

④簋（guǐ）：古代盛食物的器具，圆口，双耳。

⑤衰童塌妓：大龄色衰的娈童歌伎。这里是调侃之言。

⑥澄湖万顷：出自明朝梁辰鱼《浣纱记·采莲》之《念奴娇序》："澄湖万顷，见花攒锦绣，平铺十里红妆。夹岸风来宛转处，微度衣袂生凉。摇飏，百队兰舟，千群画桨，中流争放采莲舫。"

**【译文】**崇祯七年闰中秋，我效仿中秋夜在虎丘赏月的习俗，在戢山亭与朋友聚会。每位朋友都带着一斗酒、五簋饭菜、十种果蔬、一床红毡，大家紧挨着席地而坐。沿山铺了七十多床红毡，每席都有大龄色衰的娈童歌伎侍奉着。酒席上共有七百多人，能歌者有一百多人，大家同声歌唱"澄湖万顷"，歌声如潮涌，山岭都为之震动。酒徒们狂喝痛饮，酒如泉水般流入体内。深夜，客人饿了，我们借用戒珠寺斋僧的大锅，煮饭给客人吃，长工用大桶担饭都供应不过来。

命小傒岕竹、楚烟于山亭演剧十余出，妙入情理，拥观者千人，无蚊虻声，四鼓方散。月光泼地如水，人在月中，濯濯如新出浴。夜半，白云冉冉起脚下，前山俱失，香炉、鹅鼻、天柱诸峰①，仅露髻尖而已②，米家山雪景仿佛见之③。

**【注释】**①鹅鼻：山谷名，在浙江绍兴东南。天柱：即天柱山，又名宛委山，在浙江绍兴东南。

②髻尖：尖尖的山顶。髻：盘在头顶或脑后的发结。

③米家山：宋代米芾善以水墨点染写山川岩石。虽似不求工细，但云烟连绵、林木掩映，别具疏秀脱俗之风格。其子友仁继承家学，并在山水技法上有所发展。世因称其父子所画山水为"米家山"。

【译文】我让小奴芥竹、楚烟在山亭表演了十多场戏，妙入情理，有上千人围观，人们寂静无声，甚至连蚊虻的声音都听不到，直到四更天人们才散去。月光如流水般泼洒在地面上，人们行走在月光中，清新的样子好像刚沐浴过一样。夜半时分，白云从脚下冉冉升起，眼前的山都消失在白云中，香炉、鹅鼻、天柱诸峰，也只是露出一点儿尖尖的山顶而已，我仿佛见到了米芾父子笔下的雪景图。

# 愚公谷①

无锡去县北五里为铭山②。进桥，店在左岸，店精雅，卖泉酒、水坛、花缸、宜兴罐、风炉、盆盎、泥人等货。愚公谷在惠山右③，屋半倾圮，惟存木石。惠水涓涓，繇井之涧，繇涧之溪，繇溪之池、之厨、之湢④，以涤、以濯、以灌园、以沐浴、以净溺器，无不惠山泉者，故居园者福德与罪孽正等。

【注释】①愚公谷：在今江苏无锡锡惠公园内。

②铭山：即锡山，在今江苏无锡县西。

③惠山：在今江苏无锡县西。

④湢(bì)：浴室。

【译文】无锡县往北五里就是铭山。走过一座桥，店铺在河的左岸，店内精致典雅，售卖泉酒、水坛、花缸、宜兴罐、风炉、盆盎、泥人等物。愚公谷在惠山右边，房屋已倒塌了大半，只剩下一些木头石块。惠山泉水涓涓流淌，由水井流到山涧，由山涧流到小溪，由小溪流到水池、流到厨房、流到浴室，用来洗涤、用来清洗、用来灌园、用来沐浴、用来洗净尿桶，用的都是惠山泉水，因此居住在园里的人，福德和罪孽正好相等。

愚公先生交游遍天下，名公巨卿多就之，歌儿舞女、绮席华筵、诗文字画，无不虚往实归。名士清客至则留，留则款，款则饯，饯则赆①。以故愚公之用钱如水，天下人至今称之不少衰。愚公文人，其园亭实有思致文理者为之，礌石为垣，编柴为户，堂不层不庑②，树不配不行。堂之南，高槐古朴，树皆合抱，茂叶繁柯，阴森满院。藕花一塘，隔岸数石，乱而卧。土墙生苔，如山脚到涧边，不记在人间。园东逼墙一台，外瞰寺，老柳卧墙角而不让台，台遂不尽瞰，与他园花树故故为亭台、意特特为园者不同。

【注释】①赆(jìn)：临别时赠送给远行人的路费、礼物。

②不层不庑(wǔ)：没有分层没有走廊。庑：堂下周围的走廊、廊屋。

【译文】愚公先生交游遍天下，名公巨卿都愿意接近他，那些歌童舞女、豪华宴席、诗文字画，无不是送来后愚公拒收，最后又回到原主人那里的。名士清客，一来就留下，一留下就款待，一款待就安排酒食，一安排酒食就要赠送客人路费和礼物。所以愚公花钱如流水，天下人对他的称赞至今没有丝毫衰减。愚公是文人，他的园亭，是有思致文理的高人设计建造的，垒起石头就是围墙，编些柴草就是门户，厅堂没有隔层没有走廊，树木不搭配品种也不排列成行。厅堂的南边，槐树高大古朴，都有合抱那么粗，枝叶繁茂，满院幽静凉快。有一塘荷花，隔岸有几块石头，杂乱地卧在地上。土墙上长着青苔，从山脚到涧边，让人忘记了还在人间。园东紧靠墙处有个台子，站在上面可以俯瞰外面的寺院，一棵老柳树卧在墙角，不给台子让道，因此站在台子上也不能看到外面的全部景物，这和其他园林的花树刻意为亭台留出地方而造园的方法不同。

## 定海水操①

定海演武场在招宝山海岸②。水操用大战船、唬船、蒙冲、斗舰数千余艘③，杂以鱼艓轻�艋④，来往如织。舳舻相隔⑤，呼吸难通，以表语目，以鼓语耳，截击要遮⑥，尺寸不爽。健儿瞭望，猿蹲桅斗，哨见敌船，从斗上掷身腾空溺水，破浪冲涛，顷刻到岸，走报中军⑦，又趵跃入水⑧，轻如鱼凫⑨。

【注释】①定海：今浙江定海。
②招宝山：在今宁波镇海口。

③唬船：战船。蒙冲：一种古代战船。用生牛皮蒙船覆背，两厢开掣棹孔，左右前后有弩窗矛穴，敌不得进。斗舰：古代大战船。

④鱼艓轻舻：小船。

⑤舳舻（zhú lú）：船头和船尾的合称。这里指首尾相连的船队。

⑥截击要遮：拦截打击。要遮：拦截，拦阻。

⑦中军：主帅或主帅的营幕。

⑧趵跃：跳跃。趵：跳跃、往上涌。

⑧鱼兔：即鱼老鸹，一种捕鱼的水鸟。

【译文】定海演武场在招宝山的海岸边。操练水兵时用几千艘大战船、唬船、蒙冲、斗舰，还掺杂着小船，好像织布的梭子，轻快地在海上穿行。舳舻相隔，彼此说话都听不见，就用眼睛看表情，用耳朵听鼓点，拦截打击，一点儿不差。水兵站岗瞭望，像猿猴一样蹲在桅斗上，看见敌船，就从桅斗上掷身腾空跳进水中，破浪冲涛，顷刻间就游到岸边，跑步报告主帅后，又跃入水里，轻如鱼兔。


水操尤奇在夜战，旌旗干橹皆挂一小镫①，青布幕之，画角一声②，万蜡齐举，火光映射，影又倍之。


【注释】①干橹：小盾大盾。亦泛指武器。小镫（dèng）：小灯。镫：同"灯"。

②画角：古管乐器，传自西羌。形如竹筒，本细末大，以竹木或皮革等制成，因表面有彩绘，故称。发声哀厉高亢，古时军中多用以警昏晓，振士气，肃军容。帝王出巡，亦用以报警戒严。

【译文】操练水兵，在夜战中尤为奇妙，旌旗、武器上都挂着一盏小灯,用青布蒙着,画角一吹,所有蜡烛一齐举起,火光映射在海面上,灯影成倍地增加。

招宝山凭槛俯视,如烹斗煮星①,釜汤正沸。火炮轰裂,如风雨晦冥中电光翕焱②,使人不敢正视。又如雷斧断崖石,下坠不测之渊,观者褫魄③。

**【注释】**①烹斗煮星:烹煮星斗。

②翕焱(yàn):闪耀貌。

③褫(chǐ)魄:精神恍惚而无生气。《文选·张衡·东京赋》:"罔然若醒,朝罢夕倦,夺气褫魄之为者。"

**【译文】**在招宝山凭栏俯视,好像在烹煮星斗,锅里开水沸腾。火炮轰炸的声音,好像晦暗风雨中闪耀的电光,让人不敢正视。又像巨雷劈断的崖石,下坠到深不可测的渊谷,观看的人无不精神恍惚,失魂落魄。

# 阿育王寺舍利①

阿育王寺,梵宇深静②,阶前老松八九棵,森罗有古色③。殿隔山门远,烟光树樾,摄入山门,望空视明,冰凉晶沁。右旋至方丈门外,有娑罗二株④,高插霄汉。便殿供旃檀佛⑤,中储一铜塔, 铜色甚古, 万历间慈圣皇太后所赐⑥, 藏舍利子塔也⑦。舍利子常放光, 琉璃五彩, 百道迸裂, 出塔缝中, 岁三四见。凡人瞻礼舍利, 随人因缘现诸色相。如墨墨无所见者, 是人必死。昔湛和尚至寺, 亦不见舍利, 而是年死。屡有验。

【注释】①阿育王寺: 在宁波太白山麓华顶峰下, 初建于西晋武帝太康三年。南朝梁普通三年 (522年), 梁武帝下令扩建, 并赐额"阿育王寺", 寺额由梁朝书法家萧子云手书。阿育王寺, 凭借舍利塔闻名于世。阿育王: 梵语, 或译作阿输迦, 意为无忧王。为古印度名王旃陀罗笈多之孙, 宾头沙罗之子, 初奉婆罗门教, 后皈依佛教, 崇佛教为国教。颁布许多以佛教治国的敕令, 刻在山岩或石柱上, 并派人到国外传教, 对后来佛教的发展有很大影响。

②梵宇: 佛寺。

③森罗: 谓树木繁蔚杂陈。

④娑罗: 梵语的译音, 植物名, 即柳安。原产于印度、东南亚等地, 常绿大乔木, 木质优良。

⑤旃 (zhān) 檀: 又名檀香、白檀, 是一种古老而又神秘的珍稀树种, 收藏价值极高。檀香木香味醇和, 历久弥香, 素有"香料之王"的美誉。

⑥慈圣皇太后: 明神宗的生母。

⑦舍利子: 佛教修行者遗体焚烧之后, 发、肉、骨成珠状或块状的颗粒。

【译文】阿育王寺, 梵宇幽深清静, 台阶前有八九棵老松树, 树木繁蔚杂陈, 充满了古雅色调。正殿离山门很远, 在烟光和树荫的掩映下, 摄入山门之中, 构成一幅优美的图画, 仰望天空, 一片明净, 冰凉晶莹，沁人心脾。右转便到了方丈室外，有两株娑罗树，高耸云霄。便殿供奉着旃檀佛，中间立着一座铜塔，铜色古旧，为万历年间慈圣皇太后所赐，是珍藏舍利的佛塔。舍利子经常放出各色光芒，有如五彩琉璃般，百道光芒从塔缝中迸发而出，每年能见到三四次。凡是去瞻仰礼拜舍利者，都会随个人因缘，现出各种不同色相。如果只看到一片漆黑，其它却一无所见，此人必死无疑。从前湛和尚来到寺院，也没看见舍利，那一年就死了。这样的情况，屡屡应验。

次蚤，日光初曙，僧导余礼佛。开铜塔，一紫檀佛龛供一小塔，如笔筒，六角，非木非楮，非皮非漆，上下㲁定①，四围镂刻花楞梵字。舍利子悬塔顶，下垂摇摇不定，人透眼光入楞内，复眠眼上视舍利，辨其形状。

【注释】①㲁(mán)定：脱离，裂开。

【译文】第二天早上，太阳刚刚升起，僧人就带我礼佛。打开铜塔，一个紫檀佛龛中供奉着一座小塔，有如一个六角形笔筒，非木非纸，非皮非漆，表面上下都开裂了，四周花楞上镂刻着梵文。舍利子悬在塔顶，向下垂悬，摇摇不定，人们透过花楞朝里看，眼睛再往上看舍利子，能分辨出舍利子的形状。

余初见三珠连络如牟尼串①，煜煜有光。余复下顶礼，求见形相，再视之，见一白衣观音小像，眉目分明，髭鬣皆见②。

【注释】①牟尼串：即数珠。佛教徒念佛、持咒、诵经时用来计数的成串珠子。多用木樨子等制成，每串以二十七颗、一百零八颗为常见。

②鬋鬘（jiǎn mán）：鬓毛额发。

【译文】起初我见到三颗珠子，好像牟尼串一样连在一起，熠熠生辉。我再次跪下顶礼膜拜，祈求能见到真形实相，再去看它时，只见一尊白衣观音小像，眉目分明，连鬓角及额前的毛发都看得清清楚楚。

秦一生反复视之，讫无所见，一生遑遽①，面发赤，出涕而去。一生果以是年八月死，奇验若此。

【注释】①遑遽（jù）：惊惧不安。

【译文】秦一生反复向里面看，最终却一无所见，他顿时感到惶恐不安，脸色发红，流着眼泪走了出去。秦一生果然在这年八月离世，舍利的灵验果真如此。

# 过剑门①

南曲中②，妓以串戏为韵事，性命以之③。杨元、杨能、顾眉生、李十、董白以戏名，属姚简叔期余观剧。侯僮下午唱《西楼》④，夜则自串。侯僮为兴化大班，余旧伶马小卿、陆子云在焉，加意唱七出戏。

**【注释】**①剑门：即剑门关，在四川剑阁县城南，剑门山中断处，两边断崖峭壁，直上云霄，山峦倚天似剑；断崖离绝，两壁相对，形状像门，所以称作剑门。

②南曲中：指南京秦淮河附近妓院集中处。

③性命以之：用自己的生命去唱戏。形容唱戏十分认真。

④《西楼》：作者张岱的朋友袁于龄写的《西楼记》，描写了书生于鹃和妓女穆素徽的爱情故事。

**【译文】**在南京秦淮河附近的青楼妓院中，妓女以串演戏曲为风雅之事，她们用自己的生命去演戏。杨元、杨能、顾眉生、李十、董白都因唱戏出名，她们嘱咐姚简叔邀请我去看戏。戏子们下午唱《西楼记》，晚上则由名妓亲自登台演戏。戏子们是兴化大戏班的，我家过去的伶人马小卿、陆子云就在其中，她们特意唱了七出戏。

至更定，曲中大咤异。杨元走鬼房问小卿曰①："今日戏，气色大异，何也？"小卿曰："坐上坐者余主人。主人精赏鉴，延师课戏，童手指千②，傒僮到其家谓'过剑门'，焉敢草草！"杨元始来物色余。《西楼》不及完，串《教子》，顾眉生：周羽；杨元：周娘子；杨能：周瑞隆③。杨元胆怯肤栗，不能出声，眼眼相觑，渠欲讨好不能④，余欲献媚不得，持久之，伺便喝采一二，杨元始放胆，戏亦遂发。

**【注释】**①鬼房：演员化妆之屋。

②童手指千：指人数多。语出《汉书·传·货殖传》"童手指千，筋角丹沙千斤，其帛絮细布千钧。"

③《教子》：出自《寻亲记》戏剧里"训子"一出。周羽、周娘子、周瑞隆都是《教子》里的人物。

④渠：她。这里指杨元。

【译文】戏唱到半夜，曲调很奇怪。杨元跑到演员化妆屋问小卿说："今天的戏，气势神色与往日大不相同，是什么原因？"小卿说："座上坐的是我以前的主人。主人精通戏曲赏鉴，请老师教我们学戏，又经过好多高手指点，戏子到他家演戏叫做'过剑门'，怎敢草草应付！"杨元这才注意到我。《西楼记》还没演完，就演《教子》，顾眉生扮演周羽；杨元扮演周娘子；杨能扮演周瑞隆。杨元害怕得发抖，发不出声音，眼睛偷瞄着我，她想讨好我却不能，我想恭维她也不能，就这样僵持了很久，我伺机喝采了一两次，杨元这才大胆地唱起来，戏也渐入佳境。

嗣后曲中戏，必以余为导师，余不至，虽夜分不开台也。以余而长声价，以余长声价之人而后长余声价者，多有之。

【译文】从这以后，青楼中演戏，必定请我作导师，我如果没去，即使到半夜时分，也不开演。因为我而大长声价，以及因为我而大长声价后又让我大长声价的人有很多。

# 冰山记①

魏珰败，好事者作传奇十数本，多失实，余为删改之，仍名《冰山》②。城隍庙扬台③，观者数万人，台址鳞比，挤至大门外。一人上，白曰："某杨涟④。"□□诼諑曰⑤："杨涟！杨涟！"声达外，如潮涌，人人皆如之。杖范元白⑥，逼死裕妃⑦，怒气忿涌，噤断嚘唔⑧。至颜佩韦击杀缇骑⑨，嗷呼跳蹴⑩，汹汹崩屋。沈青霞缚藁人射相嵩⑪，以为笑乐，不是过也。

【注释】①冰山记：即《冰山记》，陈开泰撰写的明代传奇文学，主要讲述东林党和阉党之间的斗争。

②《冰山》：作者张岱删改陈开泰撰写的《冰山记》而自己取名《冰山》。

③城隍庙：用来祭祀城隍的庙。城隍：又被称作城隍神、城隍爷。是我国普遍祭祀的神，由有功的名臣英雄充当，是我国民间和道教信奉的守护城池的神。

④杨涟：字文孺，号大洪，今湖北广水人，明末东林党人，东林六君子之一。因弹劾魏忠贤二十四大罪，被诬陷受贿二万两，严刑拷打，惨死狱中。后获平反，追赠太子太保、兵部尚书，谥"忠烈"。著有《杨忠烈公文集》。

⑤诼（suì）諑：小声而急急地传话。

⑥范元白：万燝。字闇夫，号元白，江西南昌府人，兵部左侍郎万恭的孙子。从小好学，考中进士，当时魏忠贤因为杨涟弹劾，借万燝立威，命群阉将其殴打至死。

⑦裕妃：即明天启皇帝的妃子张氏。因怀孕而遭到魏忠贤等人嫉恨，被折磨致死。

⑧嗫（jìn）：闭嘴不说。嚄唶（huò zé）：大喊。形容彪悍的样子。

⑧颜佩韦击杀缇（tí）骑：颜佩韦击杀锦衣卫校尉。颜佩韦：苏州人，因阉党爪牙在苏州逮捕大臣周顺昌，颜佩韦等人义愤填膺，发动民众反抗，阉党人士搜捕市民，颜佩韦五人为保护群众，英勇就义。张溥为了纪念他们，写了《五人墓碑记》。缇骑：为逮治犯人的禁卫吏役的通称。如明代锦衣卫校尉，清代步军衙门番役等。这里指明代锦衣卫校尉。

⑩噪（jiào）呼：喊叫。跳蹙（cù）：跳踢。

⑪沈青霞缚藁（gǎo）人射相嵩：沈青霞绑草人射严嵩。沈青霞：即沈鍊，因得罪严嵩而被贬官，就缚草为人，做成李林甫、秦桧、严嵩的样子，喝醉酒就聚集弟子向草人射箭。藁人：草人。藁：多年生草本植物，茎直立中空，根可入药。亦称"西芎""抚芎"。

【译文】宦官魏忠贤失败后，好事者写了十多本传奇，但是大多与事实不符，我对其进行了删改，仍然名为《冰山》。在城隍庙搭高台演戏，来观看的有几万人，台下观众密密麻麻，一直挤到大门外。一个人上台，念白道："我是杨涟。"台下观众小声而急切地传话："杨涟！杨涟！"声音传出场外，如潮水般涌动，人人如此。演到杖责万燝，逼死裕妃时，观众怒气冲天，义愤填膺，咬牙切齿，大声喊叫。演到颜佩韦击杀锦衣卫校尉时，观众嚄叫踢跳，气势汹汹，喊叫声好似要把房屋震塌。演到沈鍊绑着草人当作宰相严嵩来射杀时，大家都笑着逗乐，不以为过。

是秋，携之至兖，为大人寿。一日，宴守道刘半舫①，半舫曰："此剧已十得八九，惜不及内操菊宴、及逼灵犀与囊收数事耳②。"余闻之，是夜席散，余填词，督小僮强记之。次日，至道署搬演，已增入七出，如半舫言。半舫大骇异，知余所构，遂诣大人，与余定交。

【注释】①守道：布政使下设左右参政、参议，驻守在某一地方，称为守道。刘半舫：即刘荣嗣，字敬仲，号简斋，别号半舫，曲周县人。明代大臣，著名诗人、书画家。因对魏忠贤的叫嚣不屑一顾，被捕入狱。直到崇祯十一年才被释放，不久死于旅途，享年六十八岁。

②内操：明朝选太监在宫中授甲操练，谓之内操。逼灵犀：即明末阉党"五虎"之首崔呈秀逼迫妓女萧灵犀作妾之事。囊收：魏忠贤一众失败后，崇祯帝把阉党所上章疏装在布囊里，对阁臣说："此皆奸党颂疏，可案名悉收。"于是布囊里的名字没有一个漏网。

【译文】这一年秋季，我带着剧本来到兖州，为父亲祝寿。一天，宴请守道刘半舫，半舫说："这个剧本对于魏忠贤阉党一众之事写得也算八九不离十了，只可惜没有写内操菊宴、崔呈秀逼迫灵犀以及崇祯帝囊收阉党所上章疏等事。"我听后，待当夜宴席一散，便亲自填词，督促伶人强记台本。第二天，到守道公署演出，按半舫所言，又增加了七出戏。半舫大为惊异，知道是我写的剧本，就到父亲那里，与我结交。

# 卷 八

## 龙山放灯①

　　万历辛丑年②，父叔辈张灯龙山，剡木为架者百③，涂以丹艧④，幪以文锦⑤，一灯三之。灯不专在架，亦不专在磴道⑥，沿山袭谷，枝头树杪⑦，无不灯者，自城隍庙门至蓬莱冈上下，亦无不灯者。山下望如星河倒注，浴浴熊熊，又如隋炀帝夜游⑧，倾数斛萤火于山谷间，团结方开，倚草附木，迷迷不去者。好事者卖酒，缘山席地坐。山无不灯，灯无不席，席无不人，人无不歌唱鼓吹。男女看灯者，一入庙门，头不得顾，踵不得旋，只可随势，潮上潮下，不知去落何所，有听之而已。庙门悬禁条：禁车马，禁烟火，禁喧哗，禁豪家奴不得行辟人。父叔辈台于大松树下，亦席，亦声歌，每夜鼓吹笙簧与宴歌弦管，沉沉昧旦⑨。

　　【注释】①放灯：指农历正月元宵节燃点花灯供民游赏的风俗。放灯之期，代有不同，约在正月十一至二十日之间。作者张岱在《夜航船》

写道："元夕放灯,以正月十五天官生日放天灯,七月十五水官生日放河灯,十月十五地官生日放街灯。宋太宗淳化元年六月丙午诏,罢中元、下元两夜灯。"

②万历辛丑年:即万历二十九年(1601)。

③剡(yǎn):削,削尖。

④丹腰(wò):可供涂饰的红色颜料。

⑤帨(shuì):佩巾。这里指用布包裹。

⑥磴(dèng)道:山上的石路。

⑦树杪(miǎo):树的末梢。

⑧隋炀帝夜游:典出《隋书·炀帝纪》:"壬午,上于景华官征求萤火,得数斛,夜出游山,放之,光遍岩谷。"隋炀帝:即杨广。公元600年,以阴谋取代兄杨勇为太子,604年杀父(文帝)即位。征发几百万民工营建东都洛阳,开凿大运河,修筑长城,开辟驰道。又三次发动对高丽的战争。繁重的徭役和兵役激起各地农民大起义,致使隋朝统治土崩瓦解,后在江都被禁军将领缢死。

⑧昧旦:天将明未明之时。

【译文】万历辛丑年,父亲及叔父等长辈在龙山放花灯,他们削木头做成一百多个灯架,涂上红色的颜料,再用彩色的织锦包裹起来,每一个灯架都挂上三盏灯。灯不只挂在架上,也不只挂在上山的石路两旁,而是沿着整个山谷来布置,树梢枝头无处不挂着花灯,从城隍庙大门一直到蓬莱岗上上下下,也都挂满了花灯。从山下望上去,如同银河般倾泻下来,气势磅礴,又如隋炀帝夜游时,倾倒在山谷间的那几斛萤火虫,聚拢成团后刚刚分开,就倚附于草木间,迟迟不肯离开。有些好事者在这里卖酒,大家沿着山路席地而坐。山上到处都是花灯,有灯的地方就有宴席，有宴席的地方就有人，众人无不歌唱鼓吹。观看花灯的男男女女，一齐涌入庙门，头都无法来回转动，脚也没有回旋之地，只能随顺着人潮上下涌动，却不知道会落脚何处，只好听之任之罢了。庙门口悬挂着一张禁令：禁止车马入内，禁止燃放烟火，禁止大声喧哗，禁止豪门家奴驱赶行人使其回避。父亲和叔叔们在大松树下搭了个台子，也有宴席，也在歌唱，每天夜里鼓吹笙簧，宴饮歌唱，弦管齐奏，不知不觉中，天就亮了。

十六夜，张分守宴织造太监于山巅星宿阁①，傍晚至山下，见禁条，太监忙出舆，笑曰："遵他，遵他，自咱们遵他起！"却随役，用二丱角扶掖上山②。夜半，星宿阁火罢，宴亦遂罢。灯凡四夜，山上下糟丘肉林，日扫果核蔗滓及鱼肉骨蠡蚬③，堆砌成高阜，拾妇女鞋挂树上，如秋叶。

【注释】①织造太监：明朝在南京、苏州、杭州各置提督织造太监一人，掌管皇室用的丝织品。

②丱（guàn）角：头发束成两角形。旧时多为儿童或少年人的发式。这里指童仆。

③蠡（lí）蚬：贝壳。

【译文】正月十六夜里，张分守在山巅的星宿阁中宴请织造太监，傍晚到达山脚下，看见庙门上张贴的那几条禁令，太监赶紧走出车舆，笑着说："照着做，照着做，从咱们开始遵守它！"于是留下随同仆役，只让两个童仆挽扶着自己上山。夜半时分，星宿阁的灯火渐渐熄灭，宴会也结束了。花灯总共放了四个晚上，山上山下，酒肉堆积成林，每天清扫出来的果核、甘蔗渣及鱼骨贝壳，堆砌成高高的山丘，将妇女们丢失的鞋子拾起挂在树上，如同挂满了一树秋叶。

相传十五夜，灯残人静，当垆者正收盘核①，有美妇六七人买酒。酒尽，有未开瓮者，买大罍一②，可四斗许，出袖中蓏果，顷刻罄罍而去。疑是女人星，或曰酒星。又一事，有无赖子于城隍庙左借空楼数楹，以姣童实之，为帘子衚衕③。是夜，有美少年来狎某童，剪烛殢酒④，媟亵非理，解襦，乃女子也，未曙即去，不知其地、其人，或是妖狐所化。

【注释】①当垆：指卖酒。垆：放酒坛的土墩。

②罍（léi）：古代一种盛酒的容器。小口，广肩，深腹，圈足，有盖，多用青铜或陶制成。

③衚衕（hú tòng）：源于蒙古语，原是对北京小巷的通称，后来为书写方便而写成胡同。

④殢（tì）酒：沉湎于酒，醉酒。

【译文】相传正月十五日夜里，灯残人静之时，卖酒的人正在收拾菜盘残渣，有六七个美丽的女子来买酒。酒已卖完，只剩下还未开封的酒瓮，她们就买了一大罍，大概四斗左右，从袖中取出瓜果，顷刻间便喝光酒离开。有人怀疑她们是女人星，也有人说她们是酒星。还有一件事，有一个无赖子，在城隍庙左边租借了几间空楼，让一些美丽的娈童来居住，称作帘子胡同。这天夜里，有个美少年来找某娈童寻欢作乐，一直到残烛酒醉，轻薄失态时，解开衣服一看，竟然是个女子，那女子天还没亮就离开了，不知她来自何方，是何许人，有人说她是妖狐的化身。

# 王月生①

南京朱市妓②,曲中羞与为伍,王月生出朱市,曲中上下三十年,决无其比也。面色如建兰初开,楚楚文弱,纤趾一牙,如出水红菱。矜贵寡言笑,女兄弟闲客,多方狡狯,嘲弄咍侮③,不能勾其一粲。善楷书,画兰竹水仙。亦解吴歌,不易出口。南京勋戚大老力致之,亦不能竟一席。富商权胥得其主席半晌,先一日送书帕,非十金则五金,不敢亵订。与合卺,非下聘一二月前,则终岁不得也。

【注释】①王月生:即王月,朱市名姬。擅长楷书,喜画兰竹水仙,会吴歌,好茶。清余怀《板桥杂记》写道:"王月,字微波。母胞生三女:长即月,次节,次满,并有殊色,月尤慧妍,善自修饰,颀身玉立,皓齿明眸,异常妖冶,名动公卿。桐城孙武公昵之,拥致栖霞山下雪洞中,经月不出,己卯岁牛女渡河之夕,大集诸姬于方密之侨居水阁,四方贤豪,车骑盈闾巷,梨园子弟,三班骈演,阁外环列舟航如堵墙。品藻花案,设立层台,以坐状元。二十余人中,考微波第一,登台奏乐,进金屈卮。南曲诸姬皆色沮,渐逸去。天明始罢酒。次日,各赋诗纪其事。余诗所云'月中仙子花中王,第一姮娥第一香'者是也。微波绣之于蜕巾不去手,武公益婉娈,欲置为侧室,会有贵阳蔡香君名如蘅,强有力,以三千金啖其父,夺以归,武公悒悒,遂娶葛嫩也。香君后为安庐兵备道,携月赴任,宠专房。崇祯十五年五月,大盗张献忠破庐州府,知府郑履祥死节,香君被擒。搜其家,得月,留营中,宠压一寨。偶以事忤献忠,断其头，蒸置于盘，以享群贼。嗟乎！等死也，月不及嫩矣。悲夫！"

②朱市：南京秦淮河一带的低等妓院。

③狡狯（kuài）：开玩笑、戏言。咍（hāi）侮：取笑戏弄。

【译文】南京朱市的妓女，妓院中的人都羞于与她们为伍，王月生就出自朱市，但妓院上下三十年，绝无一人能与她相比。她的面容有如初开的建兰，楚楚动人，文雅柔弱，一双纤细的小脚，好似出水红菱，端庄高贵又不苟言笑，那些女兄弟、闲客多方游戏逗乐，甚至取笑戏弄，依然不能博她一笑。她擅写楷书，喜欢画兰花、竹子、水仙。也懂吴歌，却不轻易出口。南京的皇亲国戚、达官贵人想尽办法将她请来，却不能让她陪着吃完一顿酒席。那些富商权贵们想要她做半晌主席，必须提前一天递送请束礼金，奉送的礼金没有十金也得五金，不敢随便轻慢。若想与她同起同宿，若是不在一两个月前下聘，等上一整年都不可能见到。


好茶，善闵老子，虽大风雨、大宴会，必至老子家啜茶数壶始去。所交有当意者，亦期与老子家会。一日，老子邻居有大贾，集曲中妓十数人，群谇嘻笑①，环坐纵饮。月生立露台上，倚徙栏楯②，眠娗羞涩③，群婢见之皆气夺，徙他室避之。月生寒淡如孤梅冷月，含冰傲霜，不喜与俗子交接，或时对面同坐，起若无睹者。


【注释】①谇（suì）：责骂。

②栏楯（shǔn）：栏杆。纵为栏，横曰楯。

③眠娗（shì tǐng）：腼腆，羞涩。

【译文】王月生爱好品茶，与闵老子关系很好，即使遇上大风大雨、出席大宴会，她也定会到闵老子家饮上几壶茶才离去。与她交往的朋友中若有合她心意的，也会约定在闵老子家会面。一日，闵老子的邻居，是个大商人，邀约了妓院中十几个艺妓，大家打闹嘻笑，围坐纵饮。月生站在露台上，倚在栏杆边，看上去腼腆而有羞涩之态，那群妓女见到她楚楚动人的样子都丧失了勇气，便躲到其他屋子里去了。月生性子寒淡，有如孤高的梅花、清冷的月亮，含冰傲霜，不愿与凡夫俗子接近交往，有时与对面的人同坐，起身时却视若无睹。

有公子狎之，同寝食者半月，不得其一言。一日口嗫嚅动，闲客惊喜，走报公子曰："月生开言矣！"哄然以为祥瑞，急走伺之，面赪①，寻又止，公子力请再三，謇涩出二字曰②："家去。"

【注释】①赪(chēng)：颜色变红。
②謇涩：文笔不流畅或言语迟滞。

【译文】有一位公子包养她，二人同寝共食，朝夕相处了半个月，竟然没听到她说一句话。有一天她的嘴唇嗫嗫嚅嚅动，好像有话要说，闲客惊喜万分，赶忙跑出去告诉公子说："月生要开口说话了！"大家哄哄然以为这是好兆头，急忙都跑过来等她说话，只见王月生面色红润，一会儿欲言又止，公子再三请求，她才羞涩地吐出两个字："家去。"

## 张东谷好酒

余家自太仆公称豪饮，后竟失传。余父、余叔不能饮一蠡壳，食糟茄<sup>①</sup>，面即发赪，家常宴会，但留心烹饪，庖厨之精，遂甲江左。一簋进<sup>②</sup>，兄弟争啖之立尽，饱即自去，终席未尝举杯。有客在，不待客辞，亦即自去。

【注释】①糟茄：茄子与酒糟、盐一同放置于一瓷罐中搅拌均匀并密封，约一个月左右即可开封食用。

②簋（guǐ）：古代盛食物的器具，圆口，双耳。

【译文】我家从太仆公开始就以豪饮著称，后来竟失传了，我的父亲以及叔叔竟连螺壳那么一小杯酒都不能饮，吃一点儿用酒糟腌制的茄子，脸就立即发红，居家饮食，参加宴会，他们只会留心烹饪技艺，后来张家竟以精通美食而名冠江左。一盘食物端进来，兄弟几个就争着吃起来，吃饱后就离席，整个席间都不曾举杯喝酒。即使有客人在场，不待客人告辞，他们吃完也会立即先行离去。


山人张东谷，酒徒也，每悒悒不自得<sup>①</sup>。一日起谓家君曰："尔兄弟奇矣！肉只是吃，不管好吃不好吃；酒只是不吃，不知会吃不会吃。"二语颇韵，有晋人风味。而近有伧父载之《舌华录》<sup>②</sup>，曰："张氏兄弟，赋性奇哉！肉不论美恶，只是吃；酒不论美恶，只是不吃。"字字板实，一去千里，世上真不少点金成铁手也<sup>③</sup>。


【注释】①悒悒：忧愁郁闷的样子。

②伧父：鄙贱的人。《舌华录》：明曹臣编撰。取前人问答隽语，分类编辑，共十八门。

③点金成铁：把黄金点化成铁。比喻把佳妙的文词，改成拙劣的文

句。典出《景德传灯录·真觉大师灵照》："问：'还丹一粒，点铁成金；至理一言，点凡成圣。请师一点。'师曰：'还知齐云点金成铁吗？'曰：'点金成铁，未之前闻。至理一言，敢希垂示！'"

【译文】隐士张东谷，是一个酒徒，经常表现出郁郁不得志的样子。一天他对我的父亲说："你们兄弟两个真是太奇怪了！肉只是吃，也不管好吃不好吃；酒只是不吃，也不知会吃不会吃。"这两句话颇有韵味，有晋人之风。最近有一个粗鄙之人把这句话记载到《舌华录》中，说："张氏兄弟，禀赋个性太过奇怪！肉不论好坏，只管吃；酒不管美恶，只是不吃。"字字呆板生硬，意思相差千里，世上这种点金成铁的"高人"还真是不少啊。

东谷善滑稽，贫无立锥，与恶少讼，指东谷为万金豪富。东谷忙忙走诉大父曰："绍兴人可恶，对半说谎，便说我是万金豪富。"大父常举以为笑。

【译文】东谷善于说笑，并且诙谐滑稽，家里穷得无立锥之地，曾与一位恶少打官司，那人说东谷为万金豪富。东谷赶快跑来告诉我祖父说："你们绍兴人真可恶，当面说谎，张嘴就说我是万金豪富。"祖父经常拿这件事来说笑。

# 楼 船

家大人造楼，船之；造船，楼之。故里中人谓船楼，谓楼船，颠倒之不置。是日落成，为七月十五，自大父以下，男女老稚靡不集焉。以木排数重搭台演戏，城中村落来观者，大小千余艘。午后飓风起，巨浪磅礴，大雨如注，楼船孤危，风逼之几覆，以木排为戙，索缆数千条①，网网如织，风不能撼。少顷风定，完剧而散。

**【注释】** ①戙（dòng）：木船上系缆绳的木桩。

**【译文】** 我父亲建楼，好似船的形状；造船，又弄成了楼的样子。因此家乡的人叫船楼，或者叫楼船，颠来倒去地说，却也不置可否。楼船落成这日，是七月十五，自祖父以下，全家男女老幼都聚集在一起。用几层木排搭台演戏，城里和乡下来看戏的，乘坐大大小小的船只，有上千艘。午后忽然刮起了飓风，巨浪磅礴，大雨如注，楼船孤立于危急之中，被大风吹得几乎要倾覆，我们就用木排作为船桩，用几千条绳索将其缆住，如同织网一般，大风终于不能撼动楼船了。过了一会儿，大风停了，直到把戏演完才散场。

越中舟如蠡壳，局踳篷底看山①，如矮人观场，仅见鞋靸而已。升高视明，颇为山水吐气。

**【注释】** ①局踳（jí）：狭窄，不舒展。

**【译文】** 绍兴的舟船如螺壳一般小，蜷缩在船篷底下看外面的山，就如同矮人看戏一样，只能见到人家的鞋子罢了。在楼船上则站得高，视野开阔，看得更加清楚，真的可以替山水扬眉吐气了。

# 阮圆海戏①

阮圆海家优讲关目②，讲情理，讲筋节③，与他班孟浪不同④。然其所打院本，又皆主人自制，笔笔勾勒，苦心尽出，与他班卤莽者又不同。故所搬演，本本出色，脚脚出色，出出出色，句句出色，字字出色。

【注释】①阮圆海：即阮大铖，字集之，号圆海、石巢、百子山樵，南直隶安庆府桐城县（今安徽省枞阳县）人。明万历四十四年考中进士，明朝末年大臣，戏曲作家。

②关目：戏曲、小说中的重要情节。

③筋节：比喻文章，书法或言辞重要而有力的转折连接处。此指剧情发展的关键之处。

④孟浪：言行轻率冒失。

【译文】阮圆海家的优伶演戏，讲究剧情，讲究情理，讲究筋节，与其他言语轻率的戏班不同。况且他们所表演的剧本，又都是主人自创的，字字句句描摹勾勒，苦心孤诣，这与其他戏班的鲁莽又有所不同。因此他们在舞台上的表演，每个剧本都很出色，每个角色都很出色，每出曲目都很出色，每句唱词都很出色，每段念白都很出色。

余在其家看《十错认》《摩尼珠》《燕子笺》三剧，其串架斗笋、插科打诨、意色眼目①，主人细细与之讲明。知其义味，知其指归，故咬嚼吞吐②，寻味不尽。至于《十错认》之龙灯、之紫姑，《摩尼珠》之走解、之猴戏，《燕子笺》之飞燕、之舞象、之波斯进宝，纸札装束，无不尽情刻画，故其出色也愈甚。

【注释】①斗笋：指小说、戏剧等文学作品的情节结构。插科打诨：指戏曲演员在表演中插入一些滑稽的动作和诙谐的语言来引人发笑。泛指不庄重地开玩笑逗乐。

②咬嚼吞吐：指演员的发音吐字、念白说唱。

【译文】我在他们家看过《十错认》《摩尼珠》《燕子笺》三部戏，戏中的情节结构、插入的一些滑稽动作、诙谐的语言、演员的表情眼神，主人都细细与他们讲明。让大家明白戏中的意味，知道其中的主旨，所以念白说唱、行腔吞吐都令人回味无穷。至于《十错认》中的龙灯、紫姑，《摩尼珠》中的走解、猴戏，《燕子笺》中的飞燕、舞象、波斯进宝，纸札装扮，无不尽心雕画，因此也就越发出色。

阮圆海大有才华，恨居心勿静，其所编诸剧，骂世十七，解嘲十三，多诋毁东林①，辩宥魏党②，为士君子所唾弃，故其传奇不之著焉。如就戏论，则亦镟镟能新③，不落窠臼者也④。

【注释】①东林：即东林党。明朝末年，顾宪成等人修复宋代杨时讲学的东林书院，与高攀龙、钱一本等讲学其中。东林讲学之际，借讽议朝政、评论官吏之名，行包庇地主，为富商巨贾争利之实。反对派将东林书院讲学及与之有关系或支持讲学的朝野人士统称为"东林党"。

②辩宥：辩护。魏党：指明朝魏忠贤的党羽。

③镟镟能新：挺拔，突出貌。语出《世说新语·赏誉》："文学镟镟，无能不新。"

④不落窠臼：比喻有独创风格，不落俗套。

**【译文】**阮圆海非常有才华，遗憾的是他存心不静，所编写的那些剧本中，十分之七是愤世嫉俗的，剩下十分之三则是自我解嘲的，作品大多是诋毁东林党人，而为魏忠贤这些阉党辩护的，受到士人君子的唾弃，因而他写的这些剧本不太出名。如若仅从戏剧的角度来评论，他的这些作品的确是独树一帜，不落俗套的。

# 巘花阁①

巘花阁在筠芝亭松峡下②，层崖古木，高出林皋③，秋有红叶。坡下支壑回涡，石踇棱棱④，与水相距。阁不槛、不牖⑤，地不楼、不台，意政不尽也。

**【注释】**①巘（yǎn）：大山上的小山，指山峰、山顶。

②筠芝亭：详见本书卷一"筠芝亭"。

③林皋（gāo）：指林野和水岸之地，泛指山野。

④石踇（mǔ）：突出的石头。

⑤牖（yǒu）：窗户。

**【译文】**巘花阁坐落在筠芝亭的松峡下面，崖石层层叠叠，古树参天，高出山林，秋天红叶尽染。山坡下的山谷中水流回旋，突起的石头筋骨棱棱,与水相抗。爨花阁没有栏杆,没有窗户,地上没有修建楼阁,没有造露台,却是意韵无穷。

五雪叔归自广陵,一肚皮园亭,于此小试。台之、亭之、廊之、栈道之,照面楼之侧,又堂之、阁之、梅花缠折旋之,未免伤板、伤实、伤排挤,意反局踏,若石窟书砚。隔水看山、看阁、看石麓、看松峡上松,庐山面目反于山外得之①。

【注释】①庐山面目:语出宋朝苏轼《题西林壁》:"不识庐山真面目,只缘身在此山中。"后以"庐山面目"比喻一件事物的真相或一个人的本来面目。

【译文】五雪叔从广陵回来,满肚子都是修建园亭的事,于是在此小试身手。他在这里修建台阁、亭榭、廊坊、栈道,在照面楼的旁边,又修建厅堂、阁楼,栽种梅花,在园中缠绕盘旋,这未免失之呆板、实在、拥挤,反倒使意境显得拥挤局促,好像在石窟里摆放书籍砚台一般。在这里隔着水看山、看阁、看石麓、看松峡上的青松,庐山的真面目,反倒在山外看得更为清楚。

五雪叔属余作对,余曰:"身在襄阳袖石里①,家来锏口扇图中②。"言其小处。

【注释】①身在襄阳袖石里:此为米芾袖石之典。米芾玩石玩得神魂颠倒,有时一连几日不理公务。当时他的上司杨次公听说,便来规劝。他对米芾说:"你身为朝廷命官,要勤于公务,怎能整日玩石头?"

米芾从衣袖里取出一块石头，色极青润，对杨次公说："这样的石头怎能叫人不爱！"接着又从衣袖中取出另一块石头，这块石头叠嶂层峦，更为奇巧，紧接着又取出第三块，并自豪地对杨次公说："这样的石头怎么能叫人不爱！"哪知，杨次公突然改变了态度，高兴地说"这样的奇石并不是你一个人爱，我们也很爱。"说着，便从米芾的衣袖中取出三块石头，抱在怀中上车便走了。

②辋（wǎng）口：地名，在今陕西蓝田辋川。唐朝诗人王维蓝田别业所在地。

【译文】五雪叔嘱咐我作一幅对联，我写道："身在襄阳袖石里，家来辋口扇图中。"说的是它的小巧之处。

# 范与兰

范与兰七十有三，好琴，喜种兰及盆池小景。建兰三十余缸，大如簸箕。蚤舁而入，夜舁而出者，夏也；蚤舁而出，夜舁而入者，冬也；长年辛苦，不减农事。花时，香出里外，客至坐一时，香袭衣裾，三五日不散。

【译文】范与兰七十三岁了，爱好弹琴，喜欢种植兰花，喜欢制作盆池小景。他种植了三十余缸建兰，大如簸箕。早上把建兰抬进来，夜晚抬出去，这是夏天；早上抬出去，夜晚又抬进来，这是冬天；长年累月，辛苦劳作，不亚于干农活。建兰开花时，香气溢出一里开外，客人到此，只要坐上一会儿，香气就会熏染衣裙，三五天都不会散去。

余至花期至其家，坐卧不去，香气酷烈，逆鼻不敢嗅，第开口吞欱之<sup>①</sup>，如沆瀣焉<sup>②</sup>。花谢，粪之满箕，余不忍弃，与与兰谋曰："有面可煎，有蜜可浸，有火可焙，奈何不食之也？"与兰首肯余言。

【注释】①欱（hē）：饮，吸。

②沆瀣（hàng xiè）：夜间的水气，露水。

【译文】我在花期时来到他家，或坐或卧，不愿离去，香气非常浓烈，都不敢用鼻子闻，只能张开嘴呼吸，如同吮吸夜间的甘露一样甜蜜。建兰花谢后，满簏箕都是落花，我不忍丢弃，就和与兰商量说："可以用面煎，可以用蜜浸泡，可以用火烘焙，为什么不把它们吃掉呢？"与兰点头表示赞同。

与兰少年学琴于王明泉，能弹《汉宫秋》《山居吟》《水龙吟》三曲。后见王本吾琴，大称善，尽弃所学而学焉，半年学《石上流泉》一曲，生涩犹棘手。王本吾去，旋亦忘之，旧所学又锐意去之，不复能记忆，究竟终无一字，终日抚琴，但和弦而已。

【译文】与兰少年时曾向王明泉学琴，能弹《汉宫秋》《山居吟》《水龙吟》三首曲子。后来见到王本吾弹琴，大为赞赏，于是将原来所学全部放弃，向王本吾学琴，半年只学了《石上流泉》一首曲子，弹琴时仍然感到生涩棘手。王本吾一离开，他马上就忘了所学，以前学的又刻意放弃，再也记不起来了，最后却弹不出一个音符，虽然整日抚琴，也只是弹弹和弦而已。

所畜小景，有豆板黄杨①，枝干苍古奇妙，盆石称之。朱樵峰以二十金售之，不肯易，与兰珍爱，"小妾"呼之。余强借斋头三月，枯其垂一干，余懊惜，急舁归与兰。与兰惊惶无措，煮参汁浇灌，日夜摩之不置，一月后枯干复活。

【注释】①豆板黄杨：即黄杨木，一种常绿灌木，有观赏价值。

【译文】他所培植的盆景中，有一种豆板黄杨，枝干苍老古朴，甚为奇妙，所用的花盆和石头也很相称。朱樵峰想用二十两银子将其买下，与兰不肯卖，他特别珍爱这盆豆板黄杨，亲切地称呼它为"小妾"。我强行借走，在我的书房摆放了三个月，有一根枝干枯萎垂了下来，我感到懊悔惋惜，急忙把它抬回去，还给与兰。与兰也感到惊惶无措，就煮了人参汤来浇灌，日夜抚摩不肯松手，过了一个月，枯萎的枝干竟然又活了过来。

# 蟹　会

食品不加盐醋而五味全者，为蚶、为河蟹①。河蟹至十月与稻粱俱肥，壳如盘大，坟起，而紫螯巨如拳②，小脚肉出，油油如蝤蛑③。掀其壳，膏腻堆积，如玉脂珀屑，团结不散，甘腴虽八珍不及④。

【注释】①蚶（hān）：软体动物，介壳厚而坚实，生活在浅海泥沙中。肉可食，味鲜美。

②紫螯：即紫螯青蟹，属于梭子蟹科，具有生长快、个体巨大、适应性强等特点，其肉味鲜美，营养价值高，是名贵海产品，我国仅偶见于海南岛。

③螾蜒（yǐn yǎn）：即蚰蜒。一种节足动物。

④八珍：八种珍贵的食品。一般指龙肝、凤髓、豹胎、鲤尾、鸮炙、猩唇、熊掌、酥酪蝉八种。后泛指珍馐美味。

**【译文】**食品中不加盐和醋，而能五味俱全的是蚶、河蟹。河蟹到了十月，与稻粱一起成熟，蟹壳有如餐盘那么大，中间突起，而紫螯青蟹大如拳头，小脚里的肉挤出来，油油腻腻的就像蚰蜒一样。掀开蟹壳，膏脂堆积着，如玉脂似琥珀，一团团凝结在一起，不会散开，味道甘甜腴美，即使八珍也比不上它。


一到十月，余与友人兄弟辈立蟹会，期于午后至，煮蟹食之，人六只，恐冷腥，迭番煮之。从以肥腊鸭、牛乳酪。醉蚶如琥珀，以鸭汁煮白菜如玉版①。果蓏以谢橘、以风栗、以风菱。饮以玉壶冰②，蔬以兵坑笋③，饭以新余杭白④，漱以兰雪茶。繇今思之，真如天厨仙供，酒醉饭饱，惭愧惭愧。


**【注释】**①玉版：南方人称淡干的笋为玉版笋。

②玉壶冰：酒名。宋朝叶梦得《浣溪沙·送卢倅》："荷叶荷花水底天，玉壶冰酒酿新泉，一欢聊复记他年。"

③兵坑笋：绍兴的一种笋，"兵坑"是绍兴的一个地名，以产笋闻名，十月时吃的应是笋干。

④余杭白：杭州余杭地区当年的新米，当时颇为有名。

【译文】一到十月，我就和兄弟朋友一起举办蟹会，我们约定在午后到达，一起煮蟹吃，每人六只，就怕蟹凉了有腥味，大家轮番烹煮。用肥美的腊鸭和牛乳酪作为辅食。醉蚶看起来很像琥珀，用鸭汁煮白菜吃起来像笋一样美味。瓜果以谢橘、风栗、风菱为主。饮着玉壶冰酒，吃的菜是兵坑干笋，享用着余杭新产的白米，漱口用的是兰雪茶。现在回想起来，真像享用天上的厨师供给仙界的美味一样，酒醉饭饱，惭愧惭愧。

# 露　兄

崇祯癸酉①，有好事者开茶馆，泉实玉带，茶实兰雪，汤以旋煮，无老汤，器以时涤，无秽器，其火候、汤候，亦时有天合之者。余喜之，名其馆曰"露兄"，取米颠"茶甘露有兄"句也②。为之作《斗茶檄》，曰："水淫茶癖③，爰有古风；瑞草雪芽，素称越绝。特以烹煮非法，向来葛灶生尘④；更兼赏鉴无人，致使羽《经》积蠹⑤。迩者择有胜地，复举汤盟，水符递自玉泉，茗战争来兰雪。瓜子炒豆，何须瑞草桥边⑥；橘柚查梨，出自仲山圃内⑦。八功德水⑧，无过甘滑香洁清凉；七家常事，不管柴米油盐酱醋。一日何可少此，子猷竹庶可齐名⑨；七碗吃不得了，卢仝茶不算知味⑩。一壶挥麈⑪，用畅清谈；半榻焚香，共期白醉。"

【**注释**】①崇祯癸酉：即崇祯六年（1633）。

②米颠：即北宋书画家米芾，因倜傥不羁，举止颠狂，故世称"米颠"。

③水淫：典出《南史·儒林传·何佟之》："佟之性好洁，一日之中洗涤者十余过，犹恨不足，时人称为水淫。"指有洁癖而过分喜好洗涤的人。茶癖：典出唐朝贯休的《和毛学士舍人早春》："茶癖金铛快，松香玉露含。"特指陆羽爱茶成癖。

④葛灶：东晋时道教理论家、著名炼丹家和医药学家葛洪的炼丹炉灶。

⑤羽《经》：陆羽所著《茶经》，是中国乃至世界现存最早、最完整、最全面介绍茶的第一部专著。积蠹（dù）：积满了书虫。

⑥瓜子炒豆，何须瑞草桥边：典出宋代苏轼的《与王元直》："但犹有少望，或圣恩许归田里，得款段一仆，与子众丈、杨宗文之流，往来瑞草桥，夜还河村，与君对坐庄门，吃瓜子炒豆，不知当复有此日否？"

⑦橘柚查梨，出自仲山圃内：苏轼《胜相院经藏记》："自蜜及甘蔗，查梨与橘柚，说甜而得酸，以及咸辛苦"之语，或为此典出处。《世说新语·轻诋》写道："桓南郡每见人不快，辄嗔云：'君得哀家梨，当复蒸食不？'秣陵有哀仲家梨，甚美，大如升，入口消释。"

⑧八功德水：佛教语。谓西方极乐世界池中之水具有八种功德：一甘，二冷，三软，四轻，五清净，六不臭，七不损喉，八不伤腹。

⑧一日何可少此，子猷竹庶可齐名：典出《世说新语·任诞》："王子猷尝暂寄人空宅住，便令种竹。或问：'暂住，何烦尔？'王啸咏良久，直指竹曰：'何可一日无此君？'"子猷：王徽之，字子猷，王羲之的第五个儿子。历任参军、南中郎将、黄门侍郎等。

⑩七碗吃不得了，卢仝茶不算知味：典出唐代卢仝《走笔谢孟谏议寄新茶》诗。作者张岱在《夜航船》一书中亦有介绍："卢仝七碗：卢仝

歌：一碗喉吻润，二碗破孤闷；三碗搜枯肠，惟有文字五千卷；四碗发轻汗，平生不平事，尽向毛孔散；五碗肌骨清，六碗通仙灵；七碗吃不得也，惟觉两腋习习清风生。"卢仝：号玉川子，河南济源人。唐代诗人，初唐四杰卢照邻之孙。因爱茶成癖，后人将其称为"茶仙"。

　⑪挥麈（zhǔ）：晋代人们清谈时，常挥麈以为谈助，后称谈论为"挥麈"。

　**【译文】**崇祯癸酉年，有好事者开了家茶馆，用的是玉带泉水和兰雪茶，茶水都是现喝现煮，不用老汤，器具也要即时清洗干净，没有污秽的器具，煮茶的火候、汤候，也是有如天作之合。我很喜欢这家茶馆，给它起名"露兄"，取自宋代米芾"茶甘露有兄"的诗句。我还为这家茶馆作了一篇名为《斗茶檄》的文章，写道："水乡嗜茶成癖，乃有古人之风；龙山瑞草配上日铸雪芽，素来称绝越地。只因烹煮方法不当，使得炉灶无人光顾，布满了灰尘；再加上无人赏鉴，致使陆羽的《茶经》无人问津而积生了书虫。近来选择如此胜地，重新举办茶社，泉水取自玉带泉，经过斗茶最后选定上好的兰雪茶。瓜子炒豆，何须来自瑞草桥边；甘橘柚子查梨，定要出自仲山果园。即使八功德水，也无外乎甘滑香洁清凉；开门七件家常事，可以不管柴、米、油、盐、酱、醋。但是一日之中唯独不可少了茶，王子猷的竹子可以与此齐名；'七碗吃不得也'，即使卢仝在世也不见得深知茶味。泡上一壶茶，可以让清谈更加畅快；榻边焚着香，共同期待如同喝酒般一醉方休。"

# 闰元宵

崇祯庚辰闰正月<sup>①</sup>，与越中父老约重张五夜灯，余作张灯致语曰："两逢元正<sup>②</sup>，岁成闰于摄提之辰<sup>③</sup>；再值孟陬<sup>④</sup>，天假人以闲暇之月。《春秋传》详记二百四十二年事<sup>⑤</sup>，春王正月，孔子未得重书；开封府更放十七、十八两夜灯，乾德五年，宋祖犹烦钦赐<sup>⑥</sup>。兹闰正月者，三生奇遇，何幸今日而当场；百岁难逢，须效古人而秉烛。况吾大越，蓬莱福地，宛委洞天。大江以东，民皆安堵；遵海而北，水不扬波。含哺嬉兮<sup>⑦</sup>，共乐太平之世界；重译至者，皆言中国有圣人。千百国来朝，白雉之陈无算；十三年于兹，黄耇之说有征<sup>⑧</sup>。乐圣衔杯<sup>⑨</sup>，宜纵饮屠苏之酒<sup>⑩</sup>；较书分火，应暂辍太乙之藜<sup>⑪</sup>。前此元宵，竟因雪妒，天亦知点缀丰年；后来灯夕，欲与月期，人不可蹉跎胜事。六鳌山立<sup>⑫</sup>，只说飞来东武<sup>⑬</sup>，使鸡犬不惊；百兽室悬，毋曰下守海澨<sup>⑭</sup>，唯鱼鳖是见。笙箫聒地，竹椽出自柯亭<sup>⑮</sup>；花草盈街，褉帖携来兰渚<sup>⑯</sup>。士女潮涌，撼动蠡城；车马雷殷，唤醒龙屿<sup>⑰</sup>。况时逢丰穰<sup>⑱</sup>，呼庚呼癸<sup>⑲</sup>，一岁自兆重登；且科际辰年<sup>⑳</sup>，为龙为光<sup>㉑</sup>，两榜必征双首。莫轻此五夜之乐，眼望何时？试问那百年之人，躬逢几次？敢祈同志，勿负良宵。敬藉赫蹄<sup>㉒</sup>，喧传口号。"

**【注释】**①崇祯庚辰：即崇祯十三年（1640）。

②元正：正月元日，元旦。语出《书·舜典》："月正元日，舜格于文祖"。

③摄提：是天皇氏时代创制的纪元星名。太岁神以六十甲子的干支纪年法为运转周期，共六十位，每年有一位岁神当值，在当年当值的太岁谓之"值年太岁"，是一岁之主宰，掌管当年人间的吉凶祸福。后世有说法认为当木星位于丑位时，太岁即位于寅位，该年就称为"摄提格"，简称摄提。

④孟陬：孟春正月。正月为陬，又为孟春月，故称。

⑤《春秋传》：即《春秋》，又称《春秋经》《麟经》或《麟史》等。是我国古代儒家典籍"六经"之一，是我国第一部编年体史书，也是周朝时期鲁国的国史，现存版本据传是由孔子修订而成。后来出现了很多对《春秋》所载历史进行补充、解释、阐发的作品，被称为"传"，代表作品是称为"春秋三传"的《左传》《公羊传》《谷梁传》。

⑥开封府更放十七、十八两夜灯，乾德五年，宋祖犹烦钦赐：出自宋王林《燕翼诒谋录》卷三："国朝故事，三元张灯。太祖乾德五年正月甲辰诏曰：'上元张灯，旧止三夜，今朝廷无事，区宇乂安，方当年谷之丰登，宜纵士民之行乐，其令开封府更放十七、十八两夜灯。'后遂为例。"

⑦含哺嬉兮：出自《庄子·马蹄》："夫赫胥氏之时，民居不知所为，行不知所之，含哺而熙，鼓腹而游，民能以此矣。"含哺：嘴里含着食物。形容人过着安乐的生活。

⑧十三年于兹，黄耇之说有征：出自《史记·留侯世家》："良尝间从容步游下邳圯上，有一老父，衣褐，至良所，直堕其履圯下，顾谓良曰：'孺子，下取履！'良愕然，欲殴之，为其老，强忍，下取履。父曰：'履我！'良业为取履，因长跪履之。父以足受，笑而去。良殊大惊，随目之。父去里所，复还，曰：'孺子可教矣。后五日平明，与我会此。'良因怪之，

跪曰:'诺。'五日平明,良往。父已先在,怒曰:'与老人期,后,何也?'曰:'去,后五日早会。'五日鸡鸣,良往。父又先在,复怒曰:'后,何也?'曰:'去,后五日复早来。'五日,良夜未半往。有顷,父亦来,喜曰:'当如是。'出一编书,曰:'读此则为王者师矣。后十年,兴。十三年,孺子见我,济北谷城山下黄石即我矣。'遂去,无他言,不复见。旦日,视其书,乃《太公兵法》也。良因异之,常习诵读之。"黄者:年老而长寿。

⑧乐圣衔杯:典出宋代洪迈《容斋三笔》卷三:"李适之在明皇朝为左相,为李林甫所挤去位,作诗曰:'避贤初罢相,乐圣且衔杯。为问门前客,今朝几个来?'杜甫《饮中八仙歌》云:'左相日兴费万钱,饮如长鲸吸百川,衔杯乐圣称避贤。'正咏适之也。"

⑩屠苏之酒:一种酒。以屠苏、山椒、白术、桔梗、防风、肉桂等药草调制而成。相传于阴历正月初一,家人先幼后长饮之,可避邪、除瘟疫。

⑪较书分火,应暂辍太乙之藜:出自晋王嘉《拾遗记》卷六:"刘向于成帝之末,校书天禄阁,专精覃思。夜有老人,着黄衣,植青藜杖,登阁而进,见向暗中独坐诵书,老人乃吹杖端,烟然。因以见向,说开辟已前。向因受五行洪范之文,恐辞说繁广忘之,乃裂裳及绅,以记其言,至曙而去。向请问姓名,云:'我是太乙之精。天帝闻卯金之子有博学者,下而观焉。'乃出怀中竹牒,有天文地图之书,曰:'余略授子焉。'至向子歆,从向授其术,向亦不悟此人焉。"作者张岱在《夜航船》一书中写道:"青藜照读,元夕人皆游赏,独刘向在天禄阁校书。太乙真人以青藜杖燃火照之。"

⑫六鳌:神话中负载五仙山的六只大龟。

⑬东武:即东武山,又称"龟山""怪山""塔山"。据《吴越春秋》记载:"城既成,而怪山自至。怪山者,琅琊东武海中山也,一夕自

来，百姓怪之，故名怪山；形似龟体，故谓龟山。"

⑭海澨（shì）：海滨。

⑮竹椽出自柯亭：作者在《夜航船》一书写道："柯亭竹椽：蔡中郎避难江南，宿柯亭，听庭中第十六条竹椽迎风有好音，中郎曰：'此良竹也。'取以为笛，声音独绝，历代相传，后折于孙绰妓之手。"

⑯禊（xì）帖：《兰亭序》帖的别称。晋王羲之著名行书法帖之一，以帖中有兰亭修禊事语，故名。

⑰龙屿：龙山，卧龙山。

⑱丰穰（ráng）：丰收。

⑲呼庚呼癸：即呼庚癸，典出《左传》。作者在《夜航船》一书中写道：呼庚癸，吴申叔仪乞粮于晋，公孙有山氏对曰："梁则无矣，粗则有之。若登首山，以呼曰'庚癸'乎，则诺。"庚，西方，主谷。癸，北方，主水。教以隐语也。此指粮食充足。

⑳科际辰年：辰年是科考之年。

㉑为龙为光：出自《诗经·小雅·蓼萧》："既见君子，为龙为光。"指皇帝给与的荣誉。

㉒赫蹄：纸的别称。《安徽文房四宝史》："简牍只流行了一个时期，便逐渐为蚕丝织成的'帛'所代替。因此战国时期'竹木简'和'帛'就同时并用。由于简牍太重，缣帛价太贵，后来终于发明了代替'缣帛'与'竹木简'的纸'赫蹄'。"

【译文】崇祯庚辰年闰正月，与越中父老相约，重新举办五夜灯会，我为此作了一篇灯会致辞，说道："一年之中两度遇上元旦，今年的闰正月成于摄提星出现之时；再次恰逢正月，是上天把闲暇之月赐予人们。《春秋传》详细记载了二百四十二年内的事情，有关其中的春王正月，孔夫子没有重复书写；北宋乾德五年，开封府增放正月十七、十八两夜花灯，那是宋太祖赵匡胤圣命钦赐。现今闰正月这种情况，实在是三生难逢的奇遇，何况竟让我们有幸在今日亲身遇上；这百年难逢的佳期，定要仿效古人秉烛夜游。何况我大越之地，本来就是蓬莱仙境，福地洞天。大江以东，百姓安居乐业；沿海而北，风平浪静，社会安定。百姓生活安乐，共同享受这太平世界；异域之人几经辗转来到这里，都说中国有圣人。千百个国家前来朝拜，进贡的白雉等珍稀动物数不胜数；崇祯皇帝即位十三年来，像张良为老人拾鞋，尊敬长者的传说时有验证。嗜饮者，可以纵情豪饮屠苏酒；勤奋向学之人，应暂且丢下天神太乙点燃的藜杖。上次元宵节灯会，竟因雪花妒忌而停办，天帝也知道要以瑞雪来点缀丰年；后来的灯节之夜，想与月亮约定，人不可蹉跎岁月，从而错过盛大的灯节。六鳌立在山上岿然不动，只说飞来东武，会使鸡犬不惊；百兽之灯悬挂在屋内，不要说守着这海滨只见得到鱼鳖。笙箫之声响彻大地，竹椽出自江南柯亭；花花草草充盈着街市，好像把《兰亭集序》带到了兰渚。男男女女如潮水涌来，撼动了整个绍兴城；车水马龙声好似殷殷雷动，将龙山唤醒。况且正逢五谷丰登之年，人们呼庚呼癸，期盼来年再获丰收；况且又是科举考试之年，皇帝赐予无限荣光，必能登上两榜之首。莫要轻视这五夜灯火之乐，还要望眼欲穿到何年何月？试问那些百岁老人，一生能够亲历几次这样的盛会？祈望各位志同道合之人，切勿辜负了良宵之夜。谨借这一小幅薄纸，为其高声呐喊宣传。"

# 合采牌

余作文武牌①，以纸易骨，便于角斗。而燕客复刻一牌②，集天下之斗虎、斗鹰、斗豹者，而多其色目，多其采③，曰"合采牌"。余为之作叙曰：太史公曰：凡编户之民，富相什则卑下之，伯则畏惮之，千则役，万则仆，物之理也④。古人以钱之名不雅驯，缙绅先生难道之，故易其名曰赋、曰禄、曰饷，天子千里外曰采。采者，采其美物以为贡，犹赋也。诸侯在天子之县内曰采。有地以处其子孙亦曰采，名不一，其实皆谷也，饭食之谓也。周封建多则采胜⑤，秦无采则亡。采在下无以合之，则齐桓、晋文起矣⑥。列国有采而分析之，则主父偃之谋⑦。繇是而亮采、服采⑧，好官不过多得采耳。充类至义之尽⑨，窃亦采也，盗亦采也，鹰虎豹繇此其选也⑩。然则奚为而不禁？曰：小役大，弱役强，斯二者，天也⑪。《皋陶谟》曰：载采采⑫。微哉、之哉、庶哉！

【注释】①文武牌：一种纸牌，上面画着文官武官。

②燕客：作者张岱二叔的儿子。

③色目：种类名目。采：即"彩"，赌注。

④太史公：即司马迁。字子长，西汉时期史学家、散文家。任太史令，因为李陵败降之事辩解而遭受宫刑，后任中书令。作传世典籍《史记》，被尊为太史公、历史之父。凡编户之民，富相什则卑下之，伯则畏

惮之，千则役，万则仆，物之理也：但凡平民百姓，别人的财富是自己的十倍，就会感到卑下，百倍的就会感到害怕，千倍的就会为他们服役，万倍的就会做他们的奴仆，这是世间万物的规律。语出司马迁《史记·货殖列传》。

⑤周封建：指西周的分封制。把土地、爵位分别分给诸侯，诸侯在自己的封地可建立邦国。

⑥齐桓、晋文：指春秋时期的齐桓公和晋文公。

⑦主父偃：山东临淄人。汉武帝时期任郎中，早年精通长短纵横之术，后学《春秋》《易》和百家之言，向汉武帝提出了"大一统"的政治主张。

⑧亮采：辅佐政事。服采：朝祭的近臣。

⑧充类至义之尽：一直类推下去。出自《孟子·万章下》："夫谓非其有而取之者盗也，充类至义之尽也。"

⑩繇此其选也：就是这样被选出来的。语出《礼记·礼运》："禹汤文武成王周公，由此其选也。"

⑪小役大，弱役强，斯二者，天也：语出《孟子·离娄下》："天下有道，小德役大德，小贤役大贤；天下无道，小役大，弱役强。斯二者，天也。顺天者存，逆天者亡。"

⑫《皋陶谟》曰"载采采"：语出《尚书·皋陶谟》："'都！亦行有九德。亦言，其人有德，乃言曰，载采采。'禹曰：'何？'皋陶曰：'宽而栗，柔而立，愿而恭，乱而敬，扰而毅，直而温，简而廉，刚而塞，强而义。'"

【译文】我制作的文武牌，用纸代替骨头，这样更便于角斗。可是燕客又刻了一副牌，将天下斗虎、斗鹰、斗豹之类的游戏集合到一起，名目种类繁多，牌的赌注也多，名为"合采牌"。我为燕客的"合采牌"作了篇序文：太史公说：但凡平民百姓，面对财富是自己十倍的人，就会感到卑下，百倍的就会感到畏惧，千倍的就会为他们服役，万倍的就会做他们的奴仆，这是世间万物之理。古人认为钱的名字不太文雅，缙绅先生不愿开口说钱，因此换了名字叫赋、叫禄、叫饷，离天子千里外的地方叫采。所谓采，就是采集当地最精美的物产作为贡品，好像赋税一样。诸侯在天子的管辖范围之内叫采，给自己的子孙安置封地也叫采，名称虽然不一样，其实都是谷物，就是所谓的饭食。周朝实行的分封制，诸侯多，采也多，秦朝没有采邑，因而灭亡。分封采邑的权力下移，周天子没有办法聚合，就有了齐桓公、晋文公的崛起。列国有采邑，后来都分割了，这是主父偃的计谋。因而分封辅佐政事、朝祭的近臣，好官也不过多得到一些采邑罢了。这样一直类推下去，小偷也是采，大盗也是采，鹰、虎、豹就是这样被选出来的。然而，为什么不加以禁止呢？孟子说：小的奴役大的，弱的奴役强的，这两者，是天意如此。《皋陶谟》里说：用所做的事去验证所说的话。说得真是微妙啊、真是正确啊、真是到处都有啊！"

# 瑞草溪亭

　　瑞草溪亭为龙山支麓，高与屋等。燕客相其下有奇石，身执蔂臿①，为匠石先，发掘之。见土葊土②，见石甃石③，去三丈许，始与基平，乃就其上建屋。

**【注释】**①蔂（léi）：盛土的器具。畚（chā）：掘土的农具。

②輂（jú）：古代一种运土的器具。这里指运土。

③甃（zhòu）石：砌石；垒石为壁。

**【译文】**瑞草溪亭建在龙山支脉上，与房屋一样高。燕客发现它的下面有奇石，就拿着盛土挖土的工具，作为石匠的先锋，带领他们挖掘奇石。他见土就挖了运走，见到石头就垒石为壁，挖了有三丈多深，才与地基相平，然后在上面建造房屋。

屋今日成，明日拆，后日又成，再后日又拆，凡十七变而溪亭始出。盖此地无溪也，而溪之。溪之不足，又潴之、壑之①。一日，鸠工数千指②，索性池之，索性阔一亩，索性深八尺。无水，挑水贮之，中留一石如案，回潴浮峦③，颇亦有致。燕客以山石新开，意不苍古，乃用马粪涂之，使长苔藓，苔藓不得即出，又呼画工以石青、石绿皴之④。一日左右视，谓此石案，焉可无天目松数棵盘郁其上。遂以重价购天目松五六棵，凿石种之。石不受锸⑤，石崩裂，不石不树，亦不复案。

**【注释】**①潴之、壑之：畜水、开深沟。

②鸠工：召集工人。数千指：一人十指，数千指，形容人多。

③回潴浮峦：水在山峦间环回。

④石青：一种青色颜料。石绿：用孔雀石制成的绿色颜料，多用于国画。皴（cūn）：中国画技法之一，涂出物体纹理或阴阳向背。

⑤锸（chā）：铁锹，掘土的工具。

【译文】房屋今日建成，明日拆掉，后日又建成，再后日又拆掉，一共经过十七次变动，溪亭才建成。大概这个地方原来没有小溪，就开凿出一条小溪，一条小溪还不够，又蓄水、开深沟，一天召集好多工人，索性将其挖成水池，索性将其拓宽成一亩，索性将其挖深八尺。没有水，就挑水储存，中间留一块如同案桌的石墩，水在山峦间环回，颇有些景致。燕客认为山石是刚刚开采出来的，没有苍古的意蕴，就把马粪涂在山石上，让它生出苔藓，苔藓不能马上生出，又叫画工用石青、石绿涂出苍古的纹路。每天都是左看右看，说这个石案，怎么可以没有几棵曲折幽深的天目松生长在上面，就花高价买了五六棵天目松，凿开石缝将它们种在上面。石案经不起铁锹的凿挖，崩裂了，石头不再是原来的石头，又不能种树，石案也不是原来的石案了。

　　燕客怒，连夜凿成砚山形①，缺一角，又辇一礜石补之②。燕客性卞急③，种树不得大，移大树种之，移种而死，又寻大树补之。种不死不已，死亦种不已，以故树不得不死，然亦不得即死。

【注释】①砚山：砚台的一种。利用山形之石，中凿为砚，砚附于山，故名。

　　②礜（què）石：石名。

　　③卞急：性情急躁。语出《左传·定公三年》："庄公卞急而好洁。"

【译文】燕客大怒，连夜把它凿成砚山形状，缺了一角，又运来一块礜石将其补好。燕客性情急躁，栽下的松树还未长大，就移栽大树过来种上，移栽的树死了，又找来大树补栽。栽下的树不死不罢休，死了又栽上，还是不肯罢休，因此栽种的这些树是不得不死，但是也不能马上就死。

溪亭比旧址低四丈，运土至东，多成高山，一亩之室，沧桑忽变。见其一室成，必多坐看之，至隔宿或即无有矣。故溪亭虽渺小，所费至巨万焉。

【译文】新建的溪亭比原来的旧址低四丈，建亭的时候挖出的土运到东边，堆得多了就成了高山，一亩见方的房屋，经历了沧海桑田般的巨变。看见一屋建成，我定会去多坐一会儿看看，也许过了一夜又没了。所以溪亭虽然渺小，却花费了上万的巨资。

燕客看小说："姚崇梦游地狱①，至一大厂，炉鞴千副②，恶鬼数千，铸泻甚急。问之，曰：'为燕国公铸横财③。'后至一处，炉灶冷落，疲鬼一二人鼓橐④，奄奄无力，崇问之，曰：'此相公财库也。'崇瘝而叹曰：'燕公豪奢，殆天纵也。'"燕客喜其事，遂号"燕客"。

【注释】①姚崇：本名元崇，字元之，谥文贞，今河南陕县人。先后任武后、睿宗、玄宗宰相兼兵部尚书，为唐朝的开元盛世奠定了基础。一度被誉为"救时宰相"，同杜如晦、房玄龄、宋璟并称"唐朝四大贤相"。

②炉鞴（bèi）：火炉鼓风的皮囊。亦借指熔炉。

③燕国公：张说，字道济，一字说之，谥号文贞，范阳方城人。唐朝宰相，西晋司空张华后裔。早年参加制科考试，策论为天下第一，历任太子校书郎。

④鼓橐（tuó）：鼓动风箱。

【译文】燕客读小说，看到一个故事："姚崇梦游地狱，到一个大厂，里面有上千副熔炉，几千个恶鬼忙着铸造。问他们原因，他们说：'为燕国公铸造横财。'后来又到了一个地方，炉灶冷落，一两个筋疲力尽的鬼在拉风箱，一副奄奄一息、有气无力的样子，姚崇问他们在做什么，他们说：'这是您的财库。'姚崇醒后叹息道：'燕公豪华奢侈，大概是老天放任纵容的。'"燕客很喜欢这个故事，就自号"燕客"。


二叔业四五万，燕客缘手立尽。甲申①，二叔客死淮安，燕客奔丧，所积薪俸及玩好币帛之类又二万许，燕客携归，甫三月又辄尽，时人比之"鱼宏四尽"焉②。


【注释】①甲申：即顺治元年（1644）。

②鱼宏四尽：即鱼弘四尽。出自《梁书》："鱼弘，襄阳人。身长八尺，白皙美姿容。累从征讨，常为军锋，历南谯、盱眙、竟陵太守。常语人曰：'我为郡，所谓四尽：水中鱼鳖尽，山中麈鹿尽，田中米谷尽，村里民庶尽。丈夫生世，如轻尘栖弱草，白驹之过隙。人生欢乐富贵几何时！于是恣意酣赏，侍妾百余人，不胜金翠，服玩车马，皆穷一时之绝。'"

【译文】我二叔有四五万的家产，燕客随手一花就没了。甲申年，二叔客死淮安，燕客前去奔丧，二叔积攒的薪俸、供玩赏的奇珍异宝、币帛之类有二万左右，燕客将它们带了回来，才三个月就又花光了，当时人们以"鱼宏四尽"来比喻他。

溪亭住宅，一头造，一头改，一头卖，翻山倒水无虚日。有夏耳金者<sup>①</sup>，制灯剪彩为花，亦无虚日。人称耳金为"败落隋炀帝"，称燕客为"穷极秦始皇"，可发一粲。

【注释】①夏耳金：作者张岱的朋友。张岱在本书卷四《世美堂灯》中写道："而友人有夏耳金者，剪采为花，巧夺天工，罩以冰纱，有烟笼芍药之致。"

【译文】溪亭的住宅，一边建设，一边改造，一边出售，像翻山倒水一样没有停过一天。我朋友夏耳金，制作灯笼，剪彩为花，也没有一日虚度。人们称夏耳金为"败落隋炀帝"，称燕客为"穷极秦始皇"，这个比喻可博众人一笑。


# 琅嬛福地<sup>①</sup>


陶庵梦有宿因，常梦至一石厂，峪宕岩窢<sup>②</sup>，前有急湍洄溪，水落如雪，松石奇古，杂以名花。梦坐其中，童子进茗果<sup>③</sup>，积书满架，开卷视之，多蝌蚪鸟迹、霹雳篆文<sup>④</sup>，梦中读之，似能通其棘涩<sup>⑤</sup>。

【注释】①琅嬛（láng huán）福地：传说中仙人所居多书的洞府。

出自元朝伊世珍《琅嬛记》卷上："其人笑曰:'君痴矣,此岂可赁地耶?'即命小童送出。华问地名。曰:'琅嬛福地也。'

②岵窅岩窱:山势险峻,岩穴幽深曲折。窅:眼睛眍进去,喻深远。

③茗果:嫩茶水果。

④蝌蚪鸟迹、辟历篆文:蝌蚪文、鸟虫篆、霹雳文、大篆小篆。语出作者张岱《夜航船》:蝌蚪书乃字之祖,庖牺氏有龙瑞,作龙书。神农有嘉穗,作穗书。黄帝因卿云作云书。尧因灵龟作龟书。夏后氏作钟鼎,有钟鼎书。朱宣氏有凤瑞,作凤书。周文王因赤雁衔书,武王因丹鸟入室作鸟书,因白鱼入舟作鱼书。周宣王史籀始为大篆,名"籀篆"。李斯始为小篆,名"玉箸篆"。

⑤棘涩:犹艰涩。

【译文】我做梦有前世因缘,时常梦见自己来到一个石厂,那里山势险峻,岩穴幽深曲折,前面有急湍回旋的溪流,溪水飞溅好像雪花坠落,松石奇异古朴,夹杂着名花异草。我梦见自己坐在其中,童子送来茗茶水果,书籍堆满书架,翻开书看时,里面大多是蝌蚪文、鸟虫篆、霹雳文、以及大篆小篆,在梦里读着这些文字,似乎能读懂其中艰涩的含义。


闲居无事,夜辄梦之,醒后仁思,欲得一胜地,仿佛为之。郊外有一小山,石骨棱砺,上多筼筜①,偃伏园内。余欲造厂,堂东西向,前后轩之,后碟一石坪②,植黄山松数颗,奇石峡之。堂前树娑罗二,资其清樾。左附虚室,坐对山麓,磴磴齿齿,划裂如试剑③,扁曰"一丘"。右踞厂阁三间,前临大沼,秋水明瑟,深柳读书,扁曰"一壑"。

**【注释】**①筼筜(jūn huáng)：丛竹。

②礧(lěi)：古同"垒"，堆砌。

③试剑：即试剑石，在江苏省苏州市虎丘。传说秦王或吴王试剑于此。见宋代范成大的《吴郡志·虎邱》。

**【译文】**闲居无事时，夜里就会梦到它，醒后伫立沉思，想找一处风景优美之地，仿照梦中的景象修建布置。郊外有座小山，石骨嶙峋，上面长着许多翠竹，伏卧园内。我想建造一个屋子，正堂为东西方向，前后是小轩，后面垒上一个石坪，种几棵黄山松，用奇石筑一道峡谷。堂前种两棵娑罗树，利用树荫为屋子提供一些清凉。左边建一间空房，坐在里面正对着山麓，山势整齐，中间像被宝剑划裂，有如试剑石一般，牌匾上写着"一丘"。右边再建三间棚阁，棚阁前有个大水池，秋水莹净，可以在柳荫深处读书，牌匾上写着"一壑"。

缘山以北，精舍小房，绌屈蜿蜒①，有古木，有层崖，有小涧，有幽篁，节节有致。山尽有佳穴②，造生圹③，俟陶庵蜕焉④，碑曰"呜呼陶庵张长公之圹"。圹左有空地亩许，架一草庵，供佛，供陶庵像，迎僧住之奉香火。大沼阔十亩许，沼外小河三四折，可纳舟入沼。河两崖皆高阜，可植果木，以橘、以梅、以梨、以枣，枸菊围之。山顶可亭。山之西鄙，有腴田二十亩，可秫可粳。门临大河，小楼翼之，可看炉峰、敬亭诸山。楼下门之，匾曰"琅嬛福地"。缘河北走，有石桥，极古朴，上有灌木，可坐、可风、可月。

**【注释】**①绌(chù)屈：曲折，弯曲。

②佳穴：好的洞穴。这里指坟墓。

③圹（kuàng）：墓穴，亦指坟墓。

④蜕：解脱，变化。死的讳称。

【译文】顺着山势向北，有清净雅洁的小房，蜿蜒曲折，有古树，有层层山崖，有小涧，有幽深的竹林，每一处都井然有序。山的尽头有适合安葬之地，可以在此修建一座坟墓，等我死后就葬在这里，墓碑上写着"呜呼陶庵张长公之圹"。墓左边有一亩左右的空地，可以搭一个草庵，供着佛，供着我的遗像，迎接僧人到这里主持并供奉香火。大水池宽十亩左右，水池外有条拐了三四次弯的小河，小船可以划进水池。河两岸都是高高的土丘，可以种植果树，用橘树、梅树、梨树、枣树，枸杞和菊花把它们围起来。山顶可以建造凉亭。山的西面，有二十亩肥沃的良田，可以种高粱、水稻。园门对面是大河，在上面建一座小楼，可以在小楼上看炉峰、敬亭诸山。楼下开一道门，牌匾上写着"琅嬛福地"。沿河往北走，有一座古朴的石桥，上面灌木丛生，可坐、可吹风、可赏月。

# 谦德国学文库丛书

## （已出书目）

| | |
|---|---|
| 茶经·续茶经 | 虞初新志 |
| 唐诗三百首 | 迪吉录 |
| 宋词三百首 | 浮生六记 |
| 元曲三百首 | 文心雕龙 |
| 小窗幽记 | 幽梦影 |
| 菜根谭 | 东京梦华录 |
| 围炉夜话 | 阅微草堂笔记 |
| 呻吟语 | 说苑 |
| 人间词话 | 竹窗随笔 |
| 古文观止 | 国语 |
| 黄帝内经 | 日知录 |
| 五种遗规 | 帝京景物略 |
| 一梦漫言 | 子不语 |
| 楚辞 | 水经注 |
| 说文解字 | 徐霞客游记 |
| 资治通鉴 | 聊斋志异 |
| 智囊全集 | 清代三大尺牍: 小仓山房尺牍 |
| 酉阳杂俎 | 清代三大尺牍: 秋水轩尺牍 |
| 商君书 | 清代三大尺牍: 雪鸿轩尺牍 |
| 读书录 | 孔子家语 |
| 战国策 | 贤母录 |
| 吕氏春秋 | 张岱文集: 陶庵梦忆 |
| 淮南子 | 张岱文集: 西湖梦寻 |
| 营造法式 | 张岱文集: 快园道古 |
| 韩诗外传 | 群书类编故事 |
| 长短经 | 管子 |